書下ろし

母子草

風の市兵衛 弐㉜

辻堂 魁

祥伝社文庫

目次

吉原
山谷堀
弁次郎の店（聖天横町）
佐竹家上屋敷（下谷三味線堀）
吾妻橋
大川
置屋「笹や」（新和泉町）
新大橋
永代橋
子供屋「岩本」（仲町）
下り酒問屋「摂津屋」（霊岸島町）
北
西
東
南
地図作成／三潮社

里右衛門の寮（根岸）
柳五郎の店（小石川五軒町）
卍上野寛永寺
不忍池
下谷広小路
市兵衛の店（永富町）
土もの店
神田川
口入れ屋「宰領屋」（三河町）
江戸城
北町奉行所
両替商「近江屋」（新両替町二丁目）
南町奉行所
柳井宗秀の診療所（柳町）
『母子草』の舞台

母子草の花言葉

「忘れない」「永遠の想い」「無償の愛」等。

序章　新酒番船

文政八年（一八二五）の冬、霊岸島町の下り酒問屋《摂津屋》の主人里右衛門は、急な胸の病に侵され、半月余寝こんだ。

その十一月、大坂と西宮から仕立てられた摂泉十二郷の新酒番船が、五日目朝の二刻（約四時間）ほどの間に、一番船、二番船、三番船が江戸の本湊町沖に相ついで入津した知らせを、里右衛門は病の床の中で聞いた。

咳と高熱が収まらず、朦朧として床に臥せっていながら、下り酒の新酒番船を気にかけた里右衛門は、その知らせを、お店の筆頭番頭で摂津屋の跡継ぎに決まっている養子の亀松から聞くと、

「めで、ごほっ、めでたい。みなで、ごほっ、い、祝いの、ごほごほ……」

里右衛門は、苦しそうに咳きこみつつ言った。

里右衛門の病状は思わしくなかった。

本湊町、霊岸島町、南新堀町、南茅場町の下り酒十組問屋の旦那衆やお店者、下り酒を仕入れる酒屋の商人手代、本湊町沖の樽廻船から酒薦を瀬取りし、新川や新堀の問屋の土手蔵に搬入する瀬取船の水手らの間でさえ、里右衛門の容態が思わしくない憶測が飛び交った。

「摂津屋の里九さんが、どうやらだめらしいぜ」

「聞いてる。ここをやられたんだってね。ここはきついよ」

と、瀬取船の水手らは胸元を指先でつんつんした。

「里九さんは五十八だろう。五十八は少々早えが、珍しい話でもねえし」

「里九さん亡きあとの十組問屋の行事役は、やっぱり《永代屋》の文五さんかい」

「だろうね。摂津屋の跡とりの亀松さんじゃあ、十組問屋の気むずかしい旦那衆をまとめるには力不足だからね」

などと、もっともらしいひそひそ話がささやかれた。

摂津屋里右衛門は、里九という通り名で呼ばれていた。

下り酒十組問屋仲間の、行事役でもあった。

里九がどうにか回復したのは、寝こんでから半月余がたった、もう極月の声が聞こえた年の瀬だった。

十二月初めに病の床を払った里九は、早速、新川一ノ橋袂の霊岸島町に広い前土間を開いた店先に、病に寝こむ前と同じように出た。

商いの目配り、下り酒十組問屋三十七軒の行事役として仲間の取りまとめ、寄合の仕切り、幕府勘定所や町奉行所役人との折衝、江戸市中の酒店仲間との談合に応じ、また江戸積酒造家の江戸出店の、年末の挨拶廻りもこなした。

ただ、寝こむ前通り、というわけにはいかなかった。

里九はなんでも自分でやらないと気が済まない、そういう性分だった。

しかし、年末の繁忙は病みあがりの身体にやはり応えたらしかった。

翌文政九年（一八二六）の正月早々、里九は下り酒十組問屋仲間の行事役を返上した。

病後の療養のため、というのが理由だった。

年始恒例の問屋仲間の寄合や行事、摂津屋の顧客の挨拶廻りのすべてに筆頭番頭の亀松を代役にたて、繁華な霊岸島町の暮らしをきりあげ、根岸の寮に引っこんだのだった。

根岸の寮は、南側は寺院の屋根がつらなる背後に鬱蒼とした木々に蔽われた東叡山の小高い御山が見あげられ、北側はゆるやかに流れる石神井川の対岸に、金杉村新田の百姓家の茅葺屋根が建ち並んでいた。鳥たちの囀る杜が散在し、その北方に足立郡の田園風景が大空の下にどこまでも広がる、眺めのよい閑静な一軒家だった。

里九は身の廻りの世話を、寮の留守を預かっていた五十代半ばの夫婦者に任せ、寂しいぐらいの静かな寮暮らしを始めた。

年が明けて五十九歳になった里九には、女房も子もいなかった。

三十歳で十九歳の女房を持ち、一年半後、男児が生まれた。

だが、病弱な子だった男児は数ヵ月で亡くなった。

その三年後に生まれた女児も、二歳のとき、流行風邪にかかり亡くした。

その所為というのではないけれど、それから夫婦仲がなんとはなしにぎくしゃくし始め、やがて別れ話が持ちあがって、女房は里へ帰った。

二年後の三十七歳のとき、縁者の中立で二十代半ばの女を娶った。

しかし、この新妻は癇性が強く、下り酒十組問屋をまとめる行事役の役目柄、問屋仲間の寄合や談合、得意先や幕府役人の接待やつき合いが連日続く里九との暮らしに馴染めず、夫婦喧嘩が絶えなかった。

結局、半年余でこの女房とも離縁となった。

それ以来、里九は妻を娶らなかった。

下り酒問屋摂津屋の主人の忙しい仕事の合間を縫い、深川門前町の羽織芸者や日本橋芳町の町芸者ともしばしば浮名を流したものの、女房を迎え自分の跡継ぎを残さねばという気が、里九自身、乏しくなっていた。

その十年前、里九に摂津屋を譲っていた先代の隠居夫婦は、里九に女房も子もいないことを案じ、摂津屋の跡継ぎを気にかけた。

親類縁者が霊岸島町の摂津屋に寄り合い、談合が行われた。

日本橋の永代通りで《上々吉の諸白あり》と掛看板を掲げて酒屋を営んでいた里九の従弟の倅亀松を養子に迎え、里九の跡を継がせることが決まったのは、丙寅火事のあった文化三年（一八〇六）の里九三十九歳。

亀松は面皰だらけの十六歳だった。

それから、二十年が果敢なくすぎた文政九年、本卦帰りの六十一に近い五十九歳の里九は、出入りの業者に、

「お歳にはとても見えません。お若いですね」

などと、無理矢理言われる老いを託つ身となった。

むろん、隠居の両親はすでに無く、下り酒十組問屋の同じ年ごろの仲間も、多くは跡とりの倅と代替わりをして主人の座を退いていたし、中には若くして亡くなった者もいた。

二十年前、面皰だらけの若い衆だった亀松は三十六歳の小太りの親爺で、今は摂津屋の筆頭番頭に就いている。

亀松は十一年前に女房を娶り、里九の孫になる九歳の倅と七歳の娘がいた。

去年の冬、里九が胸を患い半月余寝こんだ際、いよいよ亀松の代替わりをするときがきたという気分が、摂津屋の使用人らの間に流れた。

「里九ほどの切れはなくとも亀松なら無難だろう」

と、十組問屋仲間の旦那衆も言い合った。

正月早々、里九が根岸の寮に病後の療養と称して引っこむと、摂津屋の営みは従来通りであったとしても、当然のごとく筆頭番頭の亀松が商いに目配りをし、使用人らも亀松の顔色をうかがうようになった。

出入りの業者らの中には、里九が店に居ないので、亀松をこれまでの番頭さんではなく、「旦那さん」と呼ぶ者もいた。

「やめてくださいよ。わたしはお父っさんがいない間、お父っさんの代役としてお店の務めを果たしているだけですから」

亀松は謙遜して言うが、旦那さんと呼ばれて満更でもなさそうだった。

去年の大病で身体がめっきり弱ったのは、里九自身が一番よくわかっていた。

これを機に亀松に摂津屋の跡を継がせ隠居をと、口には出さずとも、里九自身考えないわけではなかった。

しかし、根岸の寮で病後の養生をしていても、隠居をしたのではなかった。

主人に従順な番頭なら、亀松はそつのない使用人ではあった。

ただ、商いをそつなくこなそうとする小知恵を働かす亀松に、老舗摂津屋の跡を継ぐ商人の性根が感じられないのを、里九は常々不満に思っていた。

摂津屋の主人は小売の店主ではないのだと。

まだ正月のある日、亀松が菓子箱を携えた小僧を伴い、年始の諸々の祝い事や十組問屋の行事が一段落した報告と見舞いを兼ねて、根岸の寮を訪ねてきた。

亀松のずんぐりとした中背の体軀に、お仕着せの長着ではない黒羽二重の羽織はあまり似合わなかった。

それでも、知ってか知らずか、勿体をつけた挙措には、摂津屋の番頭らしからぬ、主然とした風情を早やにじませ始めていた。

亀松は、里九が下り酒十組問屋の行事役を返上したのを機に、問屋仲間の諸役が一新されてすっかり若がえった顔ぶれや、江戸市中の酒屋仲間との年始の談合の内容、さらに上灘下灘今津より廻漕される今年の樽数が例年通りに決まった経緯をざっと報告した。そして、

「お父っさんにご心配をおかけせぬよう、みなに言い聞かせ、わたくしも使用人一同も、新年の商いに励む所存でございます。何とぞご養生を専一になされ、健やかにすごされますことを、お祈りいたしております」

と、里九がすでに隠居の身であるかのような口ぶりで言った。

「いろいろと面倒をかけるが、今しばらく頼むよ。やはり歳だね。もう大丈夫と思ってちょいと油断をしたらこの様さ。なるたけ早く、そうだな、月明け早々、遅くとも桜が咲き始めるころには、霊岸島町に戻るつもりだ」

まだ隠居をするつもりのない里九が答えると、亀松は笑みを消さぬまま、白々とした内心を目つきに浮かべた。

「ご無理をなさらずに。お店のほうは大丈夫でございます。お戻りについては、仕事のことをお忘れになって心身の疲れをすっかり癒されてからで、よろしいのではございませんか」

里九は白々とした亀松の目つきに気づき、少々癇にさわった。

それでつい、嫌みを口にした。

「亀松。おまえ、お店ではもう旦那さんと、呼ばせているようだね」

「は？　と、とんでもございません。誰がそのような。確かにお出入りの業者さんの中に、お父っさんの姿がしばらく見えないので勘違いされ、そのように呼ばれた方がおりました。ですが、そうではありませんよ、人聞きもあるのだから気をつけてくださいよと、すぐに正しておきました。それだけでございます。お気に障りましたらお許しを願います」

「別にかまわないのだ。養子ではあっても、おまえはわたしの跡とりだ。いずれおまえが摂津屋を継ぐのだからな。ではあっても、この機会にひと言、言わせてもらうよ。摂津屋の主人には、使用人や出入りの業者、上方の江戸積酒造家、十組問屋仲間、卸相手のお客様、江戸市中に出廻る下り酒をたしなむみなさまに目配りを怠らない気遣いが必要なのは言うまでもない。しかし、摂津屋の主人は商人なのだ。商人はただ物を売ればよいというのでは、だめだ。何より、商人はお客さまにお求めの品々をお届けする使命を担っているという、性根が据わっていなくてはならない。おまえの肚に、その性根が据わっているかい」

亀松は笑みを消し、小太りのぼってりとした顔を里九に寄こした。

「据わっておりませんか？」

と、白々とした内心をひと重の鈍重そうな目つきに露わにして、里九を凝っと見つめた。

ほう、この男はこういう太々しい顔つきをするのか、と里九は意外に思った。

亀松の内心に秘めているわだかまりが、その太々しさに表れていた。養子縁組を結んで二十年、亀松はこれまでそんな顔つきを里九に見せなかった。

里九は、言わずもがなのことを言ったことに気づき、後悔した。

四半刻（約三〇分）余のち、亀松と供の小僧は根岸の寮を辞去し、三ノ輪をへて日本堤を山谷橋の船着場へ目指した。

山谷橋から霊岸島新川の一ノ橋の河岸場まで、船で戻るつもりだった。

往きも一ノ橋から山谷橋まで、船を使った。

白い雲の間より希に薄日が射すものの、どんよりとした午後だった。

春は名のみの冷たい風が、北東の隅田川のほうから吹いていた。

まだ黒々とした浅草の田んぼや畑、その田畑の彼方に茅葺屋根をつらねる寺院、散在する武家屋敷や小店の板葺屋根を集めた町家へと、風は吹きすぎていった。

日本堤の南側の浅草田んぼの中に、お歯黒どぶと黒板塀が囲う吉原の板葺屋根の町家が見えていた。

吉原の大門へ下る衣紋坂の道端に、見返り柳が枝を垂らしている。

そのあたりから聖天町へ、およそ八町（約八七二メートル）の土手の両側に葭簀を張り廻らしたてきやの掛小屋がずらりと並んでいる。

「ここが吉原だよ……」

往きは衣紋坂から吉原の大門を見おろし、供の小僧に話しかけて機嫌はよかったのが、戻りはむっつりと黙りこんでいた。

亀松は、里九の嫌みたらしく偉そうな物言いに腹をたてていた。

里九が問屋仲間の寄合だ談合だ、お役人の接待だと毎日出かけている間、仕入れから販売まで、摂津屋を訪れる客や業者に応対しているのは、お店者と見下されている使用人たちではないか。

商人の使命だ性根だと、体裁のいい御託宣を並べても、実際の商いが伴わなければ何の意味もない。

馬鹿ばかしいと、亀松は不快だった。

年の瀬から年が明けて、なんとなく風向きが変わり始め、ようやく摂津屋を継ぐときがきたかと気が急いた。

ところが今日、寮を訪れてまだまだ当分先になりそうだと知り、落胆した。

亀松は、里九に何を言われても逆らったことはなかった。

ひたすら自分を押し隠して、言われるままに従ってきた。そんな自分を、里九が商人として買っていないのは、前々からなんとなく感じていた。

だとしても、摂津屋を継ぐのは自分の外にいないのだし、それまでの辛抱だと、言い聞かせてきた。だが、先ほどの里九の言い種に、ふと、もしかして、自分を跡継ぎからはずす魂胆なのでは、という不審を亀松は覚えた。

まさか。いくらなんでもそこまで……

そう思ったときだった。

「亀松さん。摂津屋の亀松さんじゃありませんか」

少し嗄れた声に名を呼ばれた。

亀松は俯き加減の顔をあげた。

誰に呼ばれたのか、すぐにはわからなかった。

土手道の両側に並ぶ葭簀張りの掛小屋が、どんよりとした空の下を、山谷橋のほうに続いて、土手道は昼見世の嫖客らしいまばらな人通りしかない。

「やっぱりそうだ。わたしですよ、亀松さん」

すぐ先の掛小屋から、細身に紺縞を尻端折りにし、黒股引と黒足袋、藁草履を突っかけ、生白い顔に目つきをどろんとゆるめた男が、土手道に出てきた。

男は亀松から目をそらさず、小腰をかがめた恰好で、がに股をひょいひょいと亀松のほうへ運んでくる。

誰だ……

亀松は男がいた掛小屋を見遣った。

掛小屋の店先の茣蓙に、利休下駄、草履下駄、足駄、吾妻下駄、引付、中折、跡歯、それに遊女下駄までが並び、板壁ぎわにも藺や真竹の草履、雪駄などを堆く積み、草鞋も小屋の梁に簾のようにぶらさげてある。

「あたしです。摂津屋さんに八年ほど前まで雇われていて、お得意様のお店廻りをしていた弁次郎ですよ」

「弁次郎……ああ、弁次郎さんか」

亀松は、自分より二つ上の弁次郎を思い出した。

だが、次の言葉が出なかった。

懐かしいね、と言うのをはばかるわけありの男だった。

「思い出していただけましたか。嬉しいね。こんなところで昼間っから亀松さんにお会いできるなんて。ずい分福々しく、ご立派になられたじゃあございませんか。では、今はもう摂津屋さんを継がれ、旦那さままでござんすね」

「とんでもない。相変わらずお父っさんに使われているお店者です」

「またまた。お店者がこんな身形はできませんよ」

弁次郎は、亀松の黒羽二重の羽織姿と白足袋に藺の草履の足下を見廻した。

そして、供の小僧へ、ねえ、というふうに生白いにやにや顔を向けた。

亀松はあまり相手にしたくなかった。

軽く会釈をしてさっさと通りすぎようと思った。

だが、弁次郎はなおも馴れ馴れしく言った。

「亀松さん、もしかして、この刻限に吉原からのお戻りで？」

「違いますよ。根岸の寮に行く用があって、その戻りです。山谷橋で船に乗って新川まで戻るつもりです」

「ありましたね、老舗の摂津屋さんの瀟洒な寮が根岸に。もちろん、あたしは聞いていただけで行ったことはありませんが。はは、吉原じゃないけれど、真っ昼間に寮へ行くご用があるだけでも、いいご身分ですよ。羨ましいですよ。ご用の相手は男で？　それともこれで？」

弁次郎は、わざとらしく小指をちらつかせた。

「馬鹿ばかしい。傍にはいいように見えても、そう簡単じゃありません。人それぞれに気苦労があるんです」

「へえ、気苦労があるんですか。確かに、亀松さんはあたしがお店勤めをしていたころも、ずい分気遣いをなさっていましたよね。殊にご主人の里右衛門さんには、いっさい口答えをなさらず、言われるままに辛抱強く働いていらっしゃったのが、あたしは健気だなと思っておりました。あたしには無理でした。ああいう押しの強い、商いはこうなのだと自信たっぷりのご主人は苦手でしてね。結局、辛抱が続かず、とどのつまりがこの様です」

弁次郎は、どろんとした目つきを亀松にまとわりつかせて離さなかった。

亀松は里九の話題になってはまずいと思った。

「弁次郎さんは、今は何をしていらっしゃるんですか」

小屋掛の店先に並べた売物を見て、わかっていながら聞いた。

「あたしですか。見ての通り、浅草の帳元の縄張りでこんな商売をさせてもらっております。去年、遠島のお許しがあって、三宅島から江戸へ戻ってくることができたんですがね。郷里に戻っても親はおらず、わずかな縁者には相手にされません。三宅島で世話になった兄貴分が先に江戸に戻っておりましてね。その兄きを頼ってまた江戸に出て、今はやくざ稼業にすっかり染まりました」

「やくざ稼業？」

亀松は思わず弁次郎に訊きかえした。

ひゅうっと、春は名のみの冷たい風が日本堤に吹いて、白い土埃が舞った。

亀松はふと、日本堤の前後を見廻した。

なぜ弁次郎にそれを訊きかえし、そうして日本堤の前後を見廻したのか、わけは亀松自身にもそのときはわからなかったが。

第一章　根岸(ねぎし)

一

去年の十月、元武州川越(ぶしゅうかわごえ)藩士村山永正(むらやまながまさ)の一女早菜(さな)の婚姻が調(ととの)った。

京橋(きょうばし)南の両替商《近江屋(おうみや)》で内祝いが開かれ、祝いの宴に招かれた唐木市兵衛(からきいちべえ)は、早菜の嫁ぎ先が家禄三千石中奥番衆に就く旗本の岩倉(いわくら)家で、婚礼の日取りはまだ決まっていないが、来春のよき日にと聞いていた。

年が明けた文政九年正月のその日、市兵衛は三河(みかわ)町三丁目の請人宿(うけにんやど)《宰領屋(さいりょうや)》主人の矢藤太(やとうた)とともに、両替商の近江屋を訪ねた。

近江屋は、京橋南の新両替(しんりょうがえ)町二丁目の大通りに総二階土蔵造りの店を構え、広い間口の軒庇(のきびさし)に、両替商とわかる分銅形の看板を吊(つ)るし、開け放った出入口には濃紺の長暖簾を厳めしく下げている。

新年の開業日前でも、正月の挨拶に来店する客で店内は賑わっていた。

市兵衛と矢藤太が小僧に案内を乞うと、年始の客を迎える黒羽二重の羽織を着けた主人の隆明がすぐに店の間に出てきて、店の間の上がり端に手をついて年賀を述べた。

「唐木市兵衛さま、宰領屋の矢藤太さま、明けまして、おめでとうございます。本年もよろしくお願いいたします。ようこそおいでくださいました。母がお待ちしております。どうぞ奥へ……」

隆明に命じられた小僧が先に立って、表店の長い通り庭を抜け、表店と同じ敷地内の内塀の妻戸をくぐり、主人一家の住居へ通った。

住居の広い三和土の表土間続きに沓脱と寄付きがあって、そこからは中働きの女が、市兵衛と矢藤太を客座敷に案内した。

案内する途中の廊下の片側に、樽廻船からそのまま近江屋に運びこまれたかのような下り酒十組問屋の酒薦が、二段重ねでずらりと並んでいた。

酒薦には、江戸積酒造家の屋号が記されてあり、下り酒十組問屋仲間三十七軒の名札も下がっている。

「市兵衛さん、みな下り酒だよ。こんなに並んでると、正月って気がするね。馥郁とした香りを思い出しただけで酔っちまいそうだ」

廊下を行きながら、矢藤太がめでたそうに言った。

「わたしが上方にいたころ、ひと冬世話になった上灘の酒造家の薦もある。もっとも寒さが厳しいころの寒造りは、仕込みの日数はかかるが、質の高い酒ができると評判が高い。丹波や丹後の杜氏らが、寒造りの季節の到来とともに奥深い山の峠を越え、下灘上灘今津、池田や伊丹の酒造家にきて仕込むのだ」

市兵衛は遠い昔を思い出した。

「物好きな市兵衛さんは上灘の酒造家の世話になり、酒造りを学んだんだね」

「物好きで杜氏にはなれない。ただ、酒がどのようにして造られるのか、杜氏や職人らの酒造りを自分の目で見て、知りたかったのだ」

「自分の目で見て知って、役にたったかい」

「役にたてようとは、あのころは考えもしなかった。ただ、この世がどのような仕組みで成り立っているのか、それを知りたかった。商いも米作りも酒造りも、それから、京で矢藤太の女衒の手伝いをしたこともな」

ぷっ、と矢藤太が噴き出し、市兵衛もつい笑った。

「やめろよ、人聞きの悪い。ねえ」

矢藤太は案内の中働きの女に、戯れて言った。

「これは、近江屋の旦那さまが毎年正月のご祝儀用に、下り酒十組問屋三十七軒の問屋さんからひと薦ずつお買い求めになって、新年のお客さまに角樽へ汲み分けてお持ち帰りいただいています。お正月の間はおめでたいので、蔵には入れずここに並べているのです。わたしたち使用人にも分けてくださいます。唐木さまも宰領屋さまも、お戻りにひと樽お持ち帰りいただくことになると思いますよ」

中働きの女は、去年夏、市兵衛と矢藤太が川越より村山永正の一女早菜を守りこの近江屋まで伴ってきて以来、二人と何度か顔を合わせ、気安く言葉を交わす打ち解けた間柄になっていた。

「そうなのかい。そいつあ嬉しいな。寒造りの下り酒は、値が張るだけの値打ちはあるからね」

矢藤太と市兵衛は、互いに見合って破顔した。

通された客座敷は、東側と南側の明障子がわずかに開かれ、その間から鉤形に廻る濡縁の庇に下げた釣灯籠や、濡縁ごしの砂礫を敷いた枯山水の庭が、午前のまだ青い日射しの下に見えた。

明障子の黒塗りの組子、廊下側に閉てた黒塗り枠と月文字をくずした引手に狛犬を描いた文様紙の襖、欄間に彫った鳳、杉板の木目が美しい鏡天井、部屋の一角の違い棚には花鳥画をあしらった小襖、その日は寒菊を活けた棚の花立など、近江屋を訪れるたび、店の佇まいに隙のない贅が感じられた。

市兵衛と矢藤太は違い棚を背に着座した。

矢藤太は鼠に変り格子を染め抜いた羅紗羽織と、羽織の下はなんとなくめでたげな金茶を着流し、一本独鈷の博多帯を締めた派手な拵えが、神田三河町の請人宿の主人らしかった。

一方の市兵衛は、着慣れた縹の繻子羽織と、下は白衣に紺黒色の小倉の平袴を丁寧に火熨斗をかけて着けた、初春らしいこざっぱりとした装いである。

「ご母堂さまは、ほどなくお見えになられます」

茶菓を運んできた中働きの女が告げて退ると、矢藤太と市兵衛は茶を一服し、庭で囀る頬白の声に耳を澄ました。

昨日、宰領屋の矢藤太に近江屋の刀自季枝より書状が届いた。

近江屋の刀自季枝は、近江屋の主人隆明の母親である。

その書状では詳細は不明ながら、どうやら少々変わった仕事の依頼らしかった。

唐木市兵衛さまにお頼みいたしたいゆえ、ご両名さまでお越し願いたく……

と、認めてあった。

矢藤太は、永富町三丁目の安左衛門店の市兵衛の住まいに駆けこみ、書状を見せた。

「市兵衛さん。新年早々、本両替の大店近江屋さんから仕事がきたぜ。大きな声じゃ言えねえが、間違いなく金になる。宰領屋が市兵衛さんに口入する新年の初仕事だ。今年は春から縁起がいいや」

「わたしにできる仕事かどうか、聞いてみないとわからぬがな」

市兵衛が素っ気なく答えると、

「できるに決まってるだろう。だから近江屋さんは、この仕事は市兵衛さんに頼もうと、ご厚意でわざわざお名差しくださったのさ。まことにありがたいじゃねえか。市兵衛さん、仮令、少々気に入らない仕事でも、近江屋さんのご厚意をお請けしなきゃあいけねえぜ。できるかどうかじゃねえ。やらなきゃあ、と自分に言い聞かせてやるのが仕事だよ」

あはは……

と、矢藤太は本気とも戯れともつかぬ高笑いをした。

両替商の近江屋は、幕府の公金の御用両替を申しつかり帯刀を許された十人両替ではないが、諸大名や江戸市中の大店に多くの顧客を持ち、金銀の売買、当座勘定で無利息の預金、諸大名には各領国より江戸廻漕の米や物産を引き当てにした大名貸、公儀の旗本御家人、あるいは平素とり引きのある商人への信用貸と為替手形の振り出しを行う、江戸屈指の金融業者である。

去年文政八年の夏、口入屋の宰領屋を営む矢藤太と、武家の台所勘定の始末をつける臨時の用人役、すなわち算盤侍の市兵衛は、近江屋の刀自季枝と主人隆明より、武州川越藩松平大和守家の勘定方組頭村山永正と永正の一女早菜を、江戸の近江屋に迎える役目を請けた。

村山永正は、藩主松平大和守の理不尽な咎めをこうむり、主家を追われる身となっていた。

ところが、市兵衛のその役目は、村山永正が主家の上意討に遭い非業の最期を遂げたことによって、早菜のみを近江屋に送り届けることしかできなかった。

村山永正最期の子細を知った刀自の季枝は、仮令、永正の一女早菜ひとりであっても、近江屋に無事迎えられたことを心から喜んだ。

止めどない涙を見せ、市兵衛と口入をした矢藤太に礼を言った。

「今は亡き人の、最期の思いをこれで果たせます」

季枝の言った今は亡き人とは、その二十六年前の寛政十二年（一八〇〇）、同じく川越藩松平家の理不尽な上意討に遭って、落命をまぬがれたものの逐電した川越藩士堤連三郎のことである。

季枝と隆明は、堤連三郎の妻であり一子であった。

二十六年前、早菜の父親の村山永正は、上意討の落命をまぬがれた堤連三郎の逐電を手助けし、残された妻の季枝と幼い隆明の行末に心をくだいて、江戸の両替商近江屋松右衛門の庇護を受けることができるように奔走した。

季枝はのちに近江屋松右衛門の妻となった。

隆明は松右衛門亡きあとの近江屋を継ぎ、江戸屈指の両替商の主人となった。

季枝と隆明は、村山永正と一女の早菜を近江屋に迎え、二十六年前に受けた恩をかえすときがきたのだった。

村山永正は上意討に遭って落命し、近江屋に迎えることはできなかったが、それでも去年の十月、近江屋に迎えた村山家の一女早菜と家禄三千石の中奥番衆に就く岩倉家との縁談が調い、村山永正から受けた恩に少しは報いることができたのではと、もっとも喜んだのは刀自の季枝であった。

　そのとき、次の間の間仕切(まじきり)ごしに人の気配がした。

間仕切が引かれ、丸髷(まるまげ)に白髪(しらが)混じりながら、花鳥文を裾(すそ)模様に施した鶯(うぐいす)茶の小袖が正月らしい上品な刀自の季枝と、その後ろから、黒羽二重の羽織を着けた正田昌常(しょうだまさつね)が現れた。

　季枝と正田昌常が着座し、季枝が低く落ち着いた声で言った。

「唐木市兵衛さま、宰領屋矢藤太さま、わざわざのおこし、お礼を申します。本年もよろしくお願いいたします」

　市兵衛と矢藤太は居ずまいを正し、季枝と正田へ年始の祝賀を宣(の)べ、

「昨日、口入のご用命の書状をいただきまして、おうかがいいたしました。市兵衛さんの初仕事でございます。めでたいことでございます」

と、矢藤太が続けた。

「唐木どの、矢藤太どの、年が改まり、すがすがしい江戸の春でござるな。新年のお慶(よろこ)びを申し上げますぞ」

　正田がにこやかに言い添えた。

「今春は早菜さまのご婚礼があり、何かとあわただしい年になりそうです。そう

そう、ご婚礼の日取りは、三月三日、上巳節の日に定まりました。わたくしども近江屋は町家の者ではございますが、早菜さまの後見役という立場にてご婚礼の式に参列いたします。式のあとの祝宴に、こちらの正田さま、唐木さま、矢藤太さまも、村山家にかかり合いのある方々としてお招きいたしたいのです。村山家にかかり合いのある方は、富山小左衛門さんしかいらっしゃいませんので、それでは早菜さまが少しお寂しいのではと思いますし……」

季枝が言って、矢藤太から市兵衛へ頬笑みかけた。

矢藤太が、えっ、と束の間呆気にとられた。

「あ、あの、三千石の中奥なんとか役の岩倉家のお屋敷の宴に、あたしと市兵衛さんもお招きいただけるんでございますか。どうする、市兵衛さん」

と、隣の市兵衛に丸く見張った目を向けた。

「承りました。三月三日の祝宴のお招きに、矢藤太ともども参じます」

市兵衛が季枝に頭を垂れ、矢藤太も慌てて「へへえ」と市兵衛に倣った。

しかし、矢藤太はすぐにそつなく言った。

「本日は、早菜さまはいかがなさっておられますので。めでたいご婚礼の日取りが決まったお祝いを、申しあげたいのでございますが」

「ありがとうございます。本日早菜さまは、婚礼用のお召物の仕上がり具合を見に、隆明の妻や子供らと連れだって、駿河町の《三井呉服店》に行っておられます。富山小左衛門さまもご一緒でございます。唐木さまと矢藤太さまに、よろしくお伝えくださいと、早菜さまは言っておられました」

「さようでしたか」

市兵衛はのどかに頷いた。

早菜の婚約が調った内祝いのあの昼下がり、早菜が美しい目に浮かべたほんの一瞬の微妙な笑みを思い出した。それは十月の午後の、ゆるやかな白い風のように流れ、市兵衛の胸に寂と染みたのだった。

「唐木どの、矢藤太どの。祝宴当日はよろしくお願いしますぞ。何しろ、岩倉家は家禄三千石中奥番衆の高官ゆえ、幕府のお歴々のみならず、諸大名家のご重役方も多数見えられるのは間違いござらん。しかし、臆するにはおよびません。万が一困ったことがあっても、それがしにお任せあれ。それがしが口利きをいたした方々もおられます。身分は高くとも、それがしには頭があがりません」

あはは、と正田は愉快そうに一笑した。

正田昌常は、権門師、あるいは御内談師とも言われる浪人者である。

主に旗本が御公儀の加俸を得られる官職に就くための口利きを、正田と縁故のある幕府高官に行い、口利きの謝礼を得ている。

また、幕府の奉行役などに就いた旗本が任地に赴く際、江戸屋敷を管理する旧来よりの家臣の外に、任地に赴いている期間のみに抱える一季居りの武家奉公人を必要とし、そういう一季居りの武家奉公人の口利きもした。

正田は仕事柄、諸大名家への大名貸や公儀旗本御家人との金融上の繋がりの深い近江屋にも、先代の近江屋松右衛門のころより出入りをしていた。

正田が算盤侍の市兵衛を知った子細は今は措くが、去年の夏、近江屋の当代の主人隆明と隆明の母季枝に、村山永正と一女の早菜を川越城下へ迎えに行く役目に、

「唐木市兵衛を……」

と推奨したのは正田である。

「唐木さま、宰領屋さま、本日お越しいただいたお頼みいたしたい仕事の話を、させていただきます。よろしゅうございますか」

のどかに言った季枝の声が、庭の頰白の囀りにまぎれた。

二

市兵衛と矢藤太は、まだ西の空に日の高い午後の八ツ（午後二時頃）すぎ、新両替町二丁目の近江屋を辞去し、引出物の下り酒の角樽と料理屋《藤井》の折詰ひと折りをそれぞれ下げて、大通りを北へとった。

京橋川に架かる京橋を渡り、南伝馬町三丁目の大通りを日本橋方面へ一町（約一〇九メートル）、さらに二つ目の横町の角を東方へ折れ、南伝馬町から具足町、中の橋通りの辻をすぎて柳町へ入った。

柳町の通りの先に、楓川に架かる弾正橋と橋の袂の枝垂れ柳が見えた。

橋の東方に、本八丁堀の町家がずっと続いている。

普段のここら辺は、商人やお店者や職人、棒手振りの行商、荷物を堆く積んだ荷車が通って賑わっているが、年始の町家のどの表店もまだ正月休みが続いて、初春の明るい日の下に人通りは少ない。

二人は、柳町の通りを南の小路へまたひとつ折れた。

蘭医柳井宗秀は、すぐ南隣が炭町の水茶屋の二階家が粗末な垣根ごしに見える柳町の小路に、小さな診療所を構えている。

と言っても、診療所の看板などむろん掲げていないただの裏店である。

連子格子の窓が小路に向いている手前に、引違いの腰高障子が閉ててある。

市兵衛が腰高障子を開け、うす暗い土間に声をかけた。

「宗秀先生。市兵衛です。新年のご挨拶に参りました」

「宰領屋の矢藤太です。宗秀先生、新年のお慶びを申しあげます」

矢藤太も土間をのぞいて言った。

ほおい、とすぐにのどかな返事があった。

寄付きの障子戸の陰から、宗秀が大らかな笑みを寄こした。

「市兵衛、矢藤太、よくきた。上がれ」

「先生。新年のご挨拶にこれを持ってきました。新川の下り酒と銀座町の料理屋の折詰です。ただし、正月のご祝儀にいただいた物です」

「へい。ここにもありますんで、正月らしくぱっとやりにきました」

市兵衛と矢藤太が、角樽と折詰を両手に掲げて見せた。

「なんと、新川の下り酒と銀座町の仕出し料理の折詰か。それは聞いただけでも唾が出るではないか。正月の引出物で結構。たった今往診から戻ったところで、ひとりでやろうと思っていた。病人はめでたい正月もお構いなしに出るのでな。ちょうどいい。さあさあ」

銀座町は、京橋南の新両替町の通称である。

宗秀の居室と寝間を兼ねた、濡縁先の粗末な垣根ごしに炭町の水茶屋の二階家が見える部屋に箱火鉢がある。

箱火鉢に燗酒にする湯鍋をかけた。

折詰の正月料理のきざみするめと白昆布、角形蒲鉾、かち栗、大根にんじんごまめの紅白の鱠、小鯛の焼魚、刺身は真黒、切巻玉子、鶏肉といんげん豆の砂糖煮、香の物の奈良漬けは鉢にわけて盛りつけた大皿を囲んだ。

箱火鉢に湯鍋をかけたわきでは餅を焼いて、新年の宴を始めた。

西の空に初春の日がまだ高いのに、炭町の水茶屋に昼間から上がっているらしい客と茶汲女たちのあけすけに騒ぐ声が、部屋の腰付障子を二尺（約六〇センチ）ほど透かした小庭の垣根ごしに聞こえてくる。

「先生、相変わらず、裏隣は盛んですね」

市兵衛が燗をした徳利をとり出し、宗秀と矢藤太の碗に注した。

「うるさくて困るほどではないが、それなりに繁盛しておるようだ」

「先生ぐらい評判の高いお医者さまなら、もっと広くて静かな店に住めるんじゃありませんか。なんだったら、あたしが世話しましょうか」

餅焼の番をしている矢藤太が言った。

だが、宗秀はあまり気にしていない。

「まあいいよ。どんちゃん騒ぎをしたら、ここら辺の住人が文句を言いに行くのですぐに収まるし、夜ふけに誰が鳴らすのか、茶屋の二階から三味線の音がしっぽりと流れてきて、しんみりさせられることもあって、案外に悪くない。それに住み慣れたこの町が離れがたい。住み心地がよくてな」

「住めば都ですからね。京育ちのあたしは、三河町に住んで十年以上になりますが、住み初めは江戸は忙しねえなと思っていたのが、このごろは江戸の忙しなさが性にあっているなと、思うようになりました」

「わたしもだ。わたしは信濃の伊奈郡の山育ちだが、いっそこのまま江戸で死ぬかと思っているよ」

「なら先生、広くて静かな店じゃなく、先生の死に水をとる若くてぴちぴちした女房を世話しましょうか」

矢藤太がにやにや顔でからかい、

「若くてぴちぴちした女房をか」

と、宗秀が真顔を見せた途端、三人の笑い声がわっとはじけた。

「おっとっと、近江屋さんの上等の引出物が、勿体ない……」

宗秀が酒のこぼれそうな碗を、旨そうにすすった。

「先生、先生が見たてた病人のことで、少しお訊ねしてもかまいませんか」

やおら、市兵衛が言った。

「うん？　病人のことをか。いいとも。誰だい」

「去年、下り酒問屋の《摂津屋》さんの、ご主人の見たてをなされましたね」

「霊岸島町の摂津屋だな。ご主人は里右衛門さんだ。去年の冬、急に胸をこじらせて、命をも脅かす重篤な病に罹った。一昨年、羽州の信夫平八という浪人者の、幼い娘の織江が罹って命を落としかけた。市兵衛、覚えているか。あの病と同じ急な肺の病だ。摂津屋の里右衛門さんも命を落としかけた」

「覚えていますとも。発熱と喀痰、胸痛を起こし、咳が続く病ですね。幼い織江の見たてを、父親の信夫平八の許しも得ず宗秀先生に勝手にお願いし、信夫平八の不興を買いました」

「あたしだって覚えていますよ。小弥太と織江と市兵衛さんが永富町の安左衛門店で暮らしていけるよう、いろいろ手を打ったのは、あたしなんですから」

矢藤太が口を挟み、ふむふむ、と宗秀は酒を舐めつつ首肯した。

「あの病は、風邪に罹って寝こんだのとはわけが違う。特効薬はないし、医者が見たてても打つ手は限られている。病人が自分の力で、病に打ち勝たねばならない。織江は四歳の童女だった。里右衛門さんは去年、五十八のいい歳だ。働き盛りの年ごろなら未だしも、幼い子や六十近い男ではむずかしかった」

「ですが、織江は助かりました。里右衛門さんも病が癒えたのですね」

「医者が治したのではない。自分の力で病に打ち勝った。強いて言えば、天のご加護が少しはあったのかも知れんがな」

「里右衛門さんは、病が癒えてからは……」

「それからあとか。寝こんでいたのは半月余、かれこれ二十日近くだった。最後の四、五日はだいぶ良くなっていた。まだ病みあがりなのだから無理をしてはならん、充分養生するようにと言いつけたのに、里右衛門さんはもう全快したと思ったのだ。医者の言うことを聞かず、十二月になってさっさと床を払い、また病気前と同じつもりで働き始めた。何しろ、大店の摂津屋を若いときから率いてきた遣手の商人だ。江戸の下り酒十組問屋の行事役の筆頭にも二十年近く就いて、行事役の中で里右衛門さんの意向に異議を唱える者は誰もいない、誰も逆らえない。何もかもに目を光らせていないと気が済まない性分なのだから、殊に忙しい年の瀬に休んでなどいられなかった。ああいう腕のたつご主人に使われる使用人は、大変だろうな」

「年が明けて、里右衛門さんは病後の養生のため、十組問屋の行事役を返上し、摂津屋の商いも当分の間養子の亀松さんに任せ、根岸の摂津屋の寮に引っこまれたそうですね」

「そうだ。よく知ってるな。病が癒えても体力が元どおりに回復したのではなかったのに、年の瀬に無理をした。その所為でまた具合いが悪くなった。大晦日にまた倒れた。それは事なきを得たのだが、ともかく、しばらく養生をするようにわたしが勧めた。こんなことを続けていたら命にかかわるとだ」

「養生を始めたのは、先生の助言だったのですか」

「それもある。だが何より、本人がもう若くはないと気がついたのだろう。で、里右衛門さんのことで何が訊きたい」

「昨日、近江屋の刀自の季枝さまより、仕事の依頼の書状が矢藤太に届いたのです。矢藤太の口入でわたしに頼みたい仕事があるゆえ、今日、矢藤太とわたしの二人で近江屋にきてほしいという内容でした」

「ほう。二人して近江屋さんに出かけ、近江屋さんより新年早々大きな仕事を請けたその戻りに、めでたい引出物の下り酒と仕出し料理の折詰のお裾分けに、ここへ寄ったというわけか」

宗秀はのどかに言って、奈良漬けをかじった。

「で、お裾分けを餌に里右衛門さんのことを訊き出そうということは、近江屋さんの依頼は、里右衛門さんにかかり合いのある仕事だったのだな」

「ていうか、ちょいとこみ入っておりましてね。あたしらに仕事を依頼するのは近江屋さんじゃあなく、摂津屋の里右衛門さんご自身なんですよ。へい先生、焼けましたよ。どうぞ」

矢藤太がきつね色に焼けた餅を皿に盛って出しながら、口を挟んだ。

市兵衛は矢藤太のあとを続けた。

「近江屋さんは下り酒十組問屋の旦那衆とは、元禄以前から続く、信用貸やら為替手形の振り出しやらの長いつき合いがあって、当然、行事役筆頭の摂津屋の里右衛門さんともよくご存じの間柄です。里右衛門さんが正月から根岸の寮で病後の養生をなさっているので、先日、近江屋の刀自が見舞いに出かけたのです。その折り、里右衛門さんが柳町の柳井宗秀に無理矢理養生させられたと、苦笑いをしていたと聞きました。それについては、宗秀先生が見たてをなさったのだな、と思っただけですが、そのあと、里右衛門さんは、ある人捜しを頼める人物をご存じないかと、刀自に訊かれたのです」

「人捜しをか……」

　宗秀が焼餅を美味そうに咀嚼した。

「はい。刀自がどういう人捜しかを確かめたところ、若い時分にいささかかかり合いがあって、今はどこで何をしているのか、生きているのか亡くなったのかさえわからず、ただ、人捜しは三人の女だ、と答えたそうです。刀自は、なんとはなし里九さん一個の因縁めいたかかり合いらしいので、あまり詮索しないほうがよさそうだとは思いながら、去年の夏、元川越藩士とその一女を江戸の近江屋さんに迎える依頼をした相手の方ならと、伝えられたのです」

「ああ、川越藩士の村山永正とその一女の早菜を近江屋に迎える、市兵衛と矢藤太が請けた一件だったな。権門師とか言う正田昌常が口利きをしたとかの」

「それです」

「しかし、村山永正が上意討に遭って落命し、近江屋には早菜ひとりしか迎え入れられなかったのではなかったか」

「ですが里右衛門さんは、刀自が言う者なら打ってつけだと思われたらしく、人捜しを請けてもらいたいので根岸の寮へ訪ねてくれるよう、刀自に中立を頼まれたのです」

「口入屋のあたしとしては、貧乏武家の台所勘定の始末をつける用人稼業とはかかわりなくとも、新年早々、大店のご主人の稼ぎになりそうな依頼を請けない手はないと市兵衛さんを説得して、明日、市兵衛さんと二人で根岸の寮に里右衛門さんをお訪ねすることにしているんですがね」

「もっともだ。大店のご主人の仕事なら、間違いなく金になるだろう。根岸へ行ったら、新年のお慶びを申し上げますと、言っといてくれ。それで市兵衛は、里右衛門さんの病いを見たてたわたしに、何が訊きたい」

宗秀がほろ酔いの笑顔を市兵衛に寄こした。

「今日は年始の挨拶に宗秀先生の診療所へ寄ろうと、行きがけに矢藤太と決めていたのです。すると思いがけず刀自から、里右衛門さんの掛かりつけが宗秀先生で、去年の病の見たても先生がなさったと聞け、それなら、遣手の商人とか、問屋仲間も里右衛門さんの意向には異議を唱えず逆らえず、何もかもに目を光らせていないと気が済まない、そういうみなに知られている里右衛門さんとは別の、みなに知られていない里右衛門さんの顔を、もしかして先生がご存じではないかと思ったのです」

「そうなんですよ。若い時分にかかり合いがあって、今は生死も定かじゃない三人の女の人捜しってえのが、男と女の深あいわけがありそうじゃないですか。みなに知られている遣手の商人だけじゃない奥がありそうで、里右衛門さんがどういうお人柄なのか、気になるというか、そそられるというか。それで宗秀先生ならご存じじゃあないかと、思いましてね」

「里右衛門さんの別人の顔を知っていたら、どうなのだ」

「明日は仕事を請けるつもりで寮へうかがいます。が、先生から前もってそれをうかがっておけば、もしかして、請料（うけりょう）の掛け合いの役にたつんじゃないかなと、思うんですよ」

矢藤太が言った。

「すると、相手は大店のご主人だから、あわよくば、請料を吊り上げようという魂胆（こんたん）だな。だめだ。そんなことは許されん。病人を見たてた医者が、みなに知られていない病人の別の顔を暴くなどと、そんな不届きな真似（まね）ができるか」

「ですよね。だめだよ、市兵衛さん。先生にそんな失礼なお願いをしちゃあ」

「とは言っても、当人が遣手の商人とは別の顔を隠してはおらず、知る人ぞ知る顔なら、聞かせてやってもよいがな」

と、宗秀がだいぶ酔って、気持ちよさそうに言い添えた。

「おっと。さすが先生。そうこなきゃあ」

矢藤太も酔っている。

三

そこへ、表戸の腰高障子が引かれ、宗秀が賄い(まかな)と掃除(そうじ)洗濯などの診療所の家事仕事に雇っているお登喜(とき)の声が聞こえた。

「宗秀先生、煮つけを持ってきましたよ」

「おう、お登喜さんか。ちょうどよかった」

宗秀は返事を投げ、台所の板間へ立って行った。

「お登喜さん。正月休みなのに、煮つけを持ってきてくれたのかい」

「夕餉(ゆうげ)の菜に、多めに拵(こしら)えましたので」

土間伝いに勝手に入ってきたお登喜が、覆いをとって淡い湯気をたてる煮つけの鉢を、台所の板間に出た宗秀に差し出した。

「美味そうだ。済まんな」

「いいえ。お正月料理ばかりじゃ飽きますから」

言いつつお登喜は、台所の間仕切が開けたままの居間に、箱火鉢を囲んでいる顔見知りの市兵衛と矢藤太を認め、

「おや。新年おめでとうございます」

と辞儀を寄こした。

「新年のお慶びを申し上げます」

市兵衛と矢藤太は、居住まいを正してお登喜に辞儀をかえした。

お登喜はそれほどの年配には見えないが、五十代の半ばをすぎて六十に近い。

同じ柳町の二筋離れた孝之助店に職人の亭主と二人暮らしで、一昨年、それまで診療所の賄いに雇っていた婆さんが、もう歳ですからと辞めたあと、家主の孝之助の中立で雇い入れた。

中々気が利く働き者で、宗秀はいい人がきてくれたと気に入っている。

「では先生、何かお酒のお肴を拵えましょうか」

お登喜が言うので、

「よいよい。正月休みだ。気を遣わんでくれ。それより、お登喜さん……」

と、宗秀は茶箪笥から覆いをかけた皿を出した。

皿には市兵衛と矢藤太が提げてきた、折詰の仕出し料理が分けてある。

「これはあの二人が、仕事先から貰ってきた正月の引出物でな。銀座町の料理屋の仕出し料理らしい。わずかだが、お裾分けにとっておいた。夕餉の菜に、これをご亭主に持っていきなさい」

宗秀はお登喜に、皿を持たせようとした。

「そんな、銀座町の料理屋の仕出し料理なんて、いただけませんよ。先生とみなさんの正月祝いの料理じゃありませんか。あたしらには、勿体なくて口に合いませんから、いけませんいけません」

お登喜は受けとろうとしない。

「口に合わなくともよい。引出物はめでたがって食べればよいのだ。われらの分はたっぷり残してある。それにお登喜さんの煮つけもある。それより、正月休みは明日までだ。明後日から、いつも通り頼んだよ」

遠慮するお登喜に、皿を無理矢理持たせて送り出した。

「さあ、新しい肴だ」

宗秀が居間に戻り、煮つけの鉢を大皿に並べた。

「先生、お登喜さんは六十近いって、本途ですか」

矢藤太が訊いた。

「本途かどうかは知らんが、そう聞いた。五十代の半ばはすぎているはずだ」

「見えませんねぇ。四十代でも、まだ通るんじゃありませんか。素顔であれだから、こってり化粧をしてお座敷に出たら、三十代の年増芸者でいけますよ」

「まさか。だがお登喜さんが働き者で助かっている」

「じゃあ、先生の好みに合わせて、お世話するのは若くてぴちぴちした女房じゃなく、ぽっちゃり色白の年増の女房にしますか」

「好みで言うてはおらん。馬鹿を言わず、呑め」

三人はまた高笑いを撒いた。

縁側の障子戸の透かしごしに、南の炭町の空に浮かんだ、茜色に染まった夕方の雲が見えていた。

今宵から明日の十五日は、左義長の正月行事である。

左義長の正月行事が済めば、日常が始まる。

「で、先生、里右衛門さんの知る人ぞ知る別の顔の話をお願いします」

市兵衛が促し、ふむ、と宗秀は頷いた。

「わたしのような徒歩医者に、町家の大店や武家のお屋敷から往診のお呼びがかかることは、昔も今もまずない。まったくないのではないが、まあ滅多にない。新川や新堀の下り酒十組問屋の大店に呼ばれるのは、みな江戸で評判の乗物医者だからな。大体わたしは、摂津屋という下り酒問屋も、里右衛門さんの顔も知らなかった。あれは、丁度一年ぐらい前の一月だった。わたしは門前仲町のある茶屋の亭主の往診に、四、五日おきぐらいに通っていた。わたしの往診先に深川の茶屋が多いのは、それは知っているな」

市兵衛と矢藤太は頷いた。

宗秀は深川の往診の戻り、堀川町の《気楽亭》にしばしば寄り道をした。

気楽亭は独り者の老いた亭主が、ひっそりと呑気に営んでいた、飯を食わせるが酒も呑める一膳飯屋だった。今はもうないが。

「一月のある日、その茶屋で里右衛門さんがお得意をもてなす酒宴を昼間から開いていた。その酒宴のさ中、里右衛門さんが急な胃痛に見舞われたのだ。冷汗をだらだらと垂らしながら腹を抱えて蹲り、嘔吐し、起き上がれなくなった。お医者さまを呼べお医者さまを、と茶屋中が上を下への大騒ぎをしているところに、わたしが往診にき合わせた。茶屋の亭主に、わたしより急病人のお見たてを、と座敷に連れて行かれ、そこで里右衛門さんに応急の手当を施した」

「里右衛門さんの胃痛は、どんな病だったんですか」

矢藤太が言った。

「六腑の胃が爛れて、急に飲食を受けつけなくなったのだ。日ごろの酒の飲みすぎや不養生な飽食、ひどく熱い物や辛い物を好んで食うのも胃が爛れる元だ。前から症状はあっても、せんぶりや竜胆などの薬を飲むとなんとか収まるので放っておくが、あるとき爛れた胃が飲食に耐えきれず、悲鳴をあげるのだ。高をくくっていると、命にもかかわる」

「そうなんですか。で、どういう手当をなさったんで」

「手当は胃を空にして悪心をやわらげ、腹部を熱湯で湿らせた布を当てて暖め、安静にさせた。見たてが早かったので、通じ薬は使わなかった。胃が斯く斯く云々でと、里右衛門さんに悪心のわけを話し、一日ないし二日は何も食べず温い番茶を飲む程度にし、悪心や腹部の痛みの鎮まり具合、つまり胃の爛れが癒えるのにつれて、重湯、くず湯、うどん、と変えていき、あとの養生は掛かりつけの医者の言いつけに従えばよろしかろうと伝えた。里右衛門さんは、ぐったりと横たわって、わたしの言うことに頷きさえしなかった。だが、翌日、摂津屋の手代がこの診療所にきてな。旦那さまの往診をお頼みいたします、とお呼びがかかったのが、里右衛門さんの掛かりつけになったきっかけだ」

「それが一年前ですか。知りませんでした」

市兵衛が言った。

「言わなかったか。そうだ、去年の春先から夏の初めまで、市兵衛は長谷川町の小春と良一郎を江戸へ連れ戻すために上方に上っていただろう。そうそう。それに去年の夏の終りから妙な夏風邪の大流行で、大勢人が亡くなって天手古舞だった。市兵衛や矢藤太とこんなふうに吞んで、近状を話す機会がなかったのだ」

「里右衛門さんの往診を始められて、遣手として知られている商人とは別の顔を、ご覧になられたのですね」

「そういうことになるのだろうな。侍だろうと百姓だろうと町民だろうと、年寄りだろうと若衆だろうと、大人だろうと子供だろうと、富者だろうと貧者だろうと、医者の見たてる病人が一個の人であることに違いはない。大店の下り酒問屋摂津屋の主人、遣手の商人、十組問屋の行事役筆頭の里右衛門さんであっても、医者の仕事は一個の人の身体と向き合う以外に用はない。地位も身分も富も、病を癒してはくれぬ。病に罹って助かるか助からぬか、病魔は人を選ばぬ。よって、わたしには診療道具と薬を仕舞った柳行李を抱え、徒歩で往診する病人がひとり増えた。ただそれだけだ」

宗秀は酒の碗を気持ちよさそうにあおり、さらに言った。

「急な胃の病が癒えて往診をする症状は収まってからも、風邪に罹って熱が出たとか、咳がとまらぬ、腰が痛い、夜眠れず疲れがひどい、などと少しでも具合が悪くなるとお呼びがかかり、往診を頼まれた。どれもそれほどの病状ではないため、見たてにときはかからない。見たてが終ると、大店のご主人にはわたしのような貧乏徒歩医者が珍しいのか、性に合うのか、商いにかかわりのない世間話をいろいろとするようになった。わたしも嫌いではないから、医業とはかかわりのない世間話をして、案外にそのひとときが愉快なのだ。ときをすごしすぎて、慌てて次の往診先へ向かったこともある」

「どんな世間話を……」

「近ごろの出来事や流行や、埒もない噂話ばかりさ。茶屋の亭主の滑稽な癖とか浮名を流した芸者との里右衛門さんの失敗談やら、いかがわしい岡場所のやくざともめた話やら、深川の賭場で大儲けしたり、逆に大店の主人がぞっとするほど大負けをした話やら、いろいろとそんな世間話だ。わたしも市兵衛と矢藤太や、鬼しぶの話を聞かせてやった」

「え？　あたしらのことを、どんなふうにですか」

矢藤太が目を剝いた。

「だから、京の島原の抜け目のない女衒が、いつの間にか江戸に下って請人宿の亭主に納まり、名門旗本の倅が家出をして上方に上り、大坂で商いの修業やらなんやらかんやらをやらかし、京では島原の抜け目のない女衒の手伝いをし、江戸に戻ってからは、元女衒の請人宿の亭主の仲介で、渡り用人の算盤侍になっておるとか、盛り場の顔利きも一目おく腕利きの町方が、恋女房に見限られた昔の事情や、今は倅に手を焼いておるとかだ。大丈夫。名前までは言うてはおらんのでな」

「ありゃあ。じゃあ明日、根岸の寮を訪ねて、あたしらが宗秀先生からお聞きになった元は京の島原の女衒と、その女衒の手伝いをした江戸の算盤侍ですと教えたら、里右衛門さんは呆れて、仕事を頼む相手じゃなかったと、がっかりなさるかもしれませんね」

「そうかもな。しかし、案外そうではないかもしれんぞ。里右衛門さんは面白がって、仲間が集まる場に自分も一度呼んでくれと言われたこともある。わたしも声をかけますと、里右衛門さんを誘うつもりだったが、さっきも言ったように、去年はみなにいろいろあって、丁度よい機会がなかったのだ」

「それが大店摂津屋を若いときから率い、商いの何もかもに目を光らせなければ気が済まず、江戸の下り酒十組問屋の行事役筆頭の務めでは、誰も異議を唱える者も逆らう者もいない遣手の商人の、別の顔なのですね」

市兵衛が言った。

「里九、と言うのだ。深川や日本橋の芳町界隈の値の張る茶屋町では、里右衛門さんではなく、粋人の里九さんで通っているらしい。深川の茶屋町へは往診によく出かけるのだから、里九と言う遊び人の名を何度か耳にした覚えはあった。深川だろうと日本橋の芳町だろうと、値の張る茶屋町には縁がない貧乏医者ゆえ、遊び人の里九に関心はなかったし、掛かりつけになった当初は、まさか里右衛門さんが里九とは思わなかった。遣手の商人摂津屋里右衛門が、深川や日本橋芳町の茶屋町では好き者の里九さんと呼ばれ、浮名を流しているのを知ったのは、掛かりつけになってだいぶたってからだ。摂津屋の使用人らも問屋仲間もみな承知していて、口に出さないだけだった」

「じゃあ、近江屋さんの刀自が確かめた人捜しの三人の女は、遣手の商人摂津屋里右衛門さんのご用じゃなく、遊び人の好き者の里九さんの人捜しなんですかね」

矢藤太が首をかしげると、

「ただな、里右衛門であれ里九であれ、別人ではない。里右衛門と言う遣手の商人が、茶屋町では里九と言う評判の遊び人でもあるというだけだ。一年足らずの掛かりつけのつき合いにすぎないが、遣手の商人の摂津屋里右衛門さんだからこそ、茶屋町でも評判の好き者の里九なのだなと、つくづく感じる。里右衛門さんと里九は別の顔ではない。ちゃんと一本の筋が通った同じ顔だ。明日、根岸の寮へ行けばわかるよ」

と、宗秀はにやにや笑いを寄こし、砂糖煮の鶏肉を美味そうにかじった。

気づかぬ間に日の入りの刻限がすぎたらしく、透かした障子戸の彼方(かなた)に、赤茶けた黄昏(たそがれ)の空が見えていた。

四

北町奉行所定町廻り方の渋井鬼三次と御用聞の助弥が、山之宿六軒町をすぎ、浅草聖天町の往来を北へ向かっていたとき、聖天町の西方の空を、赤茶けた夕焼けが帯をかけたように蔽っていた。

渋井は、八の字眉の下に左右ちぐはぐなひと重の切れ長な目を、夕焼け空へ何気なく向け、ふん、と鼻息を鳴らした。

「へい。なんですかい、旦那」

後ろに従う助弥が、渋井の小さな鼻息を聞き逃さなかった。

「なんでもねえ。今日も暮れるなと、思っただけさ。夕暮れになるとなんだか怠いぜ。歳だな」

渋井は赤茶けた夕焼け空を見遣ったまま、物憂そうに呟いた。

歳だなと言った渋井は、文政九年が明けて四十五歳である。

「ですよね。正月ったって、町家の見廻りは普段と変わりませんから。正月早々騒がしいのよりは、つつがないほうがめでてえに決まってますが、なんにもねえってえのも、ちょいと気がゆるんで、物足りませんよね」

助弥が話を合わせた。

「ああ、つつがないほうがめでたいがな」

渋井は尖った鼻の下のぷっくりとした赤い唇や、色白に細い顎が目だつ癖のあるしぶ面を、骨張ったいかり肩の間に戻した。

盛り場の顔役や親分衆らが、渋井鬼三次を《鬼しぶ》と呼び始めた。

「あの男の不景気面を見たら、闇の鬼も顔をしかめるぜ」

と、闇の鬼も顔をしかめるほどの腕利きの裏がえしだったが、それが、浅草本所深川、両国築地愛宕下界隈の地廻りや博奕打ち、無頼な渡世人らに広まって、鬼しぶが綽名になった。

渋井は白衣に黒羽織、朱房の十手は帯の結び目に差し、腰の両刀の柄に腕をだらりと乗せてゆるやかな歩みを進め、ひょろりと背の高い助弥が、渋井に従い暇そうに突き袖をゆらしていた。

普段でも黄昏どきになれば、通り沿いの表店は閉じる刻限だった。

菓子屋、土産物屋、飯屋などのほかは、まだ正月休みの店も多く、日が沈んだ黄昏どきのこの刻限、聖天町の表通りを外れた茶屋や酒亭が賑わっている以外は、もう人通りも少なかった。

聖天町の表通りは、奥州道でもある。

浅草御門橋から始まり、聖天町をへて、山谷堀に架かる山谷橋、小塚原町から荒川に架かる千住大橋を越えて千住宿、そして北の国へと奥州道が通っている。

渋井と助弥は、その聖天町の表通りを北新町の横町へ折れた。

北新町は聖天横町の町家で、横町の西隣が天台宗金竜山遍照院、北隣は西方寺の境内であった。

聖天横町の往来は、浅草田町への抜け道でもある。田ぬけが訛った狸長屋が横町内にあった。

渋井と助弥は、北新町から北側の狸長屋の路地へ折れた。

夕餉の刻限で、路地に人影はなかった。

焦げた焼魚の匂いが、つん、と渋井の尖った鼻についた。

路地のどぶ板に雪駄を鳴らし、路地から路地へとひとつ二つ曲がって、北隣の西方寺の土塀と堂宇の瓦屋根が見える路地へ出た。

堂宇の上空を、ねぐらへ急ぐ数羽の烏が鳴き声を残して飛び去って行く。

やがて、渋井と助弥は一戸の腰高障子の前に立った。

引違いの腰高障子に、戸内の明かりがぼうっと射していた。障子の黄ばんだ染みが、乱れた模様のように見えた。

障子戸のわきに、仕舞い忘れたのか、竹箒がたてかけてあった。

助弥が建てつけの悪い障子戸の隙間から、戸内をうかがった。背の高い助弥の小銀杏が、低い軒の板庇に届きそうだった。

「旦那、ここですぜ」

渋井は、うむ、と頷いた。

「ごめんよ。ちょいと御用だ。開けるぜ」

助弥がひと声かけ、腰高障子をがたがたとゆらした。

障子戸を引いた土間の片側に、竈と流しと水桶があって、竈横の土壁の棚に笊や小盥、擂鉢、味噌壺、徳利などがおかれ、黒い屋根裏に開けた明かりとりと煙出しの天窓が、まだ青みの残る空を切りとっていた。

土間続きの四畳半にいた二人の男が、障子戸を遠慮なく引き開けた助弥へ、茫然とした顔を寄こした。

布子の半纏を袖を通さずに羽織った中年男が、胡坐をかいて向き合い、徳利酒を酌み交わしている。

味噌漬けの大根が酒の肴らしく、甘酸っぱい味噌の臭みが、行灯のほの明かりの中に嗅げた。竈に小さく燃える残り火が、土間を生温く包んでいる。

黒羽織の渋井に続いて助弥が、雪駄を土間に鳴らした。

男らは、御用なら自身番に呼びつける町方が、路地奥の裏店までくるのが意外そうに、酒の碗をおいた。

　のそのそと四畳半の上がり端まで膝を進め、両肩に首を埋めて畏まった。

一灯の行灯と米櫃、米櫃の上の盆に重ねた碗や皿や箸、衣紋掛に下げた衣類、てき屋の売物を仕舞った木箱や風呂敷包などが壁側に雑然と寄せてある。

茶簞笥とかの家財道具もなく、いかにも仮住まいらしい。

部屋の奥に、引札か何かを張りつけて穴を塞いだ古い枕屏風をたて、頭のほうは屏風の陰に隠れているが、もうひとりが色褪せた紺地の煎餅布団に包まっていた。同じような煎餅布団が、奥の隅にも重ねてある。

渋井は、上がり端に畏まった男らの頭ごしにぐるりと四畳半を見廻すと、しぶ面を男らへ向けた。

「飯どきに邪魔するぜ。この店はあそこのひとりとおめえらの三人だな」

渋井は枕屏風へ軽く顎をしゃくり、二人へ声をかけた。

「さようで。帳元の剛三郎親分の店割で、土手八丁のしょばに大道店を出しておりやす。今日も飯代わりのこいつを一杯やって、商売に出かけやす」

月代をのばした男が渋井に答え、戸口を背に腕組みをして立っている助弥に無精髭の愛想笑いをした。

「飯代わりの一杯かい。それで腹が持つのかい。それにしても案外にゆっくりだな。おめえらの商売は、今ごろは書き入れどきじゃあねえのかい」

「そうなんですがね。どうせ朝まででですから、慌てることはありゃしません。なんかつまらねえんでぐずぐずしてたら、もう夕暮れになっちまいました。野郎は不貞寝していやがるし。仕方がねえからそろそろ商売に行くかいと、言ってたところでやした」

なあ、と月代をのばした男が、隣の小太りの男に懈怠そうに言いかけ、小太りが、やはり懈怠そうに、

「へえ。稼がにゃあおまんまの食いあげですから、そろそろなと……」

と、言い添えた。

「その前に、ちょいと聞かせてくれ。おめえらの中の弁次郎に用があるんだ。誰が弁次郎だい、うん?」

渋井は月代をのばしたほうから小太りのほうへ、左右ちぐはぐな目をいっそうちぐはぐにして向けた。

「弁次郎は野郎です」

月代の男が、奥の枕屛風を指差した。

「おい弁次郎。起きろ。お役人さまの御用だぜ。弁次郎」

小太りのほうが枕屛風へ、太い声を投げた。

返事はなかった。ただ、枕屛風の陰の色褪せた紺地の煎餅布団が、もぞもぞとゆれた。

小太りが見た目より素早く立って行き、もぞもぞとゆれる煎餅布団を、二度、三度と荒っぽく叩いた。

「なんだい、うるさいな。ほっといてくれよ。気持ちよく寝てんのに」

枕屛風の陰で、不機嫌そうな少々甲高い声が聞こえた。

「お役人さまの御用だってんだ。目を覚ましやがれ」

「ええ、お役人さま？　あたしは何も悪いことなんかしてないよ。御用なんかないよ。人違いじゃないのかい」

「知らねえよ。お役人さまに言え。ほれ、起きろ」

「いやだな。まだ眠いんだよ」

ぶつぶつともらし、弁次郎が枕屛風の上縁に目から上をのぞかせた。目尻の下がったゆるい眼差しを土間の渋井と助弥へ向け、渋井の癖のある目つきにひと睨みされ、慌てて媚びるような猫なで声になった。

「た、ただ今すぐに……」

弁次郎は帷子一枚の前襟を整えつつ、小腰をかがめ枕屛風の陰から這い出て、中背の痩せた身体をぐにゃりと縮めて着座した。うっすらとのびた月代に乗せた小銀杏が寝乱れて歪み、無精髭も生えている。

「おめえが弁次郎かい」

渋井が土間に立ったまま言った。

「へえ、弁次郎でございます。お役目ご苦労さまでございます」

「山之宿町の剛三郎に、おめえがここだと聞いた。心配すんな。しょっ引きにきたんじゃねえ。ちょいと訊きたいだけだ。大したことじゃねえ。立ち話で済む話さ。外へ行くかい」

渋井はそう言って、土間に雪駄を擦った。

「え、外へですか」

「あっしらは商売道具を担いですぐに出ますが。なあしげ」

「おう。あっしらが出やすんで、どうぞここで」

月代の男と、しげと呼ばれた小太りが言った。

「すぐ終るからいいんだ。弁次郎、日が落ちて外は寒いから、なんか上に羽織ったほうがいいぜ。きな」

弁次郎はいっそう身体を縮めて、渋井へぺこりと頭を垂れた。

しかし、弁次郎は何も羽織らず、藁草履を突っかけ、渋井の後ろに従い、そのあとから、助弥がうす暗くひんやりとした路地に出た。

三人の頭上に、まだ暮れなずむ紺青色の空が広がっていた。

路地を四、五間（約七・二〜九メートル）戻ったところに、井戸と物干、小さな鳥居と稲荷を祀った明地があって、井戸桶の板屋根の上に、榊が葉を繁らせていた。

渋井は物干場に雪駄をずるっと鳴らし、弁次郎へ見かえった。

帷子一枚だけの弁次郎は、寒そうにぎゅっと腕組みをし、不貞腐れていた。

三人のほかに人影はなかった。

「あの二人とは、馴染みの間柄なのかい」

渋井は弁次郎へふり向いた。

「たつ蔵さんとしげさんですか」

「はい。剛三郎親分にねたつけをしたとき、住むところもなかったんで、剛三郎親分がここで住まわしてもらえと、口を利いてくださったんです。ここに住むまでは、三人ともに素性も知らない赤の他人です。お互い、素性は聞かないようにしていますから、今も知りませんが」

「たつ蔵としげは、おめえが島帰りだと知っているのかい」

「それはもう、剛三郎親分から聞いたみたいで。一度だけたつ蔵さんに、何をやったんだいと訊かれ、博奕の金欲しさにお店の品を横流ししたのがばれて、三宅島に七年ばかしと、白状するしかなかったんで」

「七年は早いほうだぜ。大抵十年ぐらいかかるし、八丈島なら一生だ。三宅島で運がよかったんだな」

弁次郎は背中を丸め、しゅんしゅん、と鼻を鳴らした。

「ところで弁次郎、剛三郎はてき屋の帳元だ。おめえはやくざじゃねえから、山之宿のてき屋の帳元の剛三郎を、まさか知ってたはずがねえ。山之宿の剛三郎のことは誰に聞いた」

「え、ええ、それは……」

弁次郎は口ごもった。

「弁次郎さん、隠すことはねえだろう。誰に聞いたんだい」

長身の助弥が、痩せて尖った弁次郎の肩先を手の甲でせっつくように叩いた。

「別に隠してるわけじゃあ……」

弁次郎は寒そうに腕組みをした肩を震わせた。

嫌そうに顔をしかめた。

「剛三郎親分から、もう、お聞きになったんじゃあ、ないんですか」

「帳元は、ねたつけのてき屋が誰の身内かを明かすわけにはいかねえから、そいつは当人に訊いてくれと言うのさ」

てき屋が帳元の親分にねたつけ、すなわち《店割(みせわり)》をしてもらうために、自分は何処(どこ)の誰々一家の者でとか、誰々の世話になっている身内でとかの仁義をきり、登録してもらわなければならない。

「おめえはそいつに、食うのに困ったら山之宿の剛三郎を訪ねろ、おれの名前を出せばてき屋の仕事ならありつける、飯を食うぐらいはなんとかなると、教えられたんだな。そいつは、同じ島流しの仲間だな。そいつは誰だい」

「あたしがどこの誰から聞いたか、お上の御用にどんなかかり合いがあるんですか。あたしは刑を済まして戻ってきたんです。ほっといてくださいよ」

弁次郎は不満を隠さず言った。

「だから、しょっ引きにきたんじゃねえと言っただろう。じゃあ聞くが、もしかしてそいつは、物真似の柳五郎じゃねえのかい。柳五郎は、おめえが遠島になった同じ三宅島に遠島になってた。おめえが七年の懲罰を終えて娑婆に戻ったのが去年秋だ。柳五郎はおめえより一年半ほど早く遠島を解かれている。つまり、おめえと柳五郎は、五年近く同じ三宅島にいたわけだ。当然、流人同士、慣れねえ島の暮らしで助け合い、おいとかおめえとか、呼び合う仲間になってもおかしくねえ。おめえ、山之宿の剛三郎を訪ねろ、物真似の柳五郎の名を出せば店割をしてもらえると、柳五郎に言われたんじゃねえのかい。でなきゃあ、誰の身内でもねえ島帰りのおめえが、いきなり帳元の剛三郎を訪ねて、てき屋のねたつけができるわけがねえんだよ」

「物真似なんて、知りません。けど柳五郎さんなら、島でいろいろ世話になりました。慣れない島の暮らしに、親身になって助けてくださったんです。島守のお役人だって、困ったことがあったら柳五郎さんに聞けと言ってたんですから。確かに、山之宿の剛三郎親分を教えてくれたのは柳五郎さんです。それがだめだと仰るんですか。それが間違いだと仰るんですか」

「弁次郎さん、旦那はそんなことを仰ってねえだろう。訊かれたことだけを答えりゃいいんだ」

助弥が弁次郎をたしなめた。

弁次郎は帷子一枚が寒そうに肩を震わせ、うすい不精髭がまばらにのびた唇を尖らせた。

「なら今知ったたな。おめえが島で世話になった柳五郎は、物真似の柳五郎と呼ばれている渡世人だ。鳥や獣の物真似が得意らしい。それは知ってたかい」

「し、知りませんよ。ただ、柳五郎さんの名前だけしか。柳五郎さんが何をして島流しになったのかも知りませんし、柳五郎さんも、あたしが何をやったかをいっさい聞きませんでしたし……」

「そうかい。ならそれでいい。でだ、お上のちょいとした御用で、柳五郎を捜してるんだ。おめえ、柳五郎の今の居どころを知らねえかい」

弁次郎は唇を尖らせたまま、首を横にふった。

「島にいたとき、柳五郎の江戸の身寄りがどこそこにいるとか、そういう話をしていなかったかい。身寄りじゃなくても、昔の知り合いや古い馴染みとの事情とか居どころとか、柳五郎にかかり合いのありそうな話を聞いてねえかい」

「何も。あたしが柳五郎さんと話したのは、島で無事に暮らしていけるように、こうしろああしろと、教えてもらったことだけです。柳五郎さんは遠島を解かれて、郷里へ戻ったんじゃありませんか」

「うん？　うん。柳五郎は生まれも育ちも江戸の山崎町だ。鳥や獣の物真似を聞かせて銭を乞う辻芸人の倅で、父親に芸を仕こまれ、柳五郎も鳥や獣の物真似が巧いのさ。だから、物真似の柳五郎の戻る場所は、江戸しかねえんだ。むろん今は、山崎町に親も縁者もいねえんだがな」

「お上が柳五郎さんに、一体どんな御用があるんですか。せっかく、つらい島暮らしを解かれて娑婆に出て、真っ当に暮らしていらっしゃるとばかり思っていたのに、柳五郎さんは何をやったんですか」

「お上の御用の筋を、今ここで話すわけにはいかねえんだ。ただな、物真似の柳五郎の消息をちょいとでも聞きつけたら、知らせてくれねえか。どこそこで見かけたとか、あるいはこんな噂を他人から聞いたとかでもいい。御用の役にたったら、町奉行所の御褒美が出ると思うぜ」

「島で世話になった恩人の柳五郎さんを売れと、仰るんですね。確かに、恩では腹はふくれませんからね。へえ、考えときますよ」

弁次郎は寒そうに腕組みをした肩をすぼめ、鼻で笑った。

そこへ、たつ蔵としげが商売に出かけるらしく、売物を仕舞った木箱や風呂敷包をかついで路地に通りがかった。

二人は物干場の渋井らへ小腰をかがめ会釈を寄こした。だが、路地はもう宵の帳がおり、二人の顔は見分けられなかった。


柳五郎は物真似の辻芸人の倅だった。

下谷山崎町二丁目のその裏店で生まれ育ち、物心ついたときから父親に物真似を仕こまれ、父親と同じく、まだ十歳にもならぬ前から物真似の辻芸で、父親とともに江戸市中を廻り始めた。

十代の半ばに父親を亡くし、以来、柳五郎ひとり物真似の辻芸で、江戸市中を廻った。

その一方、柳五郎がおのれの身体に他人にはない力を秘めていることに気づいたのもそのころだった。

柳五郎は、痩身ながら背は六尺（約一八〇センチ）近くあって、しかも身体が異様にやわらかく、腕力と握力の強さも凄まじかった。素手の喧嘩で、盛り場の地廻りややくざ相手に、後れをとることはなかった。

初めは金で頼まれたのではなかった。

近所の煮売屋に、強請同然に上前をはねにくる無頼漢がいた。煮売屋の亭主が困っているのを聞きつけ、柳五郎はその男を不具にするほど痛めつけた。

「次は生かしちゃおかねえ。ここら辺に二度と顔を出すんじゃねえぜ」

と脅した。男の姿は二度と見かけなくなった。

要求したのでもないのに、煮売屋の亭主が柳五郎に謝礼をわたしにきた。それがその仕事の初めての稼ぎだった。柳五郎は十六歳だった。

それから三月ほどがたって、浅草堂前の賭場の縄張り争いで、一方の貸元が賭場荒しに困っている、対立する貸元の差金はわかっている、見せしめにその賭場荒しを始末してもらいてえ、と小判十両で頼まれた。

相手は元鳥越町の無頼な素浪人の二本差しだった。

柳五郎の父親の残したわずかな荷物に、錆びた長脇差があった。

柳五郎はそれを研(と)いで、なんとか使えるようにした。

長脇差を筵(むしろ)にくるんで元鳥越町へ向かい、夜ふけの新堀川の土手道で酒亭からの戻りの素浪人を待ち伏せ、めった斬(ぎ)りにして、亡骸(なきがら)を新堀川に投げ捨てた。

剣術の稽古をしたことはなくとも、獣のような動きが素浪人のなまくら剣法をたちまち引き裂いたのだった。

凄腕(すごうで)の始末人の噂が、盛り場の博徒(ばくと)の親分ややくざなど、その筋の者らの間に知られ始めたのは、その一件があってからだったが、その始末人が辻芸人の物真似の柳五郎だとは、まだ知られてはいなかった。

むろん町方にも、そんな始末人がいるという差口(さしぐち)は届いていた。

しかし、始末人の正体まではつかんでいなかった。

辻芸人の柳五郎と千住宿の貸元の間にもめ事が起こって、貸元が柳五郎を亡き者にと謀(はか)ったところが、逆に貸元のほうが柳五郎に斬られた。

その一件で、柳五郎は三宅島に遠島となった。

一年半前の文政七年（一八二四）、二十九歳になっていた柳五郎は、およそ七年半の遠島を許されて江戸に戻り、物真似の辻芸人稼業を始め、その辻芸人稼業を隠れ蓑(みの)に、始末屋の稼業に再び手を染めていた。

去年冬、北町奉行所に物真似の柳五郎の差口が入った。

下谷山崎町二丁目の辻芸人物真似の柳五郎の正体は始末人で、その三月ほど前の夏の終り、芝神明門前町の茶屋町の甲之助と言う店頭が、自分の店の土蔵で首を吊っていた。首吊りが見つかったときは、店頭の役目は表沙汰にできないもめ事がいろいろあって、人知れず悩みを抱えていた甲之助が自ら首をくったと、誰も怪しまなかった。

だが三月がたった冬、北御番所に甲之助が使っていた若い男の差口があった。

茶屋町の女郎衆の仲介料のうち店頭の甲之助に口銭と称して長年、馬鹿にならない上前を撥ねられていた判人(売女の身売りの証人)が恨みを抱き、始末屋に頼んで甲之助を始末させたと、判人の使用人から偶然聞いたと。

町方はすぐに判人を捉え厳しく問い質したところ、物真似の柳五郎に甲之助の始末を頼んだと、とうとう白状した。

三月前の甲之助の首吊りは、首吊りと見せかけた始末人の殺しと、柳五郎の容疑は固まった。

ただちに、北町奉行所と南町奉行所の捕り方が、下谷山崎町二丁目の辻芸人柳五郎の裏店に踏みこんだが、捕り方が迫っていると直前に気づいた柳五郎は、忽然と姿を消した。

柳五郎が寝ていた布団には、人の温もりが残っていた。

「柳五郎はまだ近くにいる。逃がすな」

と、捕り方は周辺を虱潰しに捜索した。

しかし、逃走の足どりすらつかめず、読売が町方の失態を書きたてた。それがあって、北町奉行榊原主計頭より、渋井に物真似の柳五郎の探索にあたれと、直々の沙汰が下されたのだった。

五

花に彩られる季節にはまだ早い、春の初めの肌寒い午前だった。

市兵衛と矢藤太は、筋違御門橋から御成街道を下谷広小路へとり、山下をすぎて、下谷坂本町二丁目と三丁目の辻を根岸のほうへ曲がった。

坂本町の家並をはずれた寺町の、西蔵院の土塀と百姓地に沿うだらだら道が、やがて、道沿いのどの店も趣のある生垣を廻らし、葉がもうすぐ芽吹きそうな樹林に囲まれた瀟洒な、寄棟や入母屋の茅葺屋根の家々が続いた。

この辺一面が、根岸の里と言われていた。

根岸の北側を流れる石神井川の、松並木がつらなる土手の向こうの金杉村新田の百姓町で、正月の松飾を焼いているのか、ひと筋の焚火の白い煙が、霞のようなうす雲の蔽う空にゆるゆると上っていた。

「ここだね、市兵衛さん」

矢藤太が、肩を並べた市兵衛に言った。

赤芽もちの生垣の上に、白いこぶしの花が春の先触れのように咲いていた。

「こぶしの白い花が咲いていますので、それを目印に」

昨日、近江屋の刀自が言っていた。

こぶしの花を見あげて市兵衛は頷いた。

赤芽もちの生垣に囲まれた庭のどこかで、くい、くい、とつぐみが囀っている。

生垣沿いに行くと、茅葺屋根のつま戸が両開きになっていた。

小砂利を敷いた前庭の木蓮の高い灌木の間を、寄棟造りの庇下の表戸まで踏石が並んだ先の、表の両引きの格子戸が開いていた。

「なんだか開けっ広げだね。まさか、おれたちを迎えるためじゃないよね」

「まさかな」

矢藤太と市兵衛がささやき合った。

掃除のいき届いた三和土の落縁に続く寄付きのほのかな暗みの中に、組子に障子をはめこんだ黒柿の衝立が見えた。

「ご免なさいまし。こちらさまは下り酒問屋摂津屋さんの別邸とお見受けし、お訪ねいたしました。ご免なさいまし」

矢藤太が言いかけた。

すぐに、細縞の長着を着流した年配の男が寄付きに現れた。

男は衝立を背に端座し、「おいでなさいまし」と辞儀を寄こした。

矢藤太と市兵衛が名乗り、用件を伝えると、

「宰領屋の矢藤太さま、唐木市兵衛さま、お待ちいたしておりました。どうぞお上がりくださいませ」

と男が先に立って、四畳半の寄付きと杉戸で間仕切し、濡縁側の明障子が引き開けられ広い庭に面した十畳ほどの座敷に通された。

庭の一角に真竹の藪、ひばやたぶ、杉の常磐木、別の一角には、かしわや梅やもみじなどのまだ若葉の芽吹かぬ樹林が見えた。通りから見あげた赤芽もちの生

垣の側に、白い花の咲くこぶしの木だけが春の季(とき)を彩っていた。

男が退ってほどなく、やはり年配の男が、銀煙管(ギセル)の見える莨盆(たばこぼん)を提げたくだけた様子で座敷に入ってきた。黒茶味に菊菱(きくびし)の小紋の着流しに一本独鈷の帯を締めただけの拵えが、背の高い男の痩身に似合っていた。

市兵衛と矢藤太は申し合わせて、そろって黒羽織を羽織っていた。改めて名乗り、畳に手をついた。里右衛門が辞儀をかえし、

「摂津屋の里右衛門でございます。宰領屋の矢藤太さま、唐木市兵衛さま、お待ち申しておりました。一介の商人でございます。どうぞお直りください」

と、白髪交じりの鬢(びん)のほつれをひと撫(な)でした。

「近江屋の季枝さんに、宰領屋さんと唐木さんのお仕事ぶりをうかがいました。詳しい経緯は存じませんが、山村家の早菜さまを川越城下から近江屋さんにお連れするむずかしいお仕事を、見事に果たされたそうでございますね。そのような方々に、是非この仕事をお引き受けいただければ、と申しますか、老いぼれのささやかな希(のぞ)みをかなえていただけるのではと思われ、季枝さんにお口添えをお願いいたしました」

老いを託(かこ)ってはいても、少し才槌頭(さいづちあたま)の面長(おもなが)な顔色は透きとおったように白

く、二重の切れ長なぱっちりとした目や高い鼻やしゅっと結んだ唇が、里右衛門の若いころの顔だちのよさを忍ばせた。

案内に立った年配の男が、茶托の碗と茶請けの朧饅頭を運んできた。里右衛門は市兵衛と矢藤太に一服を勧め、

「わたしはこれを」

と、銀煙管に刻みをつめ、うすい煙を吹かした。

「季枝さんに、お二方は京におられた若いころよりの古いお知り合いで、とても面白いときを共にしてこられた事情もお聞きしました。それでふと、別のある方のお知り合いに似ていると、思ったのでございます」

里右衛門は掌に雁首を軽く当て、灰吹へ吸殻を落とした。

「偶然、一年ほど前から掛かりつけをお願いしている有能なお医者さまがおられます。医業のみならずお人柄も優れ、面白い先生でございましてね。その先生のお仲間に、元は京の女衒をなさっていて、今は江戸の口入屋を営んでおられるご亭主や、そのご亭主の仲介を請けて、武家の台所勘定の始末をつける臨時の用人役に就いておられ、しかもお生まれが名門旗本のお侍さまがいらっしゃると、聞いておりました。ほかにも、盛り場の顔利きも一目おく腕利きの町方のお仲間も

いらっしゃるそうで、季枝さんに矢藤太さんと唐木さんのお仕事ぶりをお聞きして、似た方々がいらっしゃるものだと思っておりました。もしかして、矢藤太さんと唐木さんは、柳町の柳井宗秀先生をご存じではございませんか」

里右衛門がやわらげた眼差しを、矢藤太から市兵衛へと向けた。

「じつは昨日、近江屋の季枝さまに摂津屋さんから仕事のご依頼の話をうかがいました折り、摂津屋さんの掛かりつけが柳町の柳井宗秀先生と聞け、宗秀先生ならばわたしどもとは長いおつき合いをさせていただいておりますので、そうだったのかと意外に思った次第でございます」

矢藤太が言った。

「やはり。人は人を知る、才は才を知る、でございますね。そうではないかと、思っておりました」

「口入稼業の仕事柄、お客さまについての下調べは欠かせません。それで、近江屋さんの戻りに柳町の宗秀先生の診療所に市兵衛さんと立ち寄り、老舗(しにせ)の下り酒問屋を営まれ、のみならず、下り酒十組問屋の仲間を率いてこられた凄腕の商人と評判の高いご主人のお人柄などを、宗秀先生にお訊ねいたしました。まだお目にもかからないうちに、ご無礼を何とぞお許し願います」

「お気遣いなく。ではすでに、摂津屋の里右衛門が気むずかしく横柄な頑固者で、鼻持ちならない気障な老いぼれと、宗秀先生からお聞きになられたのですね」

「とんでもございません。宗秀先生に、掛かりつけの医者がそんな不届きな真似ができるかとお叱りを受けましたものの、ただ、遣手と評判の高い商人という以外の、摂津屋さんの心のままにお暮らしになっている、誰もが知っている日々のご様子などならばと、宗秀先生にお聞きすることができました。深川や日本橋の芳町界隈の値の張る茶屋町では、摂津屋の里右衛門さんではなく、里九さんの通り名で浮名を流しておられるようだとうかがい、なるほどと、納得がいきました。茶屋町で浮名を流しておられる里九さん、と聞いただけで、粋な三味線の音が聞こえてきそうな気がいたします」

「この世に生を受け、代々の家業を継いで商いひと筋というだけでは、物足りぬと申しますか、気が済まぬと申しますか。気が済むように、まさに勝手気ままに生きたいという気持ちは、どなたにもございましょう。気が済むように生きる事情が許す方もあれば、許さぬ方、勝手気ままに生きる決心がつく方も、つかぬ方もおられます。それも人の運。たぶん、違いはそれだけでございましょう」

「ごもっとも。宗秀先生が仰っておられました。遣手の商人の里右衛門さんと茶屋町で浮名を流しておられる里九さんは、別人ではない。里右衛門さんであれ里九さんであれ、ちゃんと一本の筋が通っている人間であることはお会いすればわかると、そのように」

「いかにも宗秀先生らしゅうございます。ただ運よく好き勝手に生きてこられただけの老いぼれに、宗秀先生のお言葉により一本の筋を通していただき、ありがたいことでございます」

あはは、と里右衛門は楽しげに笑い、また銀煙管に刻みをつめて一服した。

くい、くい、と庭の木々のつぐみの囀りが、通りよりもよく聞こえていた。

「それで、早速ではございますが……」

と、矢藤太がきり出した。

「季枝さまより、摂津屋さんが若い時分にいささかかかり合いがあって、今はどこで何をし、生きておられるのか、もしかしてもう亡くなられたのかさえわからない、三人の女の方々の人捜しと、うかがっております。それをうかがっただけでも、何やら濃やかな人情が絡み合っていそうな人捜しに思われます。要するに、里九さんと因縁ずくの茶屋町の女衆を、捜すんでございましょうか」

「大よそ、そのようにお察しいただいて結構でございます」

里右衛門は真顔になっていた。

「上方より江戸へ廻漕される下り酒百万樽の年々の大商いであれ、茶屋町の女衆と流した脂粉の香りにまみれた浮名であれ、ただただ浮かれ戯れ、束の間の夢の秋をすごしたようにしか思われません。一炊の夢よりはたと目覚めますと、すでに五十九歳の黄昏の時節。ふと、わが胸中は空っぽで、耐えがたいほどの虚しさに苛まれ、それが去年の冬、急な肺の重き病に侵されておよそ半月以上生死の境を彷徨った挙句、宗秀先生の療治の甲斐あってどうにか生き長らえることができたときの、わたくしの心境でございました」

里右衛門は、矢藤太から市兵衛へ真顔を廻した。

「わたくしは、わが胸中の耐えがたいほどの空虚が、病より回復したばかりゆえ気弱になっている所為だろうと勘違いし、宗秀先生の言いつけを守らず、無理矢理床を払って摂津屋の商いや十組問屋の行事をこなしつつ、わずかな合間には、性懲りもなく茶屋町へ出かけ芸者衆や茶汲女と戯れ、殊に慌ただしい年の瀬をすごしたのでございます。で、大晦日になり、やれやれ今年も暮れたとひと息ついたところ、急に身体の力と自身の分別が失せ、そのまま気を失い、気がつきますと、またしても病の床に寝かされ、新年の朝を迎えておりました。夜通し看病についていた店の者に、突然倒れた有様や駆けつけてくださった宗秀先生が朝方お戻りになられた子細を聞き、何も思い出せず、ただ呆れるばかりでございました。けれどたったひとつ、急に身体のすべての力が失せ、分別が遠退いていくときのじいんとした、音に聞こえたのではなく、気配がしたような覚えだけが耳の奥に残っており、そうか、あの世へのお迎えがくるとはこういうことだったのだなと、やっと気づいた次第でございます」

「お迎えがくる、でございますか」

矢藤太が果敢なげに問いかけ、里右衛門はゆっくりと首肯した。

「昼すぎに宗秀先生が往診に見えられ、とにかく、病後の衰えの回復せぬまま無理をして身体が言うことを聞かなくなった。身体が回復するまで、仕事も遊興も一切慎んで養生しなければ、命を危うくいたしますと強く諫められ、新年元日の夕方にはこの寮に移ったのでございます」

里右衛門は庭へ真顔を向け、つぐみの囀りに耳を澄ました。

「と言うわけで、商いから身を置き、茶屋町で浮かれる日々も間遠になり、静かに養生する日々を送って半月余がたっております。ところが、そういう静かな日々が却(かえ)って身を置いたはずの商いの煩わしさや茶屋町の明かりを、前よりも思い出させ、つい溜息(ためいき)を突く始末で、まことに因果な性分だと、つくづく思わずにはいられません」

　そこで、市兵衛が言った。

「そういう折りに、はるかに遠い昔、摂津屋さんが濃やかな人情を交された因縁ずくの女衆を、思い出されたのですね」

「はい」

　里右衛門は庭へ向いたまま答えた。

「近江屋の季枝さんに、わたしの若い時分にいささかかかり合いがあって、今はどこで何をし、生きているのか、もしかしてもう亡くなっているかも知れない三人の女衆を捜していただける方を、この人ならと信頼できる方をご存じではありませんかとお訊ねいたしました。季枝さんはいかなる因縁なのかもお訊ねにならず、ただ頬笑まれて、唐木さんと宰領屋の矢藤太さんならばと言われたのです。それで、お二方がこうして見えられた」

「三人の女衆を捜し出し、それから何をいたすのですか」

「女衆に、手切金(てぎれきん)をわたしていただきたいのです」

「手切金を？　はるかに遠い昔、摂津屋さんと因縁ずくの、今はどこで何をし、生きているのか、もしかしてもう亡くなっているかも知れない三人の女衆を捜し出して、手切金をわたすのですか」

「さようです」

里右衛門がけれんなく答え、矢藤太は首をひねり訝（いぶか）しんだ。

「詳しい事情を、お聞かせ願います」

市兵衛が促した。

「わたくしには、女房も子もおりません。三十歳をすぎて二度ばかり所帯を持ちましたが、女房を持ち子を育てと、そういう人並みな暮らしに向いていない性分でございます。最初の女房との間に生まれた二人の子も不運が重なって亡くし、二度の所帯を持ったのですが、女房とは二度とも反りが合わず離縁いたしました。以来ずっと独り身でございます。そのころはまだ両親がおり、摂津屋の跡継ぎがないことを気にかけ、わたしが三十九歳のとき、永代通りで酒屋を営んでおります従弟の十六歳の倅を養子に迎え、摂津屋の跡を継がせることが決まりました。あれから二十年がたち、跡継ぎは摂津屋の筆頭番頭を務めております。摂津屋の商い大事の、ただそれだけの凡庸（ぼんよう）な跡継ぎではございます。ではあっても、それも定めと受け留め、これを機に代替わりをいたすつもりでおります」

里右衛門は、また煙管を吹かした。

莨のうすい煙が少し肌寒い部屋に流れ、庭のつぐみの囀りが聞こえている。

「跡継ぎが決まり、心の隅にあったもやもやした気がようやく晴れましてね。それからは、昼間は商いに精を出し、また問屋仲間の行事役に勤しみ、しかし夕暮れが近づきますと、深川の門前町や堀江六軒町の芳町、まれにはお客さまをお招きして浅草北の吉原へ繰り出すこともございまして、四十代のあのころは疲れることを知りませんでした。人の世は金儲けだけではない。儲けて散財するからこそ商いができるのだと、所詮は商人のくせに粋でいなせな遊び人を真似て、茶屋町で評判をとった芸者衆や茶汲女とも、数々の浮名を流しました。好き者の里九と、門前町や芳町で呼ばれていたのも、そのころでございます。それでも、浮名を流した女を落籍せて、妾にして囲うか、独り身なのですからいっそ女房にしようか、という気にもなりませんでした。芸者だから、茶汲女だから老舗の摂津屋の女房には相応しくない、というのではありませんよ」

それから、ふっ、と里右衛門は笑みをこぼした。

「ですが、女房にしたいと真剣に思った女が三人おりました。宰領屋さんは茶屋町の女衆を、と言われましたが、三人ともに茶屋町の女衆だったのではございません。二人は深川の永代寺門前仲町と堀江六軒町の芳町の女ながら、ひとりは違うのです。最初の女は、わたくしが十七歳の、先代の父親の下で商いの修業中のときで、わたくしより十歳上の他人の女房でした。と申しましても、不義密通ではございませんよ。少々わけありでございましてね。小僧も同然の若蔵が傍から見ればきっと滑稽だったでしょうが、若蔵は若蔵なりに真剣でございました。その女は、摂津屋に一季奉公で雇われていた婢でございましたが、じつは他人の女房、それも、歴としたお武家の奥方さまでございました」

「ええ、奥方さまで？」

矢藤太が口を挟んだ。

しかし里右衛門は頬笑みをかえしただけで、「その次が……」と続けた。

「わたくしは二十四、五歳の商いがだんだん面白くなり始め、もう坊ちゃんではなく、若旦那と使用人や番頭らからも呼ばれていたころでございました。たまたま盛り場の往来で行き会った女でございます。この女は可哀想な境遇に育ち、その境遇からなんとか救ってやりたいという気持ちだったのが、だんだんとのめりこむように魅かれていき、いつしか、女房にしようと思うほど夢中になったのでございます。仮令、両親がどんなに反対しようとも女房にすると決めておりましたのに、つまるところ、そうはならなかったのでございますが」

　里右衛門は吐息をついた。

「それから三人目の女は、門前仲町の子供屋抱えの羽織でございました。わたくしは先代の父親から摂津屋を継ぐ心構えは、すでにできており、商人としてのおのれの将来に最も自信があったころでございました。しかしながら、この女を女房にしよう、二世の契りをと思いを寄せたにもかかわらず、わが思いはかなわなかったのでございます。それが終りましたのは、女は二十四歳。わたくしが三十歳の春のことでございました」

「なるほど。摂津屋さんのお希みの人捜しとは、女房にと心に決めたそのお三方なんでございますね」

　矢藤太が言った。

「さようです。宰領屋さま、唐木さま、請けていただけましょうか」

「そりゃあもう、近江屋の季枝さまのお口添えでございますので、あたしも市兵衛さんも、摂津屋さんのお役にたてるよう、いかなるご依頼でもお請けいたす所存でございます。はい。ただ、お聞きした限りでは、一番近い方でもおよそ三十年前。摂津屋さんが十七歳の初めてのお武家の奥方さまにいたっては、四十二年ほど前でございます。これはむずかしい人捜しでございますね。確かに、生きておられるのか、すでに亡くなられたのかもわからないのは、宜なるかなでございます。だといたしましても……」

と、矢藤太が言いかけたのを市兵衛が制した。

「摂津屋さんは、女房に希まれたほどのお相手と、ゆえあって別れなければならなかったのですね。しかしなぜ、別れるそのときではなく、今になって手切金なのですか」

里右衛門が市兵衛を見つめ、首肯した。そして、

「もっともなお訊ねでございます」

と言った。

「それを有り体に申しますと、その三人の女とわたくしは、別れの言葉を交わしてはいないのでございます。あの年月、女たちに寄せたわたくしの思いは、何ゆえ実らなかったのか、わたくしは今も、知らないのでございます。なぜなんだろう、どうしてなんだろうと、それがわたくしの肚の奥に、しこりになってずっと残っておりました。去年の冬の急な病に侵されてからこの根岸に移ってすごした

日々の間に、わたくしは自分に残されたときがそう長くはないと、それもこれもわたくしの定めと、悟ったのでございます。そうしますと、ふと、遠い昔にわたくしから、別れの言葉もなく去った三人の女たちのことが、無性に果敢なく悲しく、そして懐かしく甦って参りましてね。あの女たちそれぞれに、何か事情があったのに違いございません。だといたしましても、女たちは何ゆえひと言も残さず、わたくしの前から忽然と姿を消したのかと、その事情を知らないことが心残りでならないのでございます。ならば残りの命があるうちに、おのれの心残りに始末をつけなきゃいけないね、と思いたったのでございます。手切金は、世話になったあの若かった日々を決して忘れない、よい秋だったと、女たちに伝えておきたいと、老いぼれの埒もない希みなのでございます」

そこへ、部屋の間仕切ごしに応対に出た年配の男の声がかかった。

「旦那さま、膳の支度が整っております。そろそろ、お運びしてよろしゅうございましょうか」

「そうかい。わかった。運んでおくれ。宰領屋さん、唐木さん、わたくしはほんの少ししかおつき合いできませんが、昼の膳を整えました。ほどなく、上野の鐘が九ツ（正午頃）を報せましょう。どうぞ、ゆるりと召しあがりながら、それぞれの女との、始まりから終りまでの子細をお聞きいただきます。わたくしと当の女しか知らぬ、所詮は埒もない痴話言(ちわごと)にすぎませんが、何とぞよろしくお願いいたします」

里右衛門が沈黙すると、物売りの声も通らない根岸の通りに、一葉より垂れる水滴の音さえ聞こえそうな静けさが流れた。

第二章　お高（たか）

一

お高（たか）が霊岸島町の下り酒問屋《摂津屋》に、一季の下女奉公を始めたのは、その年、天明四年（一七八四）の三月五日だった。下男下女、女中、婢（はしため）などの奉公人の出替わりは、一季で翌年の三月まで、半季で九月までである。

お高は二十八歳。

郷里は出羽（でわ）の秋田（あきた）とかで、何かわけありらしく、郷里の暮らしに見きりをつけて、その年の春の初め、年老いた両親と幼い男児とともに国を出て、浜町堀（はまちょうぼり）の富沢（とみざわ）町の裏店（うらだな）で暮らし始めたのだった。

江戸に出てから、お高は竈河岸（へっついがし）の口入宿の斡旋（あっせん）により、幼い男児の養育を老いた両親に任せ、通いよりも稼ぎになる下り酒問屋摂津屋の、一季雇いの下女奉公を始めたのだった。

亡くなったかあるいは別れたかして、亭主はおらず、お高ひとりの稼ぎで、富沢町の裏店で暮らす倅と両親を養っているのは、確からしかった。

さほど器量よしでもない人並みな目鼻だちながら、北国生まれの白くむっちりとした肌つきと、やや大柄に瓜実顔が妙に色っぽくそそられるなどと、摂津屋の使用人や出入りの業者、また本湊町沖の廻船から下り酒を瀬取りし、霊岸島町の河岸場に運ぶ瀬取船の人足らの間では、お高は少々評判になった。

ただ、お高が幼い男児と老いた両親とともに、遠い北の羽州の郷里を離れ、慣れない江戸の町家暮らしを始めたのには、どのような事情があったのかは誰も知らなかったし、それをお高が他人に話したこともなかった。

お高は寡黙だったが、と言って陰気にふさぎがちな気だてではなかった。

希に見せる案外晴れやかな笑顔は愛嬌があった。

それに、江戸の暮らしに慣れておらず、言葉の端々に本人が気づかぬまま国の訛りが混じり、お高のそういうところも純朴な心根を感じさせた。

しかも案外に力持ちで、下女働きのみならず、たまに男手が足りない折りなどに、重たい酒薦を河岸場の瀬取船から蔵へ運び入れる力仕事も嫌がらず、進んで白い肌をほんのりと紅潮させ、よいしょ、と酒薦を持ち上げてこなしたので、力自慢の男らを感心させた。

　河岸場の酒薦運びの人足らが、そんなお高の噂話をした。

「お高の生まれは百姓だな。がきのときから百姓仕事で、あれだけ力をつけたのに違いねえ。口数の少ねえのも、性根が百姓だからだぜ」

「百姓仕事で揉まれたにしては、色白じゃねえか。お高は、町家のお店育ちじゃねえのか。お店育ちでも、貧乏人のがきが重たい漬物石を運び慣れて力持ちになったとかさ」

「案外に前は武家かもな。亭主はなんぞ粗相があって切腹させられた。お家は改易で国を追われ、仕方なく江戸に出てきたとかな」

「切腹させられた武家は、改易にはならねえんじゃねえか。しかしまあ、武家はねえだろう。武家の女房が、男みてえに酒薦を運ぶかい。お高は武家の女房にしちゃあ、働き者だぜ」

「確かに、お高は働き者だな」

「ああ、働き者だ」

里右衛門がお高を初めて気にかけたのは、河岸場の人足らがお高のそんな噂話に他愛もなく興じていたのを、たまたま聞きつけてからだった。

そう言えば、前も手代らの話の中にお高の名が出たことを、里右衛門は思い出した。ふと聞こえただけで、なんの話かもわからず聞き流していた。

二月ほど前、春の出替わりの一季奉公で下女を何人か雇い入れた。

その中にお高がいたのを覚えてはいた。

ああ、あの女か、と里右衛門は思った。

地味な目だたない様子で、気に留めていなかった。

天明四年、里右衛門は十七歳の手代見習の若い衆だった。

とは言っても、いずれは摂津屋を継ぐ跡とりの里右衛門を、里右衛門さんと馴(な)れ馴れしく呼んだり、里右衛門と呼び捨てにする使用人はいなかった。

筆頭番頭でさえ里右衛門を《ぼんさま》と呼び、みなそれに倣(なら)った。

里右衛門、と呼び捨てにするのは、先代の父親と母親だけだった。

ともかく、それから里右衛門はいく分斜(しゃ)に構えてお高を見るようになった。

確かに、お高の色白のむっちりとした肌つきや、やや大柄の瓜実顔をそれとなく見て、なぜかはわからないが妙な胸騒ぎがして、里右衛門はそんな自分に気恥ずかしさを覚えた。

まれにお高と目が合ったときは、気恥ずかしさを誤魔化すため、わざと不機嫌そうな顔を作った。

するとお高は、お店のぼんさまに不機嫌そうに見られたのが、自分がぼんさまに何か粗相でもしたかのように思ったらしく、目を伏せ殊勝に畏まったので、里右衛門はお高が可哀想になり、終日気が滅入ったこともあった。

まだ十七歳の里右衛門は、茶屋遊びなどはしたことがなかった。

俗事に慣れた年上の手代や出入りの親しい業者などにこっそり頼めば、摂津屋のぼんさまの、初めての茶屋遊びの段取りをつけてくれるのに違いなかった。

先代の父親も、十七歳の倅の茶屋遊びを止めはしなかっただろう。

ではあっても、里右衛門は下り酒問屋の商いを習うことに気が向き、商人が茶屋遊びに現をぬかすなど愚かなことだとすら思っていた。

いずれお父っさんに代わって自分が摂津屋を率いていく昂ぶりのほうが、ずっと勝っていた。

だから、お高に覚えたもやもやした胸騒ぎと羞恥が、十七歳の若い心と身体の奥底から突然湧き出る真新しい泉が全身を浸していくかのような、まさに命の芽生えそのものとは思いもしなかった。

里右衛門は、心中に秘めた萌芽が垂れていた頭を次第に持ち上げていくのに気づかない振りをし、ふとよぎるお高への微妙な後ろめたさを、お店のぼんさまである自分の使用人に対する心遣いにすぎない、と断ずることにすり替えていた。殊さらにつらく当たったりはしなかったものの、里右衛門はお高に素っ気ない冷淡さを隠さなかった。

若い衆らとともに表の店の間で手代見習の修業中、きりりと襷をかけた下女働きのお高が、裏の勝手のほうから前土間の通路へちょっとした用で姿を見せただけで、つい目の片隅でお高を追ってしまい、またお高の声が聞こえただけで胸が微かにときめくのも、摂津屋をいずれ継ぐ自分は商いさえできればいいのではない、お店のすべての使用人に気を配らなければならないのだから、これも修業なのだというふうにである。

あるとき、こんなことがあった。

仲買業者の数台の荷車が、摂津屋の土手蔵の下り酒を引きとりにきた。

車引きの人足らと摂津屋の下男や手の空いた手代らが、土手蔵の酒薦を荷車に積みこんで、手代見習の里右衛門ら若い衆らもそれを手伝っていた。

荷車引きの頭が摂津屋の店の間で番頭相手に受取証文を交わしている間、里右衛門らは土手蔵から酒薦を次々と荷車へ運び、荷車の上では人足らがかけ声を投げ合い酒薦を積み上げていき、土手蔵と往来を挟んだ摂津屋の店頭が、わあわあと景気よく湧きたっていた。

そこへ、下女のお高が小走りに店から出てきて、「お手伝いします」とひと声かけ、酒薦を荷車へ運び始めたのだった。荷車の人足が、

「おう、お高さん、いつも済まねえな」

と、馴れ馴れしい口調でお高に笑いかけた。

お高が男まさりの力で酒薦運びをこなすと、お高がひとり交じっただけで、急に仕事がはかどり出し、摂津屋の店頭はいっそう賑わった。

それは偶然、お高が酒薦を荷車へ運び、そのすぐ後ろから里右衛門が酒薦を運んできたのを、お高が「はい、ぼんさま」と勝手に手伝った。

「余計なことをするな。自分の仕事をしてろよ」

里右衛門は拗ねたような口調で、声を荒らげた。

途端、荷車と土手蔵の賑わいが寂と静まった。

酒薦運びの動きが止まり、人足らの景気のよいかけ声も途切れた。

往来が急に白々としたので、店の間の荷車引きの頭と番頭が、往来のほうへ怪訝そうにふり向いた。

「申しわけございません、ぼんさま。たまたま手が空いておりましたもので」

お高は困惑を隠せず、小声で言い訳をした。

色白の肌が紅潮していた。

「男の仕事場に、女は邪魔なんだ」

里右衛門は思ってもいないことを口走って、自分でも呆れた。

は、はい、とお高はきりりと袖を絞っていた襷をはずし、逃げるように店へ戻って行った。周りに、お高を庇ってぼんさまの里右衛門をなだめる者はいなかった。里右衛門が不機嫌になった理由が、誰もわからなかった。

人足や手代らは顔を見合わせ、首をひねった。

「さあ、まだ終っちゃあいねえぜ。やるぜ」

人足の声がかかり、酒薦の積み上げはまたすぐに始まったけれども。

その晩、里右衛門はほとんど眠れなかった。明け方近くにようやくまどろんだが、かすかな外の明るみが雨戸の隙間から射すころにはもう目覚めていた。

頭はぼうっとしていたのに少しも眠くはなく、むしろ冴え冴えとしていた。

里右衛門は、寝間の暗い天井を凝っと見あげていた。

起きるか……

と、思ったそのときだった。

不意に里右衛門の脳裡に次第に結ばれていく像が、鮮明にありありと浮かんだのだった。脳裡に浮かんだその像は、いくらふり払っても消えなかった。

里右衛門は像を持て余し、どうにもならないことに気づかされた。

なんてことだ、と里右衛門は布団の中で頭を抱えこんだ。

二

大川に大花火が揚がる五月二十八日の、それは両国川開きの宵だった。

その日、摂津屋は昼すぎから商いを休みにし、筆頭番頭と配下の番頭、手代や手代見習、小僧に下男下女まで使用人の殆どが、夕刻より両国広小路の料亭で酒宴を開き、大川に揚がる大花火を楽しむのが恒例になっていた。

主人夫婦と倅の里右衛門、当時はまだ健在だった隠居夫婦は、使用人らが気兼ねのないよう酒宴には加わらず、霊岸島町の店で一家五人、水入らずのときをすごすことになっていた。

だが、手代見習の里右衛門は、酒薦運びのあの日以来、商いの修業に身が入らず、また両親や祖父母らと顔を合わすことも、なんとはなしに気づまりだったので、自分の部屋でひとり鬱々としたときをすごすことが多くなっていた。

近ごろ塞ぎがちな倅の様子を心配した両親は、修業中の若い衆を取り締まる番頭から、里右衛門が修業をおろそかにはしていないものの、ここのところあまり気乗りがしないようで、と倅の様子を聞かされていた。

「十七歳のむずかしい年ごろにはありがちなことゆえ、気乗りはしなくても修業をおろそかにしていないのであれば、しばらくはそっとしておいてもよい。目に余るふる舞いがあれば知らせてくれるように」

と、両親は番頭に任せていた。

一方そのころ使用人らの間でも、里右衛門の様子が変だと、ちょっとした噂の種になっていた。使用人とは言っても、下働きの下男下女らの間だけで窃にささやかれている噂だった。

両国川開きの数日前、勝手口裏の井戸端で、洗濯女たちがお店者らの大量の洗濯物にざぶざぶと向かいながら言い合っていた。

「このごろ、ぼんさまの様子が変だと思わないかい。なんか、気に病んでいることがあるんじゃないかい」

「そうそう。不機嫌そうに眉間（みけん）をしかめて塞いでいるところへ通りがかったことがあったんだけどね。こっちが会釈（えしゃく）をしても見向きもしないのさ。前は必ず、お疲れさんとかなんとか、ひと言ぐらいはあったのにさ」

「あたしもそんなことがあったよ。もしかしたら、身体の具合が悪いんじゃないかい。背は高いけど痩（や）せっぽちで、顔色の青白い坊っちゃんだからね」

「ほら、半月ほど前、男衆らが酒薦運びをしているのを、お高さんが手伝っただろう。ぼんさまが、男の仕事場に女は邪魔だって、お高さんを叱（しか）りつけたあれ。お高さんが真っ赤になって謝ってた。そう言えば、あのころからぼんさまの様子がおかしかったね」

「お高さんも口数が少なくて、いい人なんだけどね。いいところを見せようとして、ちょっと出すぎた真似（まね）のしすぎなんだよ。ぼんさまの虫の居所が悪くて、つい癇（かん）にさわったんじゃないのかい」

　その勝手口わきの軒下に、摂津屋に長く雇われている風呂焚（た）きの伴吉爺（ともきちじい）さんが、薪（まき）割りを済ませて積み上げた薪の束（たば）に腰かけて、ひと休みしていた。

伴吉爺さんは洗濯女がひそひそと、「ぼんさまの虫の居所が悪くてつい癇に……」と言うのを、鉈豆煙管を吹かしながら聞くともなく聞きつけ、ふふ、と鼻で笑った。その鼻声を聞きつけた女が軒下へふりかえり、

「伴吉さん、なんかおかしいかい」

と問いかえすと、伴吉爺さんは鉈豆煙管の吸い殻をぽんと軽く落とし、また莨入れの刻みを煙管につめながら言った。

「ありゃあ、癇にさわったからじゃねえ。ぼんさまは照れ臭えんで、わざと突慳貪な素振りをお高に見せなさったのさ。こっ恥ずかしくて、叱る真似をして照れ臭いのを隠したんだ。若いときには、ありがちなことさ」

「何を言ってんだい。ぼんさまがお高さんに、気があるって言うのかい。馬鹿ばかしい。ぼんさまは十七のまだ少年なんだから。相手がせめて十九、二十歳の、どっかのお店のお嬢さまならわかるけど、もう二十八歳のそろそろ大年増になろうかというお高さんとじゃ、釣り合わないし、どう考えても無理だよ」

「釣り合わねえとか無理とか、あの年ごろの男はそういうもんじゃねえんだ。こうと思ったら、自分で自分がどうにもならず、まっしぐらなのさ。男なら、ぼんさまの気持ちはわかる。おらも、先だっての酒薦運びを手伝ってたから、ぼんさ

まを傍で見ていてぴんときた。そうだったのかってな」

「ないない。伴吉さんの考えすぎさ。そりゃあお高さんは、器量よしじゃないけど、色白でちょっと色っぽいからね。けど、郷里は確か秋田藩だって聞いたよ。秋田の田舎臭い大年増と江戸の下町のぼんさまとじゃ、幾らなんでも違いすぎるじゃないか。それに、本人は江戸言葉のつもりだろうけど、お高さんにはちょっと田舎(いなか)訛りがあるし」

「お高さんでいいなら、あっしだってね。あはは……」

と、女たちは一斉(いっせい)に笑った。

「まあ、今にわかるさ。本人がどうというのじゃねえが、お高はちょいと妙な影がある。おれの勘じゃあ、このままじゃあ済まねえ。きっとなんかあるぜ。お高はそういう女だ。そう思えてならねえ」

伴吉爺さんはそう言って、また鉈豆煙管を吹かした。

ええ？　と女たちは意外そうに声をそろえ目を丸くした。

が、なぜか女たちはみな急に黙りこんだ。

五月二十八日の両国川開きのその宵、半刻（約一時間）ほど前のまだ充分明るいころ、摂津屋の筆頭番頭始め、手代やそのほかの使用人らが、霊岸島町一ノ橋の河岸場から三艘の二挺だてに分乗し、わいわいがやがやと両国へ向かった。

摂津屋には、主人夫婦と離れの隠居夫婦、倅の里右衛門が店裏の住まいに引っこんで、当番で居残りの番頭と若い手代が二人、人気のない店の戸締りを確かめてから二階の部屋に上がって行った。

町内の自身番にも、摂津屋の特別な見廻りを頼むのも例年通りで、用心に抜かりはなかった。

暮れなずんでいた夕刻の町にようやく宵闇の帳がおり、新川端の往来の人通りも急に途絶えて、下り酒問屋が甍をつらねる界隈は、ほっとひと息つくような夏の静寂に包まれた。

と言って、住人が寝静まる刻限にはまだ早く、どこかの店で戯れに弾く途ぎれ途ぎれの三味線の音や、人のひそひそとした笑い声が聞こえてきたりした。

一ノ橋の袂の枝垂れ柳の下に、もう半刻もたてば風鈴そばの風鈴の音が、ちりり、ちりり、と寂しげに流れるが、それもまだない。

ただ、両国方面の夜空には、白い打ち揚げ花火が音もなく花を咲かせては消えていくのが、屋根屋根の彼方に眺めることができた。

日が落ちて涼しくはなったものの、懈怠い宵のときが流れていた。

ふう、と里右衛門は溜息をつき、眠るには早すぎるし双紙を読む気にもならず、ただ物憂い気分を持て余していた。

里右衛門は二階の自分の部屋から階下へ行って、今宵は人影のない寂とした炊事場で、鉄瓶の冷えた麦茶を湯呑に汲んで飲んだ。

摂津屋の広い炊事場の隣に、下働きの使用人が寝起きする部屋が続いている。そちらのほうにも人の気配はむろんない。

里右衛門は、勝手の土間の流し場で湯呑を洗い、炊事場から自分の部屋に戻りかけた。

そのとき、使用人らのいないはずの部屋のほうで、かすかな物音がした。

なんだ、鼠か、はたまた野良猫でも忍びこんだか。

それぐらいならいいが、と里右衛門は思った。放っておくわけにはいかず、使用人の部屋のほうへ歩みを忍ばせた。

狭い廊下があって、男部屋の隣に女部屋が続いている。

部屋の廊下側の杉戸が風通しのよいように開け放しになっていて、男部屋に人影はなかった。

だが、女部屋の狭い庭に面した濡縁に、ぽつんと人影があった。

人影は濡縁に横坐りの、団扇をゆるく使いながら庭のほうへ向いている女の後ろ姿だった。

狭い庭を囲う板塀ぎわに、乱雑に繁る灌木が黒い影になっている。

板塀ごしには隣家の屋根の影が迫って、屋根の上の夜空に、短い間をおいて両国方面の白い花火が、ぱっと音もなく花開いては果敢なく消えていた。

何もかもが、どんよりとした暗みの中で影にしか見えなかった。

にもかかわらず、濡縁に横坐りの女の後ろ姿が、彼方の空の静かな花火を眺めているお高であることを、里右衛門は咄嗟に感じとっていた。

あ？　と里右衛門はつい声をたてた。

なぜお高が、と思った。

その声にふりかえったお高が、部屋の暗がりを透かし、廊下に佇んだ里右衛門に果敢なげに問いかけた。

「誰……」

「お高、ひとりか」

胸の激しい鼓動が、部屋の暗がりを震わせているかのようだった。

「まあ、ぼんさま。こんなところへ」

お高の影が居住まいを正し、白っぽい浴衣の襟元を整えたのがわかった。

里右衛門は、お高の影のほうへ吸い寄せられていく自分を、止めることができなかった。ただ、おれは何をしているんだと、まるで他人事のように自分に問いかけていた。

お高の影が濡縁で凝っとして、里右衛門のほうへ向いていた。

里右衛門は懸命にさりげなさを装って、お高の隣にすとんと胡坐をかいた。すると、蚊遣りの燻りに交じって、お高の甘い体臭が陶然と嗅げた。

「みなと両国へは、行かなかったのかい」

里右衛門は言った。

「は、はい。わたしはこのほうが……」

お高は居住まいを正したまま、里右衛門へ団扇の風を送ってきた。

「ひとりで、寂しくないのかい」

「これが、普通ですから」

「普通？　寂しいのが普通ってことかい」

お高は答えず、里右衛門に聞きかえした。

「ぼんさまは、何をしていらっしゃったんですか」

「何も。喉が渇いて水を飲みにきた。物音がしたから、見にきた」

「蚊遣りを焚いて、涼んでおりました」

それ以上、二人の言葉は続かなかった。

束の間の花火の光と、わずかな星明かりしかない暗がりに目が慣れ、里右衛門には脳裡に浮かんだままのお高の白い像が、今はかすかな体温と甘い匂いを伴ってくっきりと見えていた。

お高は目を伏せ、里右衛門に団扇の風を送っている。

「お高、そんなことしなくてもいいよ」

里右衛門は、少し不機嫌そうな口調で言った。団扇を扇(あお)ぐお高の仕種(しぐさ)が、よそよそしさを感じさせたからだ。

「はい。でも、蚊がきますので」

お高は止めなかった。

「いいんだ」

と強く言う前に、お高の手首をにぎっていた。

お高の細い手首に、里右衛門の指の長い掌(て)がすっぽりと巻きつき、しっとりとしたやわらかい皮に吸いついた。

「あら」

お高が言った。

戸惑いと、何かしら物狂おしい沈黙が流れた。

「痛い……手を、放してください」

と、お高はまた言った。だが、里右衛門の手をふりほどこうとはしなかった。

里右衛門はお高の手首をにぎったまま、お高は里右衛門に手首をにぎられたまま、凝っとしていた。二人は動かなかった。

それは突然のことだった。里右衛門にもどうにもならないことだった。

里右衛門がお高を抱きすくめ、力一杯抱き締めたそのとき、自分が解き放たれたのを感じたのだった。

そのとき、若く性急で、荒々しいお高への情感が、里右衛門の中で堰を切ってあふれていくのを感じたのだった。

お高は声を忍ばせて言った。

「ぼんさま、やめてください。いけません、放してください……」

しかし、お高の言葉は里右衛門の脳裡でくだけ、むしろ艶めいた響きをたて、里右衛門をいっそうの激情の淵へ誘った。里右衛門は、顔をそむけるお高の唇を激しく吸い、お高の自由を奪った。お高の言葉は言葉にならなかった。抗いは抗いにならなかった。お高の吐息は甘美な喘ぎとなって、

「いけません、ああ、ぼんさま、ぼんさま……」

と、暗がりの奥底へ沈んで行った。

四半刻余ののち、暗い女部屋の里右衛門とお高は、互いに背を向け、うな垂れていた。両国の夜空には、沈黙の白い光の花が咲き、光が消えたあとの天空に、星が無数の光の粒子をちりばめた。

「済まない、お高。おれとじゃあ、嫌だったかい」

里右衛門は、昂ぶりのあとの吐息を暗がりにもらしつつ言った。

「いいえ」

お高が声を忍ばせてひと言、冷やかに応えた。

お高は乱れた衣服をなおし、帯をきゅっきゅっと鳴らして締めていた。

「そうかい」

里右衛門はお高へ向きなおり、背後から抱き締めた。

するとお高は、里右衛門の手を強くにぎって、冷やかに続けた。

「でも、いいですか、ぼんさま。これはなかったことなのです。ぼんさまとわたしは何もなかったのです。ぼんさまは摂津屋のぼんさま。わたしはただの、下女働きの使用人のお高。これまでと変わらず、これからもそうなのです。わたしとぼんさまは何もなかったと、必ず、必ず……」

「お高。おれはおまえを」

お高は言いかけた里右衛門を遮り、

「もう言わないで。早く行ってください。人がきます」

と、里右衛門の腕から逃れ、背を向けたまま身を堅くした。

里右衛門はかえす言葉を失った。

三

しかしそれから、いっそう狂おしい日々が里右衛門を苦しめた。

若い里右衛門の胸に無理矢理秘めた窃事（ひそかごと）が、出口を求めて里右衛門のまだ初々（ういうい）しい心を苛（さいな）み、疵（きず）つけ、手代見習の商いの修業を続ける気力は失（う）せ、気鬱な状態がいっそうひどくなった。

手代見習の修業を見ている番頭は、主人夫婦に伝えた。

「ぼんさまの具合がここ数日、頓によろしくございませんようで、ひどく塞いでおられます」

倅の身を案じた主人夫婦は、里右衛門に店に出るのを休ませ、自分の部屋で横になっているようにと命じた。そして、掛かりつけの医師が呼ばれた。

「霍乱の一種ですな。ここのところ蒸し暑い日が続きます。若い衆でも油断をしていると、そういうことがあるものです。無理をせず、滋養をとり、とにかく安静にしていることです。熱冷ましと、血の巡りがよくなる桂枝湯を出しておきましょう。四、五日して、また往診に参ります」

そのように見たて、医師は戻って行った。

しかし、里右衛門の塞ぎの虫は一向に回復しなかった。

鬱々とした日々が続いて、日がな一日、殆ど食欲はなく、お高のことばかりを考え頭がぼうっとした。寝床にずっと横たわっていると、階下の炊事場のほうより、ざわざわした物音や、使用人らの交わす声がかすかに聞こえ、里右衛門はそこにお高の声を捜し求めていた。

何を、どのようにしたらよいのかと、里右衛門は考えた。

大店摂津屋の跡継ぎではあっても、まだ十七歳の手代見習にすぎず、何事もどうにもならない自分がもどかしかった。

だが、こうなったからには、お父っさんとおっ母さんに言うしかない。お父っさんとおっ母さんが承知しなかったら、お高と手に手をとって……

と、未熟は未熟なりに腹をくくりつつあった。

夏にしては冷たい雨になったその日、炊事場にいたお高は、中働きの女に使いを言いつけられた。

「お高、小網町一丁目の京御菓子司《大坂屋伊勢掾》さんへ行って、明日お見えになる《鴻之池》さんと《伊丹屋》さんにお持ち帰りいただく京菓子の折詰を四つ、明日の昼までに届けてくれるよう、頼んできておくれ。四つだよ。間違えないようにね」

「はい。小網町一丁目の京御菓子司大坂屋伊勢掾さんに、京菓子の折詰を四つ、明日の昼までに届けてくださるよう、頼んでまいります」

お高が答えた。

炊事場のその遣りとりが、二階の部屋の寝床にいた里右衛門に聞こえた。部屋

の障子戸を半開きにした出格子から、

「行って参ります」

と、やわらかな声を残したお高の差した番傘を、ばらばらと叩く雨垂れの音が聞こえた。

里右衛門は、布団を飛ばして跳ね起きた。

大慌てで着替え、階下へ駆け下り、炊事場ではなく店の間のほうへ走った。店の間の手代や小僧らが、具合が悪くて臥せっているはずの里右衛門があたふたと
店の間に現れたので、

「あっ、ぼんさま。お加減は……」

などと、口々に声をかけたが、里右衛門はわき目もふらぬ態で、店の間の落縁にそろえてあった雪駄をつっかけた。

「ちょいとこれを借りるよ」

「あ、それはお客さまの」

手代のひとりが言ったのもかまわず前土間に下り、着物を尻端折りにした。店頭に飛び出しかけるのを、小僧のひとりが番傘を抱えて駆けつけ、

「ぼんさま、傘を」

と差し出した。

「済まない」

里右衛門はそぼ降る雨の往来へ飛び出し、ばん、と番傘を開いた。

奥の帳場格子にいた番頭が店の間に出てきて、小僧に「ぼんさまの供をしなさい」と言いつけた。すると里右衛門が、店頭から声を寄こした。

「くるんじゃない。わけありの用なんだ。邪魔だ」

そう言い残して、ぬかるみを蹴散らした。だが番頭は、

「茂吉（もきち）、おまえはすばしっこそうだから、わからないように、ぼんさまの行き先を見きわめておいで。わからないようにだよ」

と言いつけた。

「へえい」

お店奉公にようやく慣れたころの小柄な茂吉が、大きな番傘を両手で懸命に差し、ぴちゃぴちゃと泥を撥（は）ねてぼんさまを追った。

里右衛門は、小網稲荷（いなり）の社殿下でお高の戻りを待ち受けた。

小網稲荷は小網町二丁目の、社地二十三、四坪ほどの鳥居をくぐってすぐに社

殿のある小さな稲荷である。

桂の木が枝葉を広げて、冷たい雨の景色にうす墨色の趣きを添えていた。

茅葺屋根の社殿の軒先から滴る雫が、ととと、と鳴らしている。鳥居の前の往来は、雨でも人通りがあった。里右衛門はお高を見逃さぬよう、往来から片ときも目をそらさなかった。

小網町一丁目の京御菓子司大坂屋伊勢掾は知っている。

お高に使いが言いつけられたのを聞いて、うじうじと寝ていられなかった。

咄嗟にこんな真似をした。お高を困らせたくはない。けれど、こうするしかないじゃないか。

雨の中を行き行き、自分に言いわけをした。

長い長い四半刻ほどがたって、摂津屋の番傘を少し前に傾げ加減にしてうな垂れ気味ながら、粗末な紺木綿に半幅帯のお高のしゅっとした姿が、小網稲荷の前を横ぎったのを認めた。

里右衛門は足早に境内を出て、小網町の土手蔵が続く往来を、箱崎橋のほうへ戻るお高に並びかけた。

まあっ、とお高はいきなり里右衛門に並びかけられ、唖然とした。

女にしては背が高く、雨で足駄を履き、つぶし島田の黒髪が豊かなお高は、背の高い痩せっぽちの里右衛門をわずかに見あげ、眼差しを曇らせた。そして、

「ぼんさま、どうして……」

と、ようやくささやきかけた。

「お高がおれを避けてるから、こうするしかなかったんだ」

「避けてはいません。ぼんさまと下女ですから、これで当り前です」

お高は目を伏せた。

「お父っさんとおっ母さんに、言うつもりだ。おれの女房になってくれ」

「何を言ってるんです。あれはなかったたって、ぼんさまとわたしは何もなかったって、そう約束したじゃありませんか」

「お高が言ったんだ。おれはそんな約束はしていない。お高を女房にすると、決めた。それしかねえと、言いたかったんだ。亭主を三年前に亡くし、五歳の倅と年をとった両親の暮らしを、お高が支えているんだろう。これからはおれに任せろ。おれがお高の亭主になって、倅と両親の面倒は見る」

「だめです」

お高がつらそうに遮った。

だが、里右衛門は真っすぐな若い感情のままにお高の手をにぎり締め、足駄がぬかるみにとられ、あっ、とよろけたお高を支え、どんどんと雨の往来を突き進んで行った。

若い衆と年増の少し様子の違う二人連れを、通りがかりが訝しげな目つきを寄こし行きすぎていく。

小網町の往来の先に、雨に烟る行徳河岸と箱崎橋が見えていた。

帆を畳んだ帆柱だけのいく艘もの高瀬舟が、行徳河岸で雨に打たれていた。行徳河岸の対岸は船宿が多い箱崎町で、三俣へ分かれる堀川の土手道に沿って船宿が二階家をつらね、船寄せに船宿の猪牙や屋根船が舫っていた。

里右衛門とお高は箱崎橋に差しかかった。

箱崎橋の下を流れる堀川のずっと先に、三俣の浮州の草が繁り、その彼方にうす墨色の雨に烟る大川の静かな川面が見えている。

「お高、こっちだ」

箱崎橋を渡ると、里右衛門は霊岸島町へ戻る湊橋のほうの、人通りのある往来をはずれ、人影のまばらな堀川の船宿の並ぶ土手道へとった。

里右衛門は、お高の手が真っ赤になるほど強くにぎって放さなかった。

お高は里右衛門のひた向きで一途な、そして向こう見ずなふる舞いに、もう逆らわなかった。里右衛門のにぎった手から伝わる熱い息吹は、お高の胸を遣る瀬なくかき乱しているかのようだった。

それから一刻半（約三時間）ほどがたった夕方近く、そぼ降る雨の中を茂吉がようやく戻ってきた。番頭は、茂吉が首をひねりひねり、

「あのう、ぼんさまとお高さんが、箱崎町の……」

と言うのを聞き、ぼんさまと下女のお高が、とあんぐりとして呆れた。

これはとんでもないことだよ、放ってはおけないよ、すぐ旦那さまにお知らせしなければ、と腰を浮かしかけたが、咄嗟に、待てよと思った。

ぼんさまとお高が懇ろならば、それを自分が旦那さまに告げ口をして二人の仲が裂かれ、そのためにぼんさまの恨みを買ったらどうなる。のちのち、ぼんさまが摂津屋を継いで旦那さまになったとき、あのときおまえは、と妙な仕返しを受けかねないと思った。

里右衛門は、今はまだぼんさまと呼ばれているふわふわした若い衆でも、いずれは下り酒十組問屋仲間を率いる逸材と、誰もが認めている。そんなぼんさまの恨みを買う真似は慎まねば、と気を廻した。

番頭は小僧の茂吉に、強く釘(くぎ)を刺した。

「いいかい。今の話は誰にも喋(しゃべ)ってはいけないぞ。絶対にだぞ」

その日の仕事を終えてから、里右衛門とお高のもうこれは間違いない仲を、筆頭番頭にだけこっそり打ち明けた。

筆頭番頭も目を丸くし、なぜお高なのだ、ぼんさまより十一も年上の一季雇いの下女ごときにだぞ、と呆れた。

それから、ここは考えどころだと、筆頭番頭と番頭は窃に相談した。そして、

「このことは今しばらく伏せ、ぼんさまとお高の仲をもう少し探ったのち、旦那さまにお知らせするか、事情によっては旦那さまにはお知らせせず、お高に言い含めてこっそり摂津屋を去らせるしかあるまい。ともかく、摂津屋の看板の障りになりかねない噂が広がらぬようにな」

と相談がまとまった。

しかし、摂津屋のぼんさまが一季雇いの年増の下女と懇ろらしいという噂は、それから数日もたたぬうちに、新川や新堀、南茅場町の下り酒問屋のみならず、界隈のお店者らの間に広まっていた。

噂は、十七歳のまだ初心(うぶ)なぼんさんの里右衛門を、一季雇いの下女のお高が大

年増の色香で誑かし、いずれ別れ話が出た折りに、相応の手切金を摂津屋からせしめようと狙っている、と尾鰭がついて流れた。

また、本人はまだ三十歳前と偽っているが、お高はもう四十近い大年増で、そんな大年増の手練手管に、摂津屋のぼんさんはたちまちのぼせあがった。

これは今にきっと何か起こるに違いない、このままで済むわけがないよ、とみな面白おかしくひそひそ話の花を咲かせた。

そうして、天明四年のその夏の六月、それが起こったのだった。

四

摂津屋の里右衛門は、一季雇いだった下女お高の真の素性が、秋田藩佐竹家勘定方中島隼之助の妻の高江で、四十二年前の天明四年、亡き夫隼之助の敵討のため一家そろって出府していた、ということしか知らなかった。

中島家の高江が未だ存命していたなら、文政九年のこの春七十歳である。

天明四年六月以後の高江の消息を知るため、市兵衛は近江屋の季枝に助力を頼んだ。高江が秋田城下に居住しているのがわかり次第、出羽秋田城下へ高江を訪ねる用意を調えていた。

「わかりました。調べてみましょう。少しはお手伝いができると思いますよ」

そう言って引き受けた季枝の書状が市兵衛に届いたのは、根岸の寮を訪ねた日から六日がたった一月の下旬だった。

季枝は、日ごろ両替商の近江屋と金銭上の繋がりが深い公儀高官の旗本橘友之進を介し、下谷三味線堀秋田藩佐竹家の上屋敷定府年寄に、天明四年の六月、霊岸島町一丁目一ノ橋北袂の辻において、佐竹家勘定方中島隼之助の妻高江、舅中島五左衛門、中島家若党柴田民吉の三人が、中島隼之助を殺害したのち、佐竹家より逐電した浅宮慶助を討ち果たした敵討について問い合わせた。

季枝の書状は、四十数年前にあった霊岸島町一丁目の敵討の顚末が大旨明らかになり、しかもすでに話が中島家に通っているゆえ、佐竹家上屋敷の江戸屋敷勘定頭中島辰之介の母親高江を、直に訪ねて差し支えないとの旨も認めてあり、近江屋の刀自季枝の添状まで同封されていた。

すなわち、霊岸島町一丁目の敵討があった天明四年六月のあの日、高江と五左衛門、民吉の三名は、霊岸島町一丁目の自身番に町方の出役まで拘束された。

半刻後、三名は出役した北町奉行所の町方に南茅場町の大番屋に連行され、取り調べを受け、その年の初春、五左衛門と老妻の隠居夫婦、高江と五歳だった倅の辰之介、中島家若党の民吉の五人が出府した折り、町奉行所に敵討の届け出を済まし受理されていたことが明らかとなった。

高江と五左衛門、若党の民吉は解き放ちとなった。

季枝の書状はこう続いていた。

高江の夫中島隼之助は、佐竹家の一勘定方だった。一子辰之介が二歳のとき、隼之助は傍輩の浅宮慶助に討たれ落命した。三年余ののち、父親の敵の浅宮慶助を討ち果たすと、辰之介は中島家縁者の年寄を後見役に中島家を継いだ。

十代の若衆のころ、辰之介は勘定方見習として初出仕。父親隼之助と同じく勘定方に就いたのは二十代の初めである。それから十数年のお城勤めののち、辰之介三十五歳の年、江戸定府の江戸屋敷勘定頭を拝命した。

母親の高江と妻子ともども、辰之介一家は秋田より出府したのち、すでに十年以上も藩邸内屋敷で暮らし、未だ健在の高江は、文政九年の年が明け、江戸屋敷にて七十歳の古希を祝った、ともあった。

その日、市兵衛は琥珀の袷と細縞の平袴に黒羽織を羽織って、季枝の添状を懐にして、下谷三味線堀の佐竹家上屋敷を訪ねた。

秋田藩佐竹家は二十万五千石の大家である。

屋敷は小濠と白い漆喰(しっくい)の土塀を廻(めぐ)らし、三味線堀に面して両番所を備えた壮麗な長屋門が重々しく閉じてあった。

長屋門の屋根ごしに松林が優雅な枝ぶりを見せ、小鳥の囀(さえず)りが聞こえるほかは寂(せき)とした、まだ肌寒さの残る春の午後だった。

江戸定府勘定頭中島辰之介の藩邸内屋敷は、土塀に囲まれており、玄関式台もあった。応対に出た若党に両刀を預け、通された客座敷は外廊下があって、縁先に沈丁花(じんちょうげ)の灌木が塀ぎわに繁り、一灯の石灯籠を据えた狭い庭を見通せた。

藩邸内に玄関式台を備えたこれほどの屋敷を構えている中島家が、家中においていかに重い役目についているかがわかる。

やがて、四枚の腰付障子の二枚が両開きになって、明るい午後の庭が見える外廊下に老女が立ち、座敷に端座(たんざ)した市兵衛に黙礼を寄こした。

市兵衛は、老女が着座する前に畳(たたみ)に手をつき、低頭した。

するするとゆるやかな衣擦(きぬず)れの音をたて、着物の裾(すそ)から白い足袋(たび)の歩みがのぞいていた。老女は市兵衛に対座すると、膝(ひざ)わきに季枝の添状を寝かせ、

「中島家の高江でございます。どうぞお手をあげてください」

と、思いのほか低い声がかかった。

「唐木市兵衛でございます。お目通りがかない、礼を申します」

市兵衛は言い、やおら、手をあげた。

高江の上衣の地味な青鼠色が、血の気のうすい老女の白い肌色に却って映えた。しかも、白いものが交った髪はまだ豊かで、片はずしに結い黒の笄を挿し、少し厚めの唇には薄く紅を刷いていた。

歳相応の年月を囲ってはいても、武家の刀自らしい高江の畏まった、ほっそりとした様子に、そこはかとない老いの上品さが感じられた。

市兵衛は、十七歳の里右衛門が見つめていたお高の面影を見ている気がした。

「霊岸島町一丁目の摂津屋さんのご主人は、今も里右衛門さんなのですね」

高江はいきなり切り出した。

「さようです。下り酒問屋摂津屋の里右衛門さんより依頼を請け、本日、高江さまをお訪ねいたしました。よろしくお願いいたします」

「近江屋の季枝さんとは、お旗本の橘さまのお屋敷で一度ご挨拶いたしました。橘さまからお口添えがあって、季枝さんが唐木さんのご用を中立ちされた由を承りました。そのご用が摂津屋の里右衛門さんにかかり合いのある事柄と知れ、いつお迎えがきてもおかしくない年寄りの胸が、恥ずかしながら騒ぎました。摂津屋の下女奉公は、わずか三月余のことでございました。ですけれど、四十年余の秋（とき）が流れてなお、忘れてはおりません」

腰付障子に外廊下の人の影が差し、

「茶をお持ちいたしました」

と、若党が茶托（ちゃたく）の碗（わん）を運んできた。

高江は市兵衛に茶を勧め、若党が退ると、自らもひと口含み茶托に戻した。

「ですから、本日、唐木さんがお見えになるときを、今か今かとお待ちいたしていたのでございますよ」

高江は頰笑みを絶やさず言った。

「摂津屋の里右衛門さんは、この春五十九歳になられたのですね。なんという秋の果敢なさでしょう。里右衛門さんはお健（すこ）やかに、お暮らしでしょうか」

高江は問いかけながら、言い足りない思いを補うかのように続けた。

「辰之介が江戸屋敷の勘定頭の役目を仰せつかり、一家ともに出府いたし江戸暮らしを始めてから、摂津屋の里右衛門さんの評判が聞こえましてね。下り酒問屋の大店摂津屋を若いときから率い、下り酒十組問屋の行事役筆頭に就かれ、行事役の誰も里右衛門さんの意向に異議を唱えない、誰も逆らえない、何もかもに目を光らせていないと気が済まない凄腕の商人と、そんな評判でした。利かん気な里右衛門さんらしいと思いました。けれど、お聞きした評判はそれだけではございません。深川の門前仲町や、日本橋の芳町とかの茶屋町、それから吉原でも好き者の里九と知られている遊び人が、芸者や遊女と数々の浮名を流しており、その里九さんが里右衛門さんと知ったのは、少しあとでございました。あの十七歳だった若い衆のぼんさまが、そういう大人に成られたと……」

「里右衛門さんより、お高さんとの事情をうかがいました。里右衛門さんとお高さんの純情が胸に沁みました」

「とりかえしはつきませんが、十一歳も年下のぼんさまと、お恥ずかしい思い出でございます。でも、悔やんでいるのではございませんよ」

「はい。里右衛門さんも悔やんではおられません。今なお、四十数年前のお高さんをしっかりと覚えておられます。里右衛門さんのご意向をお伝えするため、本日参上いたしました。高江さま、よろしいでしょうか」

高江はしばし躊躇いの間をおき、穏やかに言った。

「あのとき、舅姑も、若党の民吉も、倅の辰之介も、わたくしとぼんさまの事情は知りませんでした。舅姑、民吉は、すでにおりません。むろん今も、倅に伝えるつもりはありませんし、倅にも誰にもかかわりのないことです。あれはわたくしとぼんさまだけの。それをご承知ください」

「承知しております。近江屋の季枝さまも、詳細はご存じではありません」

高江は膝に痩せた手をそろえ、少し丸くなった背をすぼめるように頷いた。

去年の冬、里右衛門さんは急な病に侵され……

と、市兵衛は話し始めた。

市兵衛の話を聞きながら、高江はかすかな笑みを目元に浮かべ、かすかに赤く目を潤ませた。そうして、沈丁花の灌木が繁る庭へ相貌を遣り、さりげなく潤んだ目元を指先で拭った。

「里右衛門さんはお高さんを女房にと、本気で思っておられました。お高さんが去られた事情はいたし方なかったとしても、世話になったと、別れの言葉ひとつなかったご自分の心残りに始末をつけるため、お高さんにこれを届けてほしいと頼まれたのです。高江さま、どうぞ」

市兵衛は背に負ってきた行李より、片手には余る袱紗のひと包みをとり出し、高江の膝の前へ進めた。

高江は、え？　と小首をかしげ袱紗を開き、美濃紙の二十五両の包み四つを見て唖然とした。

「こ、これは」

「里右衛門さんの、お高さんへのお気持ちです。百両、お届けいたしました」

まあ、と高江は驚きと戸惑いを隠せなかった。庭へ目を投げ、

「四十年以上も前の、たった三月余のことです。たったあれだけのことに、なぜこのような……」

と、しみじみと言った。

しばしの沈黙が流れた。邸内は静まり、人の声も小鳥の囀りさえ、市兵衛と高江が対座する座敷に聞こえてこなかった。

その静けさの中で、高江はぽつりぽつりと語り始めた。

「夫の隼之助が浅宮慶助に斬られたのは、二十九歳のときでございます。わたくしは二十五歳。前年に生れた二歳の辰之介がおり、隠居の舅姑夫婦に夫とわたくしと子供の三人に、侍がひとり、柴田民吉と言う若党がひとり、下男がひとり、下女が二人の城下では中程度の暮らし向きでございました。中島家は代々勘定頭にも就くことのできる家柄でございましてね。勘定衆の隼之助は、役目に精励し

支配役の覚えが目出たければ、勘定組頭のみならず、組頭を束ねる勘定頭にも上ることも、あり得ないわけではございませんでした」

高江は膝においた枯れた葉のような手を、ゆっくりと摩っていた。

「浅宮慶助は、物頭配下の番方にて、中島家と親交はありませんでしたが、拝領屋敷が近く、顔見知りでございました。隼之助のひとつ年上で、妻も子もなく、年老いた両親との三人暮らしとか、若いときに娶った妻は離縁し、弟は他家の養子婿に入っているとか、浅宮慶助が城下の金融業者に借金がだいぶ溜まって、分相応の暮らし向きを心がけず遊蕩がすぎて、借金の返済に苦慮しているとかの話を、夫から聞いてはおりました。ただ、剣術のほうは相当の腕前らしく、上背もあって気性が荒いので、あまりかかわらないほうがいいという噂も、聞いたことがございました。隼之助が浅宮慶助に斬られたと傍輩の方から知らされ、そのあと藩府に呼び出され、詳細がわかりました。浅宮慶助が拝領屋敷の改築に藩府の融資を受けたいと申し入れたのですが、その申し入れに不審があるとかの理由で受けられず、たまたま掛であった夫の隼之助がそれを伝えたところ、激昂した浅宮慶助にいきなり斬りつけられたのです。隼之助はその場で絶命し、浅宮慶助は藩を逐電し行方をくらましました」

高江は手を摩り、庭へ目を遣っていた。

「隼之助亡きあと、中島家を継ぐのは辰之介でした。中島家縁者の年寄を後見役にたて、二歳の辰之介が家督を継ぐ届けを藩府に提出いたしましたが、父親の敵を討つまではそれはお預かりということになって、いたし方なく、中島家はわずかな捨扶持（すてぶち）のみの無役（むやく）になったのでございます。それからは、奉公人らの務めを解き、親類縁者の援助を受け、中島家は辰之介の成長を待つしかございませんでした。敵の浅宮慶助の行方は、舅とただひとり残った若党の柴田民吉、それから夫の従弟らが手分けして探っておりました。いずれわたくしも、辰之介の養育を姑（しゅうとめ）に任せ、浅宮慶助を追う旅に出るつもりでおりました」

「江戸へは天明四年の春に、舅姑ご夫婦と、高江さまと五歳になられた辰之介さま、若党の柴田民吉さんの五人で出府なされたとうかがっております」

市兵衛が言った。

「隼之助が落命して、三年がたっておりました。前年の天明三年（一七八三）の暮れに、江戸屋敷勤番の隼之助の傍輩だった方より、浅宮慶助が国を逐電したのち江戸は本所の御家人屋敷に寄寓（きぐう）している知らせがもたらされたのでございます。本所の御家人とは、浅宮慶助が江戸勤番だった折りに親交を持ったらしく、慶助はまるで食客のような扱いで江戸暮らしを送っていると、その方の知らせにはございました。ただ、天明三年は出羽も陸奥のほうでも大凶作のため、農村では多くの餓死者を出し一揆なども頻発し、敵討どころではございませんでした。それでも、浅宮慶助が江戸にいると判明したからには出府するしかあるまいと、舅が強く主張し、心苦しかったのですが、これが武士の本分、武家の習いと了見いたし、わたくしたちは国を出たのでございます」

「江戸の富沢町に住まいを定められ、高江さまは、霊岸島町の摂津屋の下女奉公を始められたのでしたね。それはなにゆえ……」

「はい。知らせをくださった方の調べで、浅宮慶助は御家人屋敷を滅多に出ないけれど、霊岸島の富島町一丁目の色茶屋に馴染みの茶汲女がおり、どうやら、ひと月か二月ぐらいをおいて、会いに出かけていることがわかったのです。敵討であっても御家人屋敷に踏みこむことはできません。浅宮慶助が屋敷を出た機会をうかがうしかなく、馴染みのいる色茶屋へ出かける、行きか戻りかの途中はいかがか、とその方が申されたのでございます。舅がそれは間違いないのですかと質しますと、浅宮慶助の馴染みは、富島町一丁目の前は浅草の馬道の色茶屋にいたそうで、浅宮慶助が江戸勤番だった折りに馴染みになって、数年のち、藩を逐電し江戸に潜伏してからも、浅草から富島町に務めを替えていた馴染みに、ひと月か二月おきには会いに行くのだから、余ほど気に入っているのは間違いない。ゆえに、その折りを狙うのが良策ではと言われたのです」

　そのときの光景を見ているかのように、高江は庭へ目を遣っている。

「それでわたくしは、一ノ橋と河岸場までが見通せる摂津屋さんで一季の下女奉公を始め、若党の柴田民吉は馴染みを見張るために、富島町一丁目の色茶屋の若い男に雇われたのです。六月のあの日は、浅宮慶助らしき客が昼前にくると、馴染みが言っていたのを、民吉が聞きつけたのです。民吉の知らせを受け、とうとう、そのときがきたと、天がその機会を与えてくれた、必ず成就すると、わたくしは思いました」

五

　半月余がたった六月下旬のその日、朝から厳しい夏の日が霊岸島町に照りつけていた。人々が忙（せわ）しなく行き交う往来に陽炎（かげろう）が立ち上り、新川に架かる一ノ橋の袂の枝垂れ柳では、みんみん蟬（ぜみ）がけたたましく騒いでいた。

一ノ橋の河岸場には、荷足船が引っきりなしに出入りして、船荷を往来の荷車などに運び上げたり、また船に積みこんだりしている軽子らのかけ声が、みんみん蟬の騒ぎに交じっていた。

一ノ橋の東袂と往来を隔てた摂津屋では、午前のその刻限、次々と来店する客にお仕着せの手代らが慌ただしく応対し、小僧らが「おいでなさいませ」「ありがとうございました」と声を張りあげ、前土間を駆け廻っていた。

その摂津屋の裏手、台所の間と勝手の広い土間のある炊事場でも、下男下女の使用人らが立ち働いている忙しいさ中、年嵩の下女が、お高の姿がいつの間にか見えなくなっていることに気がついた。

「おや、お高がいないね。どこへ行ったんだい。誰か知らないかい」

年嵩の下女は炊事場を見廻して言った。

そう言えばお高さんが見えないね、あんた知らないかい、知らない、知らねえな、などと周囲の下男下女らが言い合った。

「この朝の忙しいときに、何をしてるんだ。本途に、どうしようもない女だね」

年嵩の下女は、ひどく不機嫌になった。

そこへ、勝手裏の井戸で桶を洗っていた伴吉爺さんが、両手に桶を抱えて勝手の土間に入ってきた。

「伴吉さん、お高の姿が見えないんだよ。どこへ行ったか知らないかい」

　年嵩の下女が訊ねた
「ああ、お高ならさっき、裏の木戸から出てったぜ」

　伴吉爺さんは答えた。

「出てった？　どこへ行ったんだい」

「知らねえ」

「なんで聞かなかったのさ」

「どこへ行くんだと声をかけたさ。聞こえなかったのかも知れねえが、何も言わず出てったな」

「呆れた。まったく役立たずが。奉公を何だと思っているんだろうね。ああいう女を見ていたら苛々（いらいら）するよ。帰ってきたらとっちめてやる」

　年嵩の下女が、ふくれっ面で言った。

　周りの下男下女らは、知らぬ素振りで自分の仕事に戻った。伴吉爺さんも、両手の桶を勝手の収納場所に戻し、日課の薪割りにかかろうと思った。

　そのとき、伴吉爺さんはふと、さっき裏木戸を出て行くお高の後ろ姿が、日ごろ見慣れたそれではなかったことに気づいて首をひねった。

黒髪のつぶし島田を解いて後ろで束ね、背中に長く垂らしており、着衣もお仕着せの紺木綿ではなく、濃い青紫を裾短に着け、赤みがかった茶の半幅帯が少し目だった。足下は跣ではなく、白い脚絆に白足袋に草鞋を履いていたのも、伴吉爺さんは思い出した。

そうだ、それと、胸元に細長い袋を抱えているようにも見え、ありゃあ刀袋じゃねえのかと思った。旅装束ではないものの、お高はもう摂津屋に戻ってこねえんじゃねえのか。

そんな気がしたのだった。

一ノ橋東袂の枝垂れ柳で、みんみん蟬が休みなく騒いでいる午前の四ツ（一〇時頃）すぎだった。霊岸島町界隈のお店に早朝より続いた客足が急に遠退き、ほっとひと息つくしばしの間が生じていた。

同じころ、一ノ橋の河岸場に荷足船の引っきりなしの出入りが偶然途絶え、軽子らもやっとひと息を吐いて、河岸場の雁木や土手蔵の壁に凭れて腰をおろし、滴る汗を垢じみた手拭でぬぐっていた。

日照りはますます厳しさを増し、さすがに賑やかだった往来の人通りも、その刻限は目だって少なくなっていた。

一艘の猪牙が、一ノ橋の河岸場に近づいてきたのはそのころだった。

艫の船頭が櫓を棹に持ち替え、猪牙の小縁を歩み板にごとんと鳴らし、河岸場に横づけた。

猪牙が止まって、藍地に霰小紋の単衣に子持縞の半袴を着け、黒鞘の両刀を帯びた大柄な浪人風体の侍が、胴船梁から腰を上げた。

船客はその侍がひとりだった。

一文字笠を目深にかぶり、足下は跣に藺の草履という涼しげな軽装で、手土産らしい折詰を結えた紐で下げていた。

歩み板を鳴らし、雁木をゆっくり上って、人通りが少なくなった霊岸島町一丁目の往来に佇んだ。

そこは、東西に通る新川沿いの往来と、北新堀町から湊橋を渡って南新堀町一丁目をすぎ、霊岸島町一丁目の一ノ橋北袂にいたる南北に通る往来との辻で、往来の西側は富島町一丁目である。

霊岸島町一丁目の摂津屋は、辻のちょうど東側の南角地にあって、一ノ橋を越えた南方も、霊岸島町一丁目と富島町一丁目の町家が続いている。

侍は一文字笠を上げ、日がじりじりと照りつける青空を眩しそうに仰いだ。

それから周りをゆっくり見廻し、一ノ橋のほうへ行きかけた。

みんみん蟬の騒ぎがいっそう高くなり、河岸場でひと休みしている軽子らが、一ノ橋のほうへ行きかけた侍を、漫然と見遣っていた。そのとき、

「浅宮慶助……」

と、高らかな女の呼び声が一ノ橋袂の辻に甲走り、みんみん蟬の騒ぎがぴたりと止んだ。

軽子らが声のしたほうへ向くと、辻の西側、富島町一丁目新川端の一軒の庇下から、女とそのすぐ後に続く男が走り出てきたのが見えた。

前を走る女が浅宮慶助と呼んだ一文字笠の侍と三間（約五・四メートル）ほどをおいて相対し、腰に帯びた小太刀をすらりと抜いて上段へかざした。

そして、凛々と言い放った。

「わが夫中島隼之助の仇を晴らし、武士の意義をたて申すによって、浅宮慶助、いざっ、覚悟」

女は組紐で束ねた黒髪を背後に長くなびかせ、額に白鉢巻、裾短に着けた青紫の単衣の袖を白襷で絞り、赤茶の半幅帯に黒鞘の小太刀の一刀、白の手甲脚絆白

足袋草鞋掛の拵えが、照りつける日射しに映えた。

　女に並びかけた男は、小楢色の上衣に黄唐茶の半袴に両刀帯びた、これは白髪の老侍だった。

　さらに今ひとり、苔色の上衣と濃い灰色の袴を着けた若党風体が、富島町一丁目の路地より走り出て、浅宮慶助の後方、湊橋側の往来を押さえる恰好で身構えた。

　両名とも、女と同じ白襷に白鉢巻、手甲脚絆草鞋に拵え、女に続いて抜刀した白刃が、激しい呼気に合わせてゆれていた。

「浅宮慶助、わが倅隼之助の仇を晴らさん」

「柴田民吉でござる。助太刀いたす」

　老侍と若党風体が喚きたてた。

　往来の通りがかりが驚いて立ち止まり、辻の角地の摂津屋始め、一ノ橋周辺の店より、番頭や手代や小僧、下働きの下男下女、また、河岸場の軽子や土手蔵の酒薦を荷車に積んでいた人足、裏店の住人らも、突然発せられた女の高らかな声に続く喚き声を聞きつけ、往来へ次々に飛び出してきた。

　斬り合いだ、仇討ちだ……

町民らは口々に呼ばわり、日照りの下の辻で、一文字笠の大柄な侍と睨み合った般若のような形相の女、老侍と若党風体をとり囲んだ。

摂津屋の使用人らは、小太刀をかざし一文字笠の大柄な侍へ躊躇いもなく相対した女が、つい今朝方まで摂津屋の炊事場で黙々と下女働きをしていたお高と気づくと、男らは喚声を上げ、女らの声は悲鳴になった。

「なんの、われらごとき、そろって討ち果たす。覚悟はよいか」

浅宮慶助が大音声で威嚇し、下げていた折詰を投げ捨てた。

「行くぞ」

お高が真っ先に突き進み、上段より浴びせた小太刀を、浅宮の抜き打ち様の一刀が、ぶうんとうなりを発して、易々と弾きかえした。

お高は小太刀を弾かれよろけ、倒れかけたところを懸命に耐えたが、態勢を立てなおすのが遅れた。

そこへ、老侍が浅宮に袈裟懸を仕かけた。

「あいやあ」

しかし、浅宮は素早く老侍の一刀を打ち払い、かえす一刀で老侍の肩先を撥ねた。

老侍は苦悶の声とともに、堪らず膝を落とし横転した。

「ご隠居さま……」

若党が浅宮の背後より打ちかかり、お高も再び、やあ、と叫んで斬りつける。

瞬時もおかず、浅宮は背後の若党をふりかえり様に袈裟懸に斬り捨て、即座に反転し、お高の一撃をかちんと鋼を鳴らして受け留めた。

大柄な浅宮は雄叫びをあげ、鋼を軋ませたままお高へ覆いかぶさり、お高は身体を弓なりに反らせ一歩退いて踏ん張った爪先が、ずず、と地面を擦った。

老侍は横転したものの、ようよう身を立て直しにじり進んで、お高に気をとられていた浅宮の腰を、奇声を発して薙いだ。

そのため、お高に覆いかぶさった浅宮の凄まじい膂力が乱れた。

お高はすかさず浅宮の一刀を左へいなし、浅宮の体勢が左へ流れたところへ見舞った小太刀の切先が一文字笠を斬り割り、浅宮のこめかみをかすめた。

浅宮は顔を背けたが、老侍の一撃もお高のこめかみの疵も浅手だった。

怒りに駆られた浅宮は、凄まじい勢いでお高に斬りかかる。

お高は一歩また一歩と退りながら、縦横に乱舞する刀をかんかんと撥ねかえし、かろうじて躱した。

だが、両者の力の差は歴然として、防御が精一杯のお高に斬りかえす隙がなかった。

そんなお高の様子に、とり巻いた町民らの悲鳴があがった。

そのとき、浅宮の袈裟懸を浴びて往来に転がった若党が懸命に起きあがり、浅宮の背後へ再び突進した。

浅宮が若党の衝突を体をひねって躱した刹那、お高が夢中で放った一閃（いっせん）が浅宮の首筋に走ったのだった。

浅宮の悲鳴とともに噴き出した血飛沫（しぶき）が、お高の般若の形相に降りかかり、真っ赤に染めた。

かまわずお高はさらに踏みこんで、若党ともつれて体勢を乱した浅宮の肩へ打ち落とし、強（したた）かな手ごたえを残して引き斬った。

浅宮は夏の空を仰ぎ見るように大きく仰（の）け反（ぞ）り、絶叫の長い尾を引いて崩れ落ちて行った。陽炎のたち上る辻に倒れた浅宮は、血を噴きこぼしながら、わずかに身悶（みもだ）えていた。

「高江、止（とど）めを、止めを刺せ」

老侍が坐りこんだ恰好のまま、喘（あえ）ぎ喘ぎ声を絞り出しお高を励ました。

お高は仰のけの浅宮を膝の下に組み敷き、首を掻いた。

一文字笠をかぶったままの首が、日照りの下の辻に転がると、周りをとり巻いた町民の、悲鳴交じりの喚声が、陽炎のようにたち上った。

お高は荒い息を吐いて身を起こし、とり巻いた町民らへ高らかに言った。

「かように市中をお騒がせいたし、相済まぬことでございます。しかしながら、これは狼藉（ろうぜき）にあらず。拠所（よんどころ）なき敵討でございます。われら、町奉行所にも届けを出しており、どなたか何とぞ、町役人さまにお知らせ願います」

言いながらお高は、とり巻いた町民らの中の背が高く痩せっぽちの里右衛門を、凝っと見つめていた。

里右衛門の細面（ほそおもて）の凜々（りり）しい顔だちが、悲しげに歪（ゆが）んでいるかに見えた。

お高の般若の形相は消え、北国生まれの純朴な女の瓜実顔に戻っていた。

ぼんさまご機嫌よう、と胸の中で言ったお高は、突然こみあげる涙を押さえることはできなかった。

みんみん蟬が、再び騒ぎ始めていた。

そこまで言いかけ、高江は遠い秋（とき）の彼方へ思いを馳（は）せるかのように沈黙した。

「里右衛門さんは、お高さんの事情を何もご存じではありませんでした。ですが、お高さんがわけありとは感じておられました。それでも、お高さんがそのわけを言えないのなら言わなくともいい、どんなわけだろうと、仮令、摂津屋と引き替えになっても、お高さんを女房にして、そのわけを全部おれが引き受けると、十七歳の里右衛門さんはそう決めておられたのです」

「本途に、ぼんさまらしい。唐木さんはぼんさまに、全部、聞かれたのですね。ぼんさまとわたくしの、初めてのときのことも、それからそのあとのときのことも、それからまたそのあとのときの……」

と言いかけた高江は、まるで娘のように顔をほのかに赤らめ、それから先を言わなかった。

「うかがいました」

市兵衛は答えた。

「里右衛門さんは、こうも言われました。天明四年六月のあの日、霊岸島町一丁目の敵討の一部始終を見たとき、お高さんの言えなかった事情を知って、とても清々しい気分だった。お高よくやった、やっぱりお高はおれが女房にしたかった値打ちのある女だと心から思った。それを言う間もなかったことがずっと心残りだった、とそのように」

　すると、高江は懐かしそうな笑みを浮かべ、頬を伝う涙を隠すかのように、また庭へ目を遣った。

第三章　女掏摸

一

《宰領屋》の矢藤太は、堀江町から東堀留川に架かる親父橋を渡って、堀江六軒町の繁華な通りへ出た。

この堀江六軒町の通りは、堀江六軒町新道とも芳（葭）町新道とも呼ばれ、そば屋、栗、みかんの問屋、江戸前蒲焼、菓子処、会席料理屋などの表店が軒をつらねている一方で、ひと筋はずれた裏通りには、艶やかな茶汲女が客を引く茶屋の多い茶屋町であった。

寛政の御改革の前までは、そのほかに陰間茶屋が何軒も二階家を並べ、白粉顔にべっとりと紅を注した陰間が町内に百人以上いた。

陰間は芝居町の大芝居で舞台子を務めた。

舞台子の中には役者になった色子もいた。

寛政の御改革がはじまると、江戸市中の陰間茶屋が一斉取り締まりに遭い、今も陰間茶屋が残っているのは、この芳町と湯島天神前だけになった。

矢藤太は昼下がりの日射しが明るい裏通りから、元大坂町のほうへ小路を曲がって四半町（約二七メートル）ほど先の陰間茶屋の軒下に立った。

引違いの格子戸を開けたままにした表戸片側の、小路に面した張店で客引きをしていた二人の陰間が、矢藤太へ朱塗りの出格子ごしに、「いらっしゃあい」「おいでなさあい」と、口々に少々太めの声をくねらせた。

「よう。おっ母さんはご在宅かい」

矢藤太は陰間へ軽々と声をかえしながら格子戸をくぐり、落間に続く明障子が引かれた店の間の奥へ首をのばした。

店の間から板階段が二階廊下へ上り、階段下の正面奥に、内証を間仕切した杉戸が見えている。

張店の陰間が落間側の格子から身を乗り出し、内証へ太めの声をかけた。

「おっ母さあん、三河町の宰領屋さんですう」

ほどもなく杉戸が引かれ、細縞の小袖に市松模様の女帯を締めたおっ母さんが顔を出して、落間の矢藤太に、あら？という顔つきを寄こした。

「矢藤太さん、珍しいわね。まあ、お上がんなさいな」

元陰間のおっ母さんも、顎の張ったごつい白粉顔をゆるめた。

「上がらせてもらうよ」

矢藤太は張店の陰間に会釈を送り、遠慮なく店の間に上がると、突然、二階から陰間の笑い声がけらけらと聞こえた。

どっかで焚いている香の薫りも、かすかに嗅げる。

内証に入ると、神棚を祀った壁を背に長火鉢の座についたおっ母さんは、矢藤太にふる舞う茶の支度に早速かかった。長火鉢の五徳にかけた鉄瓶が湯気を上らせ、おっ母さんの淹れた煎茶のいい香りがした。

隣家との路地側の壁に、格子の小さな明かりとりがあって、それだけで四畳半の内証は案外に明るかった。

「はいどうぞ。楽にしてね」

おっ母さんが長火鉢の縁に湯呑をおいた。

矢藤太も慣れた様子で、茶羽織の裾を払って長火鉢の傍らに着座し、竹皮で包んだ手土産を差し出した。

「おっ母さんとは久しぶりなのに、手ぶらで会うのも気が引けてさ。途中で買ってきた」

「そう？　気を遣わせちゃったわね。あら、きんとん餅ね。きんとん餅は甘くて美味しいのよ。早速いただきます」

おっ母さんは竹皮を開き、茶請けの小皿にきんとん餅を乗せて、小楊枝を添えて矢藤太の湯呑に並べた。それから、自分の小皿のきんとん餅を小楊枝できりとり、口に運んだ。

「甘い」

おっ母さんは言って笑った。

二階の陰間のけらけら笑いがまた聞こえ、天井が苦しそうに軋んだ。

「昼間からだいぶほたえてるね」

矢藤太は天井へにやにや笑いを投げた。

「安普請だからね。慣れると気にならないわよ」

おっ母さんは、小楊枝のきんとん餅をまた舌に乗せた。

「で、宰領屋のご亭主がわざわざ訪ねてくるなんて、よっぽどの用なんでしょうね。お金の無心以外なら、相談に乗るわよ。もしかして、陰子で稼ぎたいって若衆が口入を頼んできたの」

「おっ母さんに金の無心をしても、無駄だろう。けど、陰子の口入でもねえ。芳町生まれ芳町育ち、生粋の芳町陰間のおっ母さんに、ちょいと昔話を聞きにきたのさ。と言っても陰子の昔話じゃねえ。この界隈で稼いでいた芸者の昔話だ」

「昔話って、いつごろの昔話よ。昔話にもいろいろあるんじゃない。遠い昔なのか、案外に近い昔なのか」

「今から三十四、五年前の、寛政三年（一七九一）から四年（一七九二）にかけての、ざっと二年ほどのことなんだ」

「寛政三年から四年にかけて？」

おっ母さんは小首をかしげ、指を両手で折ってしばし数え、

「あら嫌だ。寛政三年から四年ならあっしが十七から八の小娘のときじゃない」

と言ったので、矢藤太が噴き出した。

「そうかい。確かに、おっ母さんが十七、八なら小娘だったたに違いねえ。物は考えようだ。さぞかし、ごつい小娘だったんだろうね。で、そのころ隣町の新和泉町のげんや店に、巳与次とお志賀と言う夫婦者が町芸者を何人か抱えていた置屋

があっただろう。屋号は《笹や》だ。覚えているかい」

「置屋の笹やさん？　げんや店の巳与次さんとお志賀さん夫婦の。あったね。覚えているよ。あのころはね、寛政の御取締で、岡場所もそうだけど、陰間茶屋も目の敵にされてひどい目に遭ったんだよ。木挽町とか芝の神明とか花房町とか、あちこちのお茶屋さんが御取締を受けてお店を畳むしかなくなっちゃってさ。芳町と湯島はどうにか許されたけど、御取締の前のようには稼げなくて、陰間はみんな本物の日陰に隠れるしかやってけないってわけ。あっしも、これからどうなるのかしらと毎日が不安だったのを、今でも覚えているわ」

「置屋抱えの町芸者は、御取締は免れたんだったな」

「表向き、辰巳以外の町芸者は転ばないことになっていたから、そうひどい目には遭わなかったようだけど、芸者は芸者。客商売ですのでね。寛政の御取締のころは、盛り場は何処も不景気で大変だったんですよ。京育ちの宰領屋さんは、江戸の事情はわからないでしょうけどね」

「まあね。第一、寛政の御取締のころは、こっちはまだがきだったし」

　矢藤太は笑った。

「あ、そうでしたね。それで、げんや店の笹やさんが抱えていた誰の昔話を、お訊ねなんですか」

「おは津と言う町芸者なんだ。おっ母さん、覚えていないかい」

「なんだ、おは津さんのこと。おは津さんのことなら覚えてますよ。町芸者と陰間じゃあ、まあ商売敵みたいなもんでしたから、そんなに親しいというのじゃないけれど、おは津さんはご近所さんだし同い年で、ご町内で行き会うことがあると、今晩は、これからお務め、とか、そっちの景気はどう、とか、声をかけるぐらいのことはよくありましたね」

「そのおは津のことを、おっ母さんの知ってる限り、覚えている限り、聞かせてもらいてえんだ。でね、これはその礼さ」

矢藤太は懐の紙入れから白紙のひと包みを抜き出し、おっ母さんの前の縁にさりげなくおいた。

「何これ。いただいちゃっていいの」

おっ母さんは掌の上で白紙を開き、鈍く光る二朱銀を見て目を丸くした。

二朱銀は幕府の公定相場の五百文ほどで、高給取りの大工の日当が四百文ぐらいの時代である。

「気前がいいのね。おは津さんの昔話が、口入屋さんの稼業に余ほど大事なかかり合いがありそうね」

「こいつは口入屋の稼業とは別なんだ。成り行きで請けることになった仕事さ。三十四、五年も前の町芸者の昔話なんぞ、どうでもいいじゃねえかと言う向きもいれば、そうでないわけありもいるってことさ」

「そうでないわけありは、なんだかお金持ちの臭いがするわね」

「おっ母さん、おは津の話を頼むよ」

矢藤太はおっ母さんを促した。

「おは津さんは、本途に綺麗な娘だったね。つるっとした広い額に、眉をしゅっとひと筋刷いて、くっきりとした奥二重のほんの少し切れ長の上目遣いで、凝っと見つめられたら、陰間のあっしでさえどきどきしたぐらいよ。鼻先も可愛らしくつんと澄ました上向きで、笑うと頰にえくぼができてね。小さな唇に紅をちょんと注して澄ました顔が、お人形さんみたいだった」

「おは津は綺麗と言うより可愛い娘の、そっちのほうかい」

「でもやっぱり綺麗だった。抜けるような色白で、見ただけでわかるぐらい肌の肌理が本途に細かいの。白粉なんか塗らなくたって、艶々のぴちぴちだった。あっしは白粉で拵えているんだけどね」

「知ってるよ。額の生え際の白粉が塗れていないところが地黒だからさ」

矢藤太はおっ母さんの額を指差した。

「いやね。よしてよ。あはは……」

おっ母さんは掌をひらひらさせ、矢藤太が差した指を払いながら太めの声で笑った。そのときまた、二階のけらけら笑いが起こり、天井がどんどんと震えた。

「ちょっと待ってね。安普請だから」

おっ母さんは長火鉢の座を立ち、内証の隅に立てかけてあった長細い竹竿をつかんで、天井を突いた。

けらけら笑いと天井の震えが、すぐに静まった。

おっ母さんは、竹竿を部屋の隅へ戻したついでに台所へ行き、五合徳利を提げ、新しい湯呑と小鉢を小盆に載せて内証に戻ってきた。

「宰領屋さん、お茶よりこっちにしましょうよ。初々しかった小娘のころを思い出したら、懐かしくて一杯やりたくなっちゃった」

「こんな真っ昼間から、いいのかい。上には客がいるんだろう」

「いいじゃないの。細かいことは気にしないの。この刻限はお客さんが滅多にこないし、きたって、どうせまずはお酒になるんだから。上のお客さんはね、うちの子の古い馴染みの爺さんで、放っておいてもいいの。ささ」

小鉢は奈良漬けが酒粕の香りを放っていた。おっ母さんは二つの湯呑に酒をなみなみと注いで矢藤太に勧め、自分の湯呑をゆっくりとあおった。

「ああ、美味しい。甘い物と懐かしい昔話は、お酒のつまみものに合うのよ。宰領屋さん、そう思わない」

「そうだな。おっ母さん、昔話を続けてくれよ」

「うん。おは津さんが笹やの抱えになったのは十七歳のときよ。同い年のあっしは堺町の陰間茶屋にいて、もうお客をとってたわ。今度げんや店の笹やにすっごく可愛い子が抱えになったって、あっしら陰間の間でも、どんな子、そんなに可愛い子なのって、噂になったもの。半月ぐらいがたって、堺町の裏通りで、三味線のお稽古帰りのおは津さんと行き会って、初めて言葉を交わしたわ。通りの向こうからくるときにわかったもの。あの子が評判のおは津さんだって。可愛くて綺麗でうっとりしちゃったのを、今でも覚えてるわ。陰間をうっとりさせるなんて、相当な女よ。こんなの不公平だって、嫉妬したわよ。おは津さんはこんなに美しく生まれて、あっしはこの通りなんだから、なんでなのってね」

「けど、不公平じゃなかった。おは津にはおは津の抱えている秘め事があったんだろう。こっちのさ」

矢藤太は懐の物を摘まみ出す真似をして見せた。

おっ母さんはきんとん餅を舌に乗せ、甘味と酒を味わいながら頷いた。

「世の中、そうしたもんなのね。今はもう足を洗ったけど、おは津さんの前は掏摸らしいよって、ここら辺の芸者衆の間でひそひそと言われていた噂を聞いたのは、おは津さんが笹やの抱えになった翌年の春だった。おは津さんは器量よしだけじゃなく、手先が器用で勘もいいらしくてね。三味線に唄と踊りの稽古でもめきめきと腕をあげ、抱えになったその年の冬には、十七歳の遅蒔きながら、お座敷に出始めたの。そしたらたちまち、あの芸者はいいねとお客さんの評判をとって、すぐに指名がつき玉代を稼ぎ始めたから、芳町の見番では、おは津さんが板頭をとるのは間違いないと言われていたわ。たぶん、おは津さんの前が掏摸らしいという噂は、どこの馬の骨かも知れないぽっと出の小娘が、周りがちやほやするからいい気になって、みたいなやっかみもあったのよ。おは津さんは、笹やのご主人や女将さんが子供のころに養子にして育ててあげた芸者じゃないし、色町じゃあもういい歳の十七歳の素人同然の芸者が急に売れ始めたら、周りが素性を怪しんでいろいろ噂を流したり、余計な詮索をしたりするのは、仕方のないことかも知れないけどね」

「おは津の前が掏摸だってえのは、笹やの巳与次とお志賀は、知っていたんだろう。巳与次とお志賀から、そのことでなんか聞いた覚えはないかい」

「笹やのご主人と女将さんから、おは津さんの前のことで、聞いた話なんか何もないわよ。こっちだっておは津さんと同じ十七の陰間の小娘だったんだから、そんなこと気安く聞けるわけないじゃない」

「そりゃあ、陰間の小娘には無理だな。で、それからおは津の芸者稼業はどんなふうだったんだい。おは津が笹やから姿を消したのは、十八歳の秋の中ごろだったな。前は掏摸だの、素性が知れないだの、聞きたくねえ噂をいろいろたてられても、十七の春から十八の秋までおよそ一年半は、笹やの抱えだったんだろう。どうにか芸者稼業を務めていたと思うんだが、おは津はなんで芸者をやめて笹やから姿を消したんだい」

矢藤太はおっ母さんを、斜にのぞきこんで言った。

「知らない。もう三十三、四年も前のことだもの。うろ覚えだけど、笹やのご主人が、おは津は芸者稼業が性に合わなかった、早い話がおは津は芸者稼業に嫌気が差したんだ、と言ってたのを覚えてるわ」

おっ母さんは自分の湯呑に手酌で注ぎ、ほら、と矢藤太の湯呑に差した。

　奈良漬けをかじりながら、矢藤太はおっ母さんの酌を受けた。

「でも、あっしはそうじゃないんじゃないのって、気がするの。そう、寛政の厳しい御取締があって芳町界隈も寂れてたころ、気にせず馴染みにしてくれてたお客さんの中に、新川に大店を構える下り酒問屋の《摂津屋》さんの若旦那がいてね。名前は摂津屋の里右衛門さん。だけど、ここら辺では里九さんと呼ばれて、三十三、四年前の歳のころは二十代半ば。ちょっと、わざと尖って見せてるところがないでもないけど、とにかく姿がよかった。背が高くて細身なのに結構肩幅があって、鼻筋の通った色白細面が若いのに案外渋い男前でさ。頭のよさそうなお金持ちの坊ちゃんが、気持ちよく茶屋町で遊んでる感じがなかなか粋だった。宰領屋さん、新川の摂津屋の里右衛門さん、知ってる？」

「知ってるさ。摂津屋の里右衛門さんは、下り酒十組問屋の行事役筆頭を長年務める遣手の商人だね」

　矢藤太は抜かりなく答えた。

「その里九さんが、おは津を気に入ったのよ。前は深川の門前町とか仲町によく出かけてたそうだけど、おは津さんが笹やの抱えになった同じころ芳町界隈に河岸を変えて、大店摂津屋の若旦那だし姿も気風もいいから、すぐに里九さんの名前が界隈に広まってね。あっしが務めてた堺町の陰間茶屋にも上がったときがあって、務めていたあっしを入れて五人の陰間を全部呼んで、里九さんが音頭をとってどんちゃん騒ぎをやらかしてさ。愉快に騒ぐ人で、それ以来、里九さんはあっしら陰間の人気者よ。と言っても、懇ろになった陰間はいないけどね」

「芸者のおは津を気に入って、里九さんのお座敷がおは津にかかった。それからどうなったんだい」

「大店の若旦那で、しかもいい男の里九さんに気に入られて、おは津さんがのぼせあがらないわけがないのよ。この稼業の人たちは、里九さんとおは津さんの仲はみんな知ってたわ。年が明けて春の中ごろには、おは津さんに里九さんのお座敷がかかるのは三日にあげずみたいだったそうよ。おは津さんも里九さんの女房気どりだって、そんな嫌みったらしい言い方をしている人もいたわね。あっしら陰間はお見限りってわけ」

あはは……

おっ母さんは太い声で笑った。

「でもね、おは津さん、大丈夫なのって、言ってやりたい気がしないでもなかったわ。おは津さんは床芸者じゃない。床芸者がお上に見逃されているのは辰巳だけだからね。それはわかってる。だとしても、素性の知れない元掏摸の、所詮は茶屋町の芸者のおは津さんが、お上のお役人さまだって一目おく大店の若旦那の女房に似合ってると思える？　無理なんじゃないの？　女房なんか望まず、囲われ者で我慢して、小料理屋なんか持たせてもらって、里九さんの子をひとりぐらい産んで可愛がって育てて、その程度にしといたほうが無難なんじゃないのって、思わないでもなかった」

「その年の秋に、おは津が笹やから姿を消して、おっ母さんはどう思った」

「ええっ、なんでって思ったし、ああ、やっぱりね、仕方ないね、無理だったもんね、とも思った。界隈ではちょっと騒ぎになった。でもすぐに収まったわ。笹やのご主人も女将さんも、どういう事情があったのか口を噤んでたし。里九さんだって、ぷっつりと芳町界隈に姿を見せなくなったし。里九さんは辰巳のほうで相変わらずお盛んだって、一とき、噂を聞いたわね。でも、十年ぐらいたって、芝居町のほうで、里九さんが商人仲間かお客さんを大勢連れて茶屋に上がって、若いころのようにどんちゃん騒ぎをやったそうよ」

「おは津が笹やから姿を消したあと、どこで何をしているのか、知らないかい」

「まったく知らない。噂も聞かないし、まさか、掏摸に戻っちゃいないと思うけど。笹やのご主人と女将さんは亡くなって、界隈のお店も丙寅火事のあと、みんな建て替わっちゃって、知らない住人が増えてね。丙寅火事のあとよ、あっしがここで茶屋を始めたのは」

「そうだったのかい。そのころは、おれはまだ京にいたな」

「ふん。でも、おは津さんが今どこでどうしてるのか、生きてるのか死んじゃったのかも、知ってそうな人らに訊いてみてあげる。おは津さんだって、生きてたらあっしと同じ五十すぎの婆さんよ。そんな婆さんの行方を気にかけて二朱銀をはずむぐらいの、たぶん物好きな、気前のいいお金持ちのためにね」

「頼む。そのときはそれでまた礼をするぜ」

「だったら、里九さんもこの春五十九よね。あっという間だわ、人生なんて」

「おっ母さんだって、いい爺さんじゃなくていい婆さんになったじゃねえか。さあ、おっ母さん、注ぐよ」

　矢藤太は、徳利をおっ母さんの湯呑に差した。

　小路のほうで通りがかりの騒ぎが聞こえ、張店の陰間が通りがかりに呼びかけた。けらけらと、二階の陰間の笑い声が交じった。

二

翌々日の朝、三河町三丁目の宰領屋の、口入の順番待ちをする客で混雑する前土間に、質素な紺木綿を着流した見知らぬ男が入ってきた。

うすくなった月代に白髪が目だつかなり年配の男だった。

早朝の日雇いの口入ほど大勢ではないものの、請人宿宰領屋の店の間では、勤め先を求めて順番待ちをする男女が、順番が廻ってきて手代に呼ばれるまで肩を寄せ合って居並び、前土間でも立ち待ちの客がひとり店を出ても、新たに二人三人と入ってくる混み具合だった。

小僧が立ち待ちの客の間を右往左往して、手代に呼ばれた客の名を繰りかえしたり、新たな客の用を聞いては、「ただ今混み合っておりますので、しばらくお待ちいただくことになります」と言って廻っていた。

ちょうどそこへ急な人足仕事が入り、三人いる手代のひとりが店の間の上がり端に立って、「通油町《島田屋》樽転、男四人、男四人……」と前土間の混雑に呼びかけると、男らがわっと群がって、店の中の喧騒がつきなかった。

その宰領屋の前土間に立った年配の男は、人足仕事の募集を気にかける様子は見せなかった。

店中をぐるりと見廻し、ちょうど店の間の片隅に坐っていた客が手代に名を呼ばれて立った空いたところへ、案外すばしっこく腰かけた。

そうして、前土間を動き廻る小僧に声をかけられるのを待っているのか、それとも周りの慌ただしさについて行けず消沈しているのか、瞼のたるんだ空ろな眼差しを周りに漂わせていた。小僧のひとりが、片隅の上がり端に腰かけた男をようやく目に留め、

「口入のご用でございますか」

と、まだ声変わりのしない小僧が、甲高い声で問いかけた。

すると、男は見た目よりは余裕のある笑みを小僧にかえした。

「小僧さん、こちらは請人宿の宰領屋さんだね」

「さようでございます。請人宿の宰領屋でございます」

「宰領屋のご主人は、矢藤太さんだね」

「さようでございます。手前どもの主人は矢藤太でございます」

小僧がまた甲高い声で繰りかえすと、店の間の手代らや、手代の奥の帳場格子

についている番頭が顔をあげ、店の間の上がり端を訝しげに見つめた。

「では、ご主人の矢藤太さんに取り次いでもらいてえ。与七郎と申す者が芳町の太助母さんに言われてきた。ご主人がお訊ねのさる方の行方に少々かかり合いのある者でございやすと、そう言ってな。頼んだぜ、小僧さん」

小僧は、はい？　とどうやら口入の用ではなさそうな男の言いつけに戸惑い、店の間の帳場格子の番頭に伝えに行った。

番頭は、上がり端のしょぼくれた様子の男の痩せた背中を見つめながら小僧の伝言を聞いた。

と、不意にふり向いた男に、へへえ、と笑いかけられたので、番頭はちょっとむっとした。

主人の矢藤太は、店の間続きに障子戸を閉てた内証で口入の執務をとり、接客もする。年が明けてからは、本業の口入業とは別の仕事を依頼され、永富町の唐木市兵衛さんとそっちのほうにかかりきりである。

頼まれた相手は、新川の下り酒問屋の大店摂津屋のご主人と番頭は聞いているが、どんな頼まれ事かは、まあ人捜しさ、と矢藤太は言うだけで、人捜しの詳細は聞かされていなかった。

「宰領屋の仕事はいつも通りで頼む。番頭さんに任せるよ」

そう言われても、番頭は少々不満である。

変わり者のうちの主人は、大店の摂津屋さんの頼まれ事が、仕事というだけでなく、気にかかってならないらしい。

気にかかったら人任せにしておけず、ついそっちにのめりこんでしまう主人の性分はわかってはいる。

けれど、そっちは市兵衛さんに任せ、本業の口入業にもっと身を入れてくれればいいのだがね、と内心では思っている。

番頭は帳場格子から内証へ行き、障子戸ごしに来客を告げた。

「どちら様だい」

矢藤太の声がかえってきた。

番頭は、与七郎というご年配の方が、芳町の太助母さんに言われてきた、旦那さんのお訊ねの方の行方にかかり合いがある者だと言うておられますと、障子戸ごしに伝えた。すると、すぐに障子戸が勢いよく引かれ、矢藤太が立ったまま店の中を見廻した。

「与七郎さんはどの人だ」

「あちらの方で」

番頭は、店の間隅の上がり端から腰をあげ、矢藤太へ黙礼を寄こした与七郎を手で差した。

「ありがてえ。芳町のおっ母さんも口先だけじゃなかったぜ」

矢藤太は、前土間の片隅に佇む与七郎を見遣って表情をゆるめた。

三河町三丁目の往来を東へ折れた蠟燭町の細道に、朝の早い職人や青物市場の朝市でひと仕事を終えた市場の使用人ら相手に、早朝から、なべ焼きうどんや甘辛い煮つけと沢庵の漬物を菜に朝飯を食わせたり、ちろりの熱燗を呑ませる煮売屋があった。

低い軒庇にたてかけた表看板には、おすいもの、御にざかな、さしみ、なべやき、と品書が読め、六畳ほどの店の間に、混み合うときは客同士が背中合わせに隣と肩が触れ合うほどに寄り合い、また店先に並べた縁台にも腰かけ、酒を呑み飯を食うことができた。

矢藤太は蠟燭町のその煮売屋に、与七郎を連れてきた。

早朝の混雑する刻限が一段落し、幸い背中合わせに肩が触れ合うほどの混み具合ではなく、矢藤太と与七郎は六畳の一角にゆっくりと腰をおろした。

「与七郎さん、朝はこういうところしか開いてなくてね。けど、ここなら朝っぱらから酒も呑めるし飯も食える。気兼ねはいらねえ。酒の肴は何がいい。なんでもいいぜ。さしみでも焼魚でも煮つけでも。一杯やりながら、じっくり話を聞かせてもらえるかい」

与七郎はこくりと首を折り、白髪交じりの月代を、爪垢が目につく汚れた指先でなでて、騒々しい店の中を見廻した。

「旦那さん。あっしは今、南八丁堀の裏店に住んでおりやす。昨日、ちょいとした用で出かけた住吉町の竈河岸で、たまたま、芳町の太助母さんにお会いしましてね。太助母さんに、こちらの旦那さんをおうかがいするようにと言われたんでございやす。今朝は朝飯を食う間もなく南八丁堀の店を出やしたんで、もう腹がへっていけやせん。先に腹の足しになる物をいただいてかまいやせんか」

「遠慮なく食ってくれ。おおい、小僧さん」

矢藤太は煮売屋の小僧を呼んで、ちろりの熱燗と与七郎の朝飯を頼んだ。

与七郎は鰈の煮つけにたこと鰯の鱠、吸物、漬物とどんぶり飯、さらになべ焼きうどんも頼んで、よほど腹がへっていたと見え、たちまち貪り食った。

一見したところかなりの年配に思われたが、見慣れるとまだ五十代の半ばごろに見えた。

与七郎は飯を食い終えると、うっぷ、とおくびをもらし、矢藤太が燗酒を注いだ杯を音をたててすすって乾(ほ)した。そして、

「うめえな」

と、分厚い唇を赤黒い掌(て)で拭い、杯を盆にことんと鳴らした。

「やっと腹が落ち着きやした。やっぱ、腹がへったまま、神田までは遠いな」

与七郎は、黄ばんだ歯の何本かが抜けた黒い痕(あと)を見せて笑った。

「それで与七郎さん、本題の話を聞かせてくれるかい。芳町のおっ母さんに、宰領屋の矢藤太に会って話せって言われた話があるんだろう。そいつをさ」

やおら、矢藤太はきり出した。

「へい、さようで。ですがね、旦那さん。芳町の太助母さんはこうも言われやした。宰領屋の旦那さんにその話をお聞かせしたら、きっと御足をいただけるよって。神田の三河町まではだいぶ遠いが、御足がいただけるなら、行かにゃあなるめえと思って、こうしてお訪ねした次第でございやす。まことに言いにくいんでございやすが、そっちのほうは、間違いないんでございやしょうか」

「それは間違いない。ちゃんと礼はする。ただ、疑って言うんじゃないよ。おれが知りたいのは、げんや店の置屋の抱えだったある芸者の消息なんだ。芸者は三十四年前の寛政四年に、げんや店の置屋から姿を消し、そののちは行方知れずなのさ。その芸者の消息だと、承知しているんだろうね」

「へい。太助母さんから、聞きやした。たぶん、いや、あっしがかかり合いになった女に違いはございやせん。かかり合いと言いやしても、懇ろになったとか、かわりない仲になったとか、そういうのじゃござんせんよ。まあ、生まれつきこんな不恰好でなんの取柄もねえ野郎ですから、言わずともひと目見りゃあお判りでしょうが。ひひ……」

与七郎は空の杯をあおって見せた。

「小僧さん、熱燗を頼む」

矢藤太は土間を忙しく動き廻る小僧に声をかけ、へえい、と小僧が返事を寄こした。小僧は竈の側の亭主から熱燗のちろりを受けとり、すぐに運んできた。

「さあ、与七郎さん」

矢藤太は、与七郎の杯に注した。

「畏れ入りやす。それじゃあまあ、事情をお話しいたしやすとね……」

与七郎はそれを受けて、喉を鳴らした。

「あっしはこの春、五十四ってとこです。今の仕事は、言って見りゃあ、御用聞でやすね」

「御用聞？　町方のかい」

「もっと広く、町家の旦那さん方のご用を聞いておりやす。旦那さん方の手紙をお得意さんに届けたり、ときには花町の芸者衆の伝言を、旦那さん方へ取り次いだりとか。まあ色々なご用をなんやかんやと聞いておりやす。けど、それだけじゃありやせんよ。これでも、町方の御用聞をちゃんと務めておりやした。嘘じゃありやせん。ちゃんと。ちょうど九年前の文化の終りごろ、四十五のときでしたかね。かれこれ二十年も務めたんですが、そろそろ潮どきかなと思って、十手をおかえししやした」

「御用聞が預かるのは、十手じゃなくて、町方の手形じゃないのかい」

矢藤太は与七郎のにやにや顔を見つめた。

「あはは……そりゃそうだ。十手というのは言葉の綾ですよ。正直に言いやすとね、旦那さん。あっしは町方の御用聞だった親分の御用聞、つまりあっしが世話になっていた親分の下っ引でやす。ですが、下っ引だって仕事は町方の御用聞になんにも違いはありやせん。むしろ下っ引のほうが、御用を言いつけられて彼方此方走り廻らなきゃあならねえんですから。仮令、下っ引でも、二十年も御用聞だったたってえのは、言葉の綾じゃねえ。いろいろあって、まあやめることになりやしたがね」

そう言って、与七郎は杯をあおった。

「世話になった親分と務めた旦那は、万が一差し障りがあったら困るんで控えさせていただきやす。その間、御用を聞いた旦那はおひとりじゃありやせん。何人かいらっしゃいやす。今も廻り方をお務めの旦那もいれば、もう番代わりなさった方やお亡くなりになった方もです。あれはあっしが二十代の半ばのことでございやした。寛政の御改革で江戸中の岡場所が一斉に御取締に遭って、牛込の赤城もそのひとつでございやした。ですが、赤城の三軒茶屋は、御取締のあとも性懲りもなく隠し売女をおいて、青とか白とか斑とか、金とか銀とかの呼び名をつけて飼い猫と称し、飼い猫に客をとらせておりやした。吉原の町役人の差口が云々とあって、その年の瀬、赤城を取り締まれと御奉行さまのお指図が出て、御用を聞いていた南町の旦那が出役と相なったんでございやす」

「それはいつごろのことだい」

「確か、寛政の八年か九年でございやした。その夜ふけ、北町の一隊や寺社奉行の役人らと牛込御門橋で落ち合い、一同が粛々と神楽坂（かぐらざか）を上り末寺（すえでら）町の赤城明神へと向かいやした。そしたら、赤城明神前で吉原の町役人に率いられた妓楼（ぎろう）の荒っぽそうな若い者らが、五十名以上も人数をそろえ、いつでも打ち毀（こわ）す手配りを整えて、町方の到着を待っておりやした。だもんで、町方と寺社方に率いられたあっしらは、吉原の若い者らが参道沿いの三軒茶屋に打ちかかり、飼い猫の女郎衆をひとり残らずふん縛り、茶屋の亭主も女房も、女子供も使用人らも一網打尽にするのを、ただ周りを囲んで眺めていただけでございやした。女郎衆は悲鳴をあげて逃げ廻るし、女子供は泣き喚（わめ）くし、ちょっとでも逆らった三軒茶屋の若い者らは、吉原の諸肌脱（もろはだぬ）ぎの若い者らの袋叩（ふくろだた）きにされておりやした」

町奉行所の岡場所の取り締まりを《警動（けいどう）》と言った。大抵は吉原より、どこそこに売女をおき、と訴えが町奉行所に入り、吉原の気の荒い屈強な若い者らが取り締まりの実働部隊を務めた。

岡場所の亭主や女将、使用人らは、その場で解き放たれる子供や婢（はしため）や下僕（げぼく）をのぞいて、町方の番所に引ったてられ、売女らは数珠繋（じゅずつな）ぎで吉原へ連行される。連行された売女らは競売にかけられ、遊郭の亭主に競り落とされた。

それから三年、遊女としてただで奉公させられるのが売女の罰である。

「つまり、旦那さんがお捜しの芸者が、赤城の売女の中にいたんでございやす。赤い湯文字に緋の襦袢を羽織っただけの真っ白な肌に荒縄が食いこんで、後手に縛められた細く長い指が、花びらみてえに震えておりやした。寝乱れたか若い者に手荒な扱いを受けたからか、島田の乱れ髪がやわらかそうな頰からほっそりした真っ白な首筋へ垂れて、提灯の灯に映えた艶々した額の下に、眉や目鼻やぷっくりした唇までを悲しげに伏せ、それがまた息を呑むようなと言いやすか、痛々しい艶やかさだったんでございやす」

矢藤太は、ふん、と笑った。

「お笑いになるのは、もっともでございやす。あっしもあのときの胸騒ぎを忘れてはおりやせんが、もう三十年近くがたった今でも、てめえの気持ちをどう言っていいのやら、わからないんでございやすからね。そうと知っていたら、有金全部をはたいてでも、仮令、明日は打首になったとしても、せめてひと晩、この女をてめえのものにしたのにと、悔しくて溜息が出やした。世話になっていた親分と町方の旦那がひそひそと言い交わしているのが聞こえやした。驚いたな、こんな女がいたか、これからは吉原の花魁になってさぞかし売れるんでしょうね、だろうな、とね。そうか、吉原かと思いやしたが、あっしみてえな下っ引が、吉原は簡単に行けるところじゃござんせん。吉原でも、西河岸とか羅生門河岸ぐれえならなんとかなりやすが、これほどの女が競りにかけられて、そんな安女郎屋に流れるわけがねえと、出るのは溜息ばかりでございやした」

「その女がおれの捜している芸者だと、なんで思うんだい」

「太助のおっ母さんに聞きやした。旦那さんのお捜しの芸者は、おは津、げんや店の笹や抱えの芸者おは津でござんしょ。赤城の猫がおは津だったかどうか、そのときはむろん知りやせんし、名前を知ったところでどうにもならねえと端からわかっておりやすんで、確かめもしやせんでした。ただずっと、女の面影は残っておりやした。あっしのここにね。笑わねえでくだせえよ」

と、与七郎は爪垢に汚れた指先で、白髪交じりの月代がまばらな頭を突いた。

「で、それだけだったなら、旦那さんの御足ほしさにお訪ねするほど厚かましい男じゃありやせんぜ。女を見かけた、と言うのじゃありやせん。もう一度その女と会う妙な因縁があった、とでも言いやすかね。あれは赤城明神の警動から十年がたった、丙寅火事の翌年の文化四年（一八〇七）でございやした。吉原の揚屋町に《楓屋》と言う裏茶屋で妙な心中事件があって、町奉行所に届けがございやした。心中事件でも、死人が出たなら町奉行所が調べねえわけにはいきやせん。そのころ、あっしの親分が御用聞を務めていた臨時廻りの旦那が、検視に吉原へ大急ぎで向かうことになり、御用聞の親分と下っ引のあっしらも揚屋町の楓屋へ急ぎやした。揚屋町は、大門を入った西側の一角に会所がございやして、仲の町(なかのちょう)の大通りの次が江戸町(えどちょう)一丁目、その次を西へ折れる通りでございやす」

　ふむ、と矢藤太が頷くと、与七郎はすぐに言いかえた。

「そうか。宰領屋の旦那さんに吉原云々は釈迦(しゃか)に説法でございやしたね」

「いいから続けてくれ」

「へい。会所の手代に、揚屋町の裏通りを路地に折れた奥の楓屋へ案内されやした。仲の町の大通りや揚屋町の往来は、真っ昼間でも人通りが盛んでやす。ですが、ひとつ裏通りにそれやすと、あたりは急に寂(しん)としやしてね。さらに折れた路地のどぶ板がことこと鳴り、近所ではまだ心中が知られていねえと見え、どっかの店で三味線を鳴らしているのが聞こえやした。三味線の婀娜(あだ)な音色が、却(かえ)ってぞくっとするような妖しさでございやした。路地奥に楓屋の門口と濃紫の地に楓(かえで)文(もん)を染め抜きにした半暖簾(のれん)が、何事もねえかのように下がっており、表の格子戸をくぐった三和土(たたき)の沓脱(くつぬぎ)に男物の藺(いぐさ)の草履が一足だけ、きちんとそろって残っているのが意味ありげでございやした。茶屋の亭主と女房が真っ青になって旦那とあっしらを迎え、現場の四畳半へ通されやした。ところがそこで初めてわかったんでございやす。亡骸は出刃包丁でてめえの首筋をひと掻きにした、中年男の血まみれの一体だけだったんでございやす。部屋は噴き出した血が、閉めきった障子や天井にまで飛んでおりやした」

「心中じゃなかったのかい」

「て言うか、町奉行所に知らせに走った会所の者の早とちりで、心中と伝わったんでございやす。お上の仰る相対死じゃなく、中年男のひとりぼっちの自害でございやした」

三

吉原の裏茶屋は、揚屋町に十五軒、京町一丁目に四軒、角町に四軒ほどが、裏通りや路地に軒を並べている。

吉原では、楼主や使用人の若い者らが、抱えの遊女と通じることを厳しく禁じていた。

だが、吉原は妓楼の抱える遊女の数が二千とも、あるいは三千とも言われ、のみならず、揚屋町や角町の裏路地には、多くの男女の芸者衆も居住していた一日千金を商う歓楽の町である。

抱えの遊女のみならず、芸者衆であれ誰であれ、それを禁じることなどできなかった。裏茶屋は、その歓楽の町で禁じられた男と女の窃な、しかし、誰もが承知している密会の場でもあった。

その昼下がり、揚屋町の裏路地の楓屋で、半籬の妓楼《梅宮》の部屋持の花魁初音と、浅草諏訪町西裏通りの木彫細工所《藤島》の根付職人松五郎が、その日で三度目の窃な逢瀬のときを持った。

前の二度は、一刻か一刻半ほどの逢瀬のときをすごしたあと、初音は楓屋の門口ではなく、部屋の濡縁先から建仁寺垣に囲われた小庭へ下り、枝折戸を抜け裏手の細道沿いに揚屋町の通りへ出て、京町一丁目の梅宮に戻って行った。

そのあと松五郎は楓屋の払いと心付も済ませ、ひとりで楓屋を出たのだった。

だがその日、楓屋の主人夫婦は、半刻足らずで小庭の枝折戸が開かれ、裏の細道をひたひたと草履を鳴らして戻って行く初音の足音を聞いた。

主人夫婦は、前の二度の逢瀬よりだいぶ早いと思ったものの、別段気にかけなかった。

半籬であっても、初音は梅宮抱えの部屋持である。わずかな隙を見つけての逢瀬に、都合がままならないことがあって当然である。

松五郎がひとり残された部屋は、ひっそりして物音ひとつ聞こえなかった。一度、楓屋の女房が部屋へ行って間仕切ごしに、「ご用はありやせんか」と声をかけた。すると、

「おかまいなく。少々休んでから、引きあげやすんで……」

と、松五郎のか細い声がかえされた。

「どうぞ、ごゆっくり」

女房は別段不審に思わず、内証に戻った。

と、それからほどなくして、奇妙なうめき声とともに、どすん、と物音が聞こえ、店が不気味に震えた。

訝った主人と女房は、声と音の聞こえた松五郎の部屋へ行き、再び間仕切ごしに二度声をかけたが、二度とも返事はなかった。

放っておけず、主人がそっと間仕切を引いた途端、引き切った首筋から血が溢れ出し、形相をしかめたまま布団に横たわった松五郎を見つけた。

松五郎は血まみれの手に出刃包丁をにぎったままで、横たわった周りの布団に溢れ出る血の染みが見る見る広がり、庭側に閉じた障子戸にも天井にも間仕切にも、血飛沫が飛び散っていた。

松五郎の手足が、幽（かす）かに痙攣（けいれん）していたが、半開きの空ろな目は、もう何も見ていないのは明らかだった。主人は、ぎゃっ、と悲鳴をあげかけた女房の口を掌（て）で塞（ふさ）ぎ、口惜（くや）しそうに吐き捨てた。

「ちきしょう、やりやがったか」

「どう見たって、仏さんが自害して果てたのは明らかで、検視は大してかかりやせんでした」

与七郎の話が続いた。

「あっしらが楓屋に着いたときは、部屋中に飛び散った血はもう乾いておりやしたし、仏さんのぱっくりと口を明けた疵口（きずぐち）の血も、ぬるぬるした塊（かたまり）みてえになっておりやした。旦那の検視がひと通り済むと、親分が仏さんの空ろに見開いた目蓋（まぶた）を閉じてやりやした。それから、主人夫婦に事情を聞いて、仏さんが浅草諏訪町の木彫細工所藤島の根付職人の松五郎で、女房と子もいる三十一歳。そのひと月半ほど前から、楓屋に二度ほどあがって、京町一丁目の半籬の花魁初音と逢(あい)引(びき)をして、その日で三度目ということでございやした。前の二度とも、ご近所に見られねえように用心してか、初音が裏手の細道から先に戻り、松五郎があとに残って楓屋の払いを済ませ、ひとりで戻って行きやしたんで、その日も、初音の楓屋を出るのが前より早いなと思ったぐらいで、気に留めなかった。ところが、奇妙なうめき声と、どすん、と物音がしたんで見に行ったら、松五郎がてめえの首を出刃包丁で掻き切って、血の海の中に横たわっていたというわけです」

「梅宮の初音を、当然、呼んだんだろう」

「そりゃもう。初音の話を聞かねえわけにはいきやせんよ。初音をすぐに呼べと旦那が命じて、会所の手代と楓屋の主人が梅宮に向かいやした。そのころには、界隈にも楓屋で仏さんが出て町方が出役しているらしいと知れわたって、近所の野次馬が裏通りから路地にまでぞろぞろと楓屋をのぞきにくるんで、あっしともうひとりの下っ引が、路地やら裏手の細道の野次馬を追っ払っておりやした。あのときあっしは、細道のほうにいたんですがね。揚屋町の往来のほうから人が三人、ひと並びに細道へ入ってくるのが見えやした。まだ日は沈んでおらず、店と店の間の細道でも充分明るく、前に楓屋の大柄な主人、続いて初音らしき花魁、その後ろに会所の手代のひと並びがわかりやした。花魁と言いやしても、初音はまだ化粧の途中だったらしく、高島田に結っていたが簪笄も挿さず、青白いぐらいの白粉顔を俯き加減にぎゅっとしかめておりやしてね。紅も注さねえ唇を苦しそうに歪め、まるで般若の面のような形相が、大柄な楓屋の主人の後ろに見え隠れしながら、やってくるんでございやす」

「うん？　そうなのかい。おれはてっきり、花魁の初音がおは津かと思ったんだが、そうじゃなかったのかい」

「旦那さん、仰る通りで。般若の面のように顔をしかめた花魁が、おは津だったんでございやすよ。建仁寺垣の枝折戸の側まできて、あっしが枝折戸を開いて、三人が楓屋の小庭に入って行くとき、あっしの目の前を通った初音が、十年前、赤城明神の参道で見た、赤い湯文字に緋の襦袢だけの真っ白な肌に荒縄が食いこんで、後手に縛められた細く長い指が花びらみてえに震えて、提灯の灯に照らされて息を呑むような、痛々しい艶やかさだった赤城明神の、あのときのおは津じゃねえかと、気づいたんでございやす」

「おは津は、もう十年前のおは津じゃなかったんだな」

「照れ臭え話でやすが、頭の悪いあっしでさえ覚えの中に十年も消えずに残っていた、赤城明神のおは津のぞくっとさせられた面影は、花魁の初音にはございやせんでした。あれから十年のおは津のすごした秋の流れが、松五郎とのかかり合いを訊かれている初音の不快そうなしかめっ面に、くっきりと刻まれておりやしてね。てめえのことを棚にあげて言いやすと、果敢ねえって言うか、みすぼらしいって言うか、何かしら年増の商売女の太々しさが身ぶり素振りに見えて、なんでこんなになっちまったんだと、つくづく物の哀れを感じさせられたんでございやす」

「物の哀れをかい。ふうん、十年の夢から覚めたってわけだな……与七郎さん、まだ酒はあるぜ」

　矢藤太は、与七郎の杯にちろりを傾けた。

「畏れ入りやす。けど、旦那さん、おは津の器量は決して悪くはなかったんでございやす。あのときあっしは三十五歳でしたんで、おは津も三十すぎの大年増だったはずですよ。そんな大年増が、半籬ではあっても、部屋持の花魁を務めていたんですから、あっしみてえな男の手の届かねえ女に変わりはなかった。逢引した男が、別れたあとに自害して果てた、なんて事情と違ったときならもう少し愛想がよくって、いい女だったでしょうにね」

「松五郎の自害の顚末は、どうなったんだい」

「まあ、よくある男と女の顚末ですよ。女房も子もある中年の職人が、年季明けがとっくにすぎてもおかしくねえ、年増の遊女の馴染みになった。職人の稼ぎじゃ吉原通いは続かねえ。女房子供をかえりみず、借金をしてでも遊女に入れ揚げた果てに、敵娼と客の埒を超えて裏茶屋で逢引するほどの仲にはなったものの、借金まみれの女房子持の中年の職人と、三十を二つ三つすぎて、じつじはまだ年季明けもできねえ年増の遊女の先行きの見通しなんて、なんにもねえ。切羽つまった職人は、遊女と手に手をとっての欠け落ちか、はたまた二世の契りを誓って心中かと覚悟を決め、出刃包丁一本を懐に隠し持って、遊女と三度目の逢瀬の裏茶屋で、欠け落ちか心中かと迫った。ところが、おまえを憎からず思ってはいるけれど、それは無理難題というもの、ちょうどよい機会だからおまえとわっちの逢瀬もこれきりにいたしやしょう、とすげなく別れ話を持ち出された。遊女が去って、ひとり残され打ちひしがれた職人は、思い余っててめえひとり始末をつけるしかなかったんでしょうね」

「心中は法度だが、これは心中にならねえ。おは津に咎めはなしだな」

「へい。それに仮令心中だったとしても、傾城の心中は、女だけが死んで生き残った男は下手人でやすが、男だけが死んでも生き残った女はお咎めなしでやす。おは津は半籬の梅宮で、少なくとも年季明けまでは務めたでしょうね」

「十年たっても、吉原にいたのかい」

と、矢藤太はぽつりと呟いた。

朝の刻限はだいぶすぎ、客が少なくなっていた。店土間を動き廻っていた小僧が、店先においた縁台を煮売屋の軒下に立てかけ、店仕舞いの支度を始めた。

与七郎がまた愛想笑いをして言った。

「旦那さん、そろそろ店仕舞いの刻限のようですね。あっしがお聞かせできるおは津の話も、これで店仕舞いでございやす。これだけかいとご不満かも知れやせんが、お約束の御足のほうをひとつ……」

「そうだった。与七郎さんの話につい聞き入って、肝心なことを忘れていた」

矢藤太は袖から白紙のひと包みを、与七郎の角盆の前においた。

与七郎は白紙の包みを解き、二朱銀一枚を垢染みた掌に乗せて言った。

「ありがたく、頂戴いたしやす」

「それからこれは、わざわざ南八丁堀から足を運んでくれた礼だ。駄賃だと思って、とっといてくれ」

矢藤太はもう一枚の二朱銀を財布から出し、与七郎の垢染みた掌へ落とした。

「おっと、旦那さん、ありがとうございやす。なんか、あっしにできることがありやしたらお手伝いいたしやすんで、いつでもお言いつけくだせえ。住まいは南八丁堀三丁目の、幸左衛門店でございやす」

与七郎は、歯の抜けた痕が黒い隙間になった黄ばんだ歯を見せて、掌の二枚の二朱銀を弄んだ。

四

一文字笠のその侍は、深川馬場通りを西へ、永代寺門前仲町、門前町、門前東町、土橋から三十三間堂町へととり、二十間川に架かる汐見橋を渡った。

汐見橋の上から、午後の空の下にはるばると広がる洲崎浦が見通せ、海鳥が海面や川筋にも舞っている。

侍は二十間川を木置場の入船町に渡り、対岸は三十三間堂町の二十間川端の、灌木が網代垣より高く枝葉をのばした茅葺屋根の一戸を訪ねた。

網代垣の片開きの木戸から表の格子戸へ、小庭に飛び石が並んでいた。

侍が土手道を行く十数間先より、網代垣の店の小庭を竹箒で掃いている男が見えていた。

男は頭に毛が殆どなく、ようやく春めいてきた午後の日を受けて、形のよい禿頭がつやつやしていた。

浅葱の着物に焦茶色の角帯をゆったりと締め、尻端折りをした裾から膝頭と細い脛を曝し、紺足袋に藁草履を履いている。

歳は七十を超えていると聞いた。

だが、竹箒を使う様子に老いを感じさせなかった。

竹箒を、ざあ、ざあ、と鳴らして、網代垣の片開きの木戸に近づいた侍に気づいていながら、わざと一顧も寄こさなかった。

ひと重瞼の細長い目を、掃き集めた木屑や枯葉や石ころなどに落とし、気むずかしい気性が、透き通ったような色白の肌と、口角をぎゅっと下げてへの字に結んだ顔つきに感じられた。

「畏れ入ります。こちらは駒太郎さんのお住まいとうかがい、お訪ねいたしました。ご亭主の駒太郎さんは、ご在宅でございましょうか」

木戸ごしに、侍は竹箒を使っている男に声をかけた。

男はそれを待っていたかのように、竹箒の手を止め、ふむ、とつやつやした禿頭を持ちあげ、一文字笠の侍へたるんだひと重瞼の奥の、細長く黒目がちな案外に険しい眼差しを寄こした。

「その駒太郎たあ、どこの駒太郎だい」

嗄(しわが)れ声でわざとらしく質(ただ)し、侍の様子を凝(じ)っと探った。

「門前仲町の見番に、駒太郎と記した板札がかかっており、深川の芸者衆の中ではもっとも年季の入った知らぬ者のいない芸者の駒太郎さんでございます。見番にて駒太郎さんが入船町にお住まいとうかがい、お訪ねいたしました」

「駒太郎はあっしだよ。そちらは？」

駒太郎はぞんざいに質した。

「いきなりおうかがいいたした無礼を、お許しください。わたくしは唐木市兵衛と申します。仕える主を持たぬ浪人者です」

「仕える主を持たねえご浪人さんが、あっしになんの用なんだい」

「畏れ入ります。三十年ほど以前、当時、深川で評判をとっていた子供屋(こどもや)《岩本(いわもと)》抱えの米助(よねすけ)と言う芸者の消息が絶え、そののち行方が知れません。およそ三十年の長い秋(とき)がすぎ、子供屋岩本はすでになく、辰巳の芸者衆の顔ぶれもすっかり変わってしまい、米助が評判をとっていた当時の深川の事情に詳しい方が見つかりません。駒太郎さんに訊ねれば、米助の消息の手がかりがつかめるのではと聞き、お訪ねいたしました」

「三十年も前の芸者の米助になんの用があって、消息を探っていなさる」

「米助の行方を捜しあて、わたしてほしい物があると、ある方よりご依頼があって、わたくしが請負いました」

「ある方たあ、どちらのある方だい」

「新川一ノ橋にお店を構えておられる、下り酒問屋摂津屋のご主人の里右衛門さんです」

「摂津屋のご主人？　するってえと、里九さんのご依頼なんで」

「さようです」

途端、男芸者、すなわち幇間（ほうかん）の駒太郎はひと重瞼の細長く黒目がちな険しい眼差しをゆるめた。気むずかしそうな表情を物柔らかな芸者顔に変え、

「そうなのかい。入って寄付きの隣の四畳半で待ってな。茶の支度をするよ」

と、飛び石伝いの格子戸右手の、濡縁の明障子を開けた部屋を竹箒で差した。

それは、矢藤太が芳町のおっ母さんを訪ねた二日後の午前、三河町三丁目の宰

領屋に現れた与七郎から、蠟燭町の煮売屋で朝酒を呑みながら、おは津の消息を聞いた同じ日の昼下がりだった。

　市兵衛と矢藤太は、若き日の摂津屋里右衛門が心を残した、お高、おは津、そして米助の三人の女を捜し出し、里右衛門の前から姿を消した事情を訊ね、手切金をわたす依頼を、里右衛門自身から請けた。

「三人の女衆を捜すのに、市兵衛さんひとりじゃ大変だ。おれも手伝うぜ」

　根岸の寮からの戻り、矢藤太が市兵衛に申し入れた。

「ありがたい。人手はひとりか二人要ると、思っていた。矢藤太の助っ人は心強いが、宰領屋の仕事はいいのか」

「そっちは、おれより長く勤めている番頭がいるので、任せておいて大丈夫だ。けど市兵衛さん、二人一緒に女衆を捜し廻るんじゃあ、二人で捜す意味がねえ。手分けするってえのはどうだい」

「もっともだ。わたしがお高と米助をやる。おは津を矢藤太に頼む。調べの進み具合は、その日のうちに宰領屋に寄って矢藤太に必ず知らせる。矢藤太も聞かせてくれ。人手がいるときは、二人でやることにしよう」

「承知。市兵衛さんの指図に従うぜ。いいね、市兵衛さん。京にいた若いころを思い出すぜ」

市兵衛と矢藤太は、二十代のころ京にいて、矢藤太は京島原の女衒で、市兵衛は貧乏公家に仕える青侍だった。

少々わけありで二人は知り合い友誼を結び、それ以来の仲である。

お高、すなわち秋田藩佐竹家勘定方中島隼之助の妻高江は、近江屋の刀自季枝の助力を得て、偶然にも高江が七十歳にして存命であり、かつ倅が江戸定府の勘定頭役に就き、一家ともども佐竹家江戸上屋敷に居住とわかった。

市兵衛が江戸屋敷の高江を訪ね、里右衛門の用を果たすことができた。

一方の矢藤太は、三十四年前の寛政四年、里右衛門には何も言わず、ぷっつりと姿を消したげんや店の芸者おは津の行方を追っていた。

げんや店筋の新和泉町から、中村座や市村座のある芝居町、浜町堀の町家や芳町と、おは津が笹や抱えの町芸者だったころの界隈の芸者衆や置屋、茶屋、古くから界隈在住の三味線に唄と踊りの師匠や役者などを、おは津の行方の手がかりを求めて訪ね廻っていた。

市兵衛と駒太郎が対座した四畳半は、去年の暮れに張り替えたまだ新しい障子紙の明障子が引かれ、濡縁先の網代垣が囲う小庭には、花を咲かせるのには早い蓮花つつじや大むらさきの灌木が枝を高く繁らせていた。

濡縁の奥のほうに唐銅の手水鉢が見え、少し便所臭いが、大したことはない。

七十一か二の芸者の駒太郎は、下女も雇わず、未だ矍鑠として独り住まいを送っている、と見番で聞いた。

「まあ、茶でも。番茶だがね」

尻端折りを直した駒太郎は、自ら茶托の碗を運んできて市兵衛に勧めた。

そして、自分も茶を喫しながら、摂津屋の里右衛門が去年の冬、大病で倒れたと聞いて心配していた。病はなんとか持ち直したものの、年が明けてからは、商いのほうは跡とりの亀松に任せ、根岸の寮で療養していると聞いている。

「見舞いには行きたいが、自分のようないつお迎えがきてもおかしくない老いぼれが見舞いに行くのも気が引けてね」

駒太郎は言って、溜息交じりに破顔した。それから、

「里九さんが、もう三十年も前に深川から姿を消した米助の行方を、今さら捜しあてて、何をわたそうってんだい。わたさなきゃあならねえ物なら、もっと前にわたせそうなもんだが、なぜ今なんだい」

と、市兵衛に訊ねた。

市兵衛は、それは摂津屋の里右衛門さんが、およそ三十年をへた今になって思いたち、そうしなければ心残りでならず、自分の気持ちに始末をつけるためにそうするのだと言われたと、それしか申しあげられないと駒太郎に答えた。

「ふうん、心残りに始末をつけるためにわたすものか。大店摂津屋を営む達者な商人でありながら、深川の門前仲町から門前町、また堺町や葺屋町や芳町界隈でも数々の浮名を流し、風流を好む好き者の里九と呼ばれてきた里右衛門さんも、歳には勝てねえってわけだ。気持ちはわからねえでもねえが、歳をとるのは、なんか寂しいね」

駒太郎は、喉のうすい皮を指先で摘まみながらぼそりぼそりと言った。

「近ごろの身の廻りのことは、すぐ忘れちまうのに、どういうわけか、遠い昔のことは忘れねえ。あっしもまだ四十すぎの若蔵だったから、子供屋岩本の米助のことはよく覚えているよ。米助が門前仲町からも深川からもいなくなったのは、寛政九年の今ごろ、梅が咲いた知らせが届いていた春だった。その一年半かそこら前、里九さんと米助が馴染みになったと噂が流れてね。里九さんと米助なら似合いだね、あの二人なら仕方がないよ、と芸者仲間ですら羨みこそすれ、嫉んだり悪く言ったりする者はいなかった。とにかく、二人ともに姿がよかったな。唐木さんは知らないだろうが、三十前ぐらいのあのころの里九さんは、上背のあるきりりとした様子に、男盛りを感じさせる男前だった。米助のほうもやっぱり、女にしては背の高い婀娜な身体つきでね。目鼻だちが整いすぎて少し冷やかなぐらいに見えたんだが、桜色のしっとりした肌理の細かさが、そこはかとない色香でその冷やかさを溶かしてしまうっていうか、同じ女が見てもはっとさせられると、そんなふうに言う女もいたね」

「里九さんの馴染みの芸者の米助が、里九さんと言うよりも、大店摂津屋里右衛門さんの女房になると、芸者衆の間で言われていたのですか」

　市兵衛が質すと、駒太郎は、うむ、とうなった。

「確かに、里九さんは米助を女房にするつもりだという噂はあった。けど、辰巳の芸者に幕府のお歴々や諸大名家の御用達を務めるほどの、大店摂津屋の女房はいくらなんでも無理だ、それは世間が許さねえ、そんなに惚れ合ってるなら妾に囲えばいいじゃねえかと、そう言われてもいた」

　駒太郎はつややかな禿頭をなでつつ、続けた。

「けどあっしはね、里九さんは本気で米助を女房にする気でいたと思うんだ。大店摂津屋を継ぐ器量があるのは、里右衛門さんこと里九さんしかいねえ。里九さんが米助を女房にすると決めたら、誰も逆らえないんじゃねえかと、あっしには思えてならなかった」

そこで駒太郎は、すぎた昔をたどるように膝を何度か打った。

「あのころ、里九さんから聞いた話を覚えてるよ。柳島村の横十間川に架かる又兵衛橋の袂に《吾妻屋》という百姓商家があってね。吾妻屋の亭主が里九さんとは商い上のつき合いがあって、里九さんは吾妻屋の亭主に頼んで離れを借り、その離れで人目を忍び米助と会っていたそうだ。芸者と馴染みの客じゃなく、懇ろになった米助と、里九さんは周りの目を気にせず落ち合いたかった。ちょうど今ごろの、梅が咲き始めるころさ。里九さんが吾妻屋の離れに行くと、米助が先にきて離れの縁先で待っていて、その軒端の梅の木に花が咲き始めていたそうだ。里九さんが米助のほうへ行きかけたとき、米助が不意に軒端の梅の木に手を差しのべて、梅の花びらか蕾を摘んだので、何をするんだろうとそれを見守った。そしたら、米助はそれを口に嚙んだ」

ああ、と市兵衛は声を出した。

「唐木さん、米助がなぜ梅の蕾を嚙んだのか、わかるのかい」

駒太郎が聞いた。

「里九さんとの逢瀬に、梅の薫りを口の中に移したのですね」

「そう思うかい。お安くないね。今気がついたよ。唐木さん、浪人にしては案外にいい男だ。そんな覚えがありそうだね」

「いいえ。男を待つ女の気遣いが、ただ察せられただけです」

「里九さんは、米助の息に梅が香ったとき、この女を女房にする、添い遂げると決めたと、あっしには言ってたんだがね」

「そうはならず、米助が辰巳から姿を消したのは、なぜでしょうか」

「米助には、姿を消さなきゃならねえ事情がきっとあったんだろうね。米助が姿を消したあと、なぜなんだと、里九さんに別れ話を持ち出されたらしいとか、それはそれで大分とり沙汰されたが、みなすぐに忘れた。その年の秋、里九さんは摂津屋を継いで、どっかの大店の綺麗なお嬢さんを嫁さんに迎えたんだ。めでたしめでたしさ」

しかし、駒太郎は禿頭を擦りながらなおも言った。

「辰巳芸者の始まりは、売られた子供が子供屋の小童になって、子供屋に奉公しながら三味線に唄と踊りの稽古を積んで、十四、五ぐらいに豆芸者としてお座敷に出る。で、子供放れした十六、七ごろには、線香一本金一分の線香五本ばかしの値で転ぶ定めの床芸者さ。それがまあ辰巳芸者ってわけだが、お上から床芸者が許されているのは辰巳だけさ。同じくお上から客をとることを許されている北の吉原が意気地で、いよさのすいしょで気はさんざのいさみでいくのが辰巳芸者と意気がってはみても、身を売らなきゃあならねえのは、北も辰巳も同じさ。つまり、里九さんの馴染みの米助も、床芸者に変わりはねえ。もしも米助が、仮令、好き者の里九さんだろうと大店摂津屋の主人の女房に納まることになっていたら、きっとそれが負い目になっただろうね」

市兵衛は財布から白紙の包みを抜き出し、

「これを……」

と、駒太郎の碗のわきに並べた。

「なんだいこれは」

「突然お訪ねして、昔の話をうかがった礼です」

「ふん。この程度の昔話なら、礼なんぞ貰わなくてもいくらでも話してやれる。けど、礼の出どころはお金持ちの里九さんだろうから、こいつは遠慮なく」

駒太郎は包みの中身も確かめず、ちゃっちゃっ、と掌で軽く弄び、着流しの袖に抛りこんだ。

「礼を貰ったからってわけじゃねえが、仙台堀の正覚寺橋の万年町二丁目に、久蔵と言う爺さんがいる。もう歩くのもままならねえ、あっしより五つか六つ年上の老いぼれだ。去年暮れ、馬場通りを杖を頼りによたよた歩いているのを見かけた。それでも声をかけたら、ちゃんとあっしのことを覚えていた。そんなに親しいわけじゃないんで、すぐに別れたがね。久蔵爺さんは、元は深川界隈の岡場所に身売りする女子供の判人さ。仲町の子供屋の岩本にも、四、五十年も前から子供の世話をしていたんで、米助の判人も久蔵爺さんだったんじゃねえかな。岩本がなくなって、もう二十年近くになる。昔話ができる知り合いもずい分少なくなったから、寂しいね。久蔵爺さんに訊けば、米助の昔話がなんぞ聞けるかも知れないよ。年が明けて、久蔵爺さんがまだくたばってなかったらだがね」

五

春の南風が吹きつけ、日射しの下の往来に砂塵を巻いた。

それでも神田花房町の河岸場の船頭が、これぐらいの風なら船を出すと言うので、市兵衛と矢藤太は山谷橋の河岸場まで船を頼んだ。

神田川から大川に漕ぎ出て、大川の波と風に揉まれて山谷堀に入り、山谷橋の河岸場を土手に上がった。

土手に吹きすさぶ風がうなって、山谷堀の川面には漣が走り、浅草北の彼方の田畑と家々は、うす黄色くかすんで見えた。

午前の刻限で、土手八丁に並ぶ掛小屋にもまだ客を呼ぶ声はない。吉原へ荷を運ぶ荷車が、がらがらと土手を通って行き、両天秤の行商や商人、吉原で働くお針子らしき女衆の姿も、風に吹かれて土手を急いでいる。

土手沿いにつらなる田町の孔雀長屋をすぎ、左に見返り柳、右に高札場、吉徳稲荷の鳥居と松を見て、外茶屋が板葺屋根をつらねる衣紋坂を下った。

お歯黒溝と鼠がえしを備えた黒板塀が囲う新吉原の、黒塗板葺屋根の大門を通ると、仲の町の大通りの先に、秋葉常灯明の銅灯籠と火の見櫓が見えた。

江戸町二丁目と角町の角に青物市場と魚市場がたっていて、男衆や女衆、界隈の住人が集まって賑わっているのを、びゅうびゅうと吹きつける風が砂塵を巻きあげ、賑わいに水を差していた。

吉原には、江戸町一丁目二丁目、京町一丁目二丁目、角町の五丁町があって、大見世の惣籬、中見世の半籬、小見世の惣半籬の、小見世以上の妓楼と引手茶屋のすべて二階家の板葺屋根がつらなっている。

その他、宝暦以前の揚屋が集まっていた揚屋町や伏見町には、酒屋やすし屋、質屋、魚屋、湯屋などの商家が並び、男女の芸者衆が居住する路地があり、裏通りには遊女らも窃に出入りする裏茶屋が、婀娜な行灯を門口にたてている。のみならず、吉原の場末の西河岸と東河岸には、河岸見世があった。河岸見世には、小見世以下の女郎衆が昼四百文、夜は六百文の値で、あるいは百文や五十文の枕金で客をとり、銭見世、局見世、切見世、格子見世などと呼ばれる長屋がつらなっていた。

小見世以上の廓は、着物を着た者でないと登楼させないが、河岸見世では、半纏に腹巻股引の職人風体や、頬かむりに黒襟広袖日和下駄の地廻りも客である。

西河岸は浄念河岸、東河岸は羅生門河岸とも言った。

市兵衛と矢藤太は、吉原の大門をくぐってから半刻後、羅生門河岸の稲荷長屋の屋根裏部屋に上がっていた。

稲荷長屋は、肩引き蟹歩きですれ違う狭い路地に向かい合って二棟が並び、楼主の民右衛門の住居が長屋の裏手にある。

入口は二尺（約六〇センチ）の戸と三尺余の羽目板が路地に向いた狭く窮屈な局見世で、戸内は土間と畳二枚に鏡台と莨盆（たばこ）、敷布団、二つ枕、角行灯を備え、土間から段梯子を天井の切落し口から上る（のぼる）三畳敷の屋根裏部屋でも、局女郎が客を廻した。

客がないときは入口の戸を開けておき、客は路地を通って、客のいない局女郎の見たてができた。

市兵衛と矢藤太は京町一丁目の半籬の梅宮を訪ね、梅宮の遣手に、二十年近く前の文化四年ごろ、年季奉公をしていた花魁の初音の消息を聞くことができた。

遣手は廓（くるわ）が抱える遊女の取締役である。

「初音は、あっしが見世張突出し（つきだし）のお披露目をして初めてお客をとったころ、赤城明神の御取締でお縄になり、数珠繋ぎで吉原にしょっ引かれ、そのとき梅宮の旦那さんに競り落とされたのさ。あっしより七つ年上の、あのとき二十三歳と聞いたけど、女のあっしがはっとするぐらい本途（ほんと）にいい女でね。こっちは吉原の遊女で、そっちは年増の売女じゃないかってどんなに見下しても、初音の足下にも及ばなかった。器量がいいから、初音に馴染みが何人もできて、すぐに部屋持になった。でも、初音を巡って馴染み同士のいがみ合いがよく起こってさ。お客に媚を売るのが巧いっていうか男好きっていうか、もめ事がいろいろとよくある花魁だった。警動の御取締の罰は三年だから、三年務めれば足を洗ってもよかったのに、初音は女郎稼業をやめず、吉原も出ていかなかった。身寄りがまったくなくて、吉原以外に行くとこもなかったし、根っからの女郎気質だったんだね」

と、梅宮の遣手は言った。

文化四年、浅草諏訪町西裏通りの木彫細工所藤島の根付職人松五郎が、揚屋町の裏茶屋楓屋で初音と逢引を重ね、欠け落ちか心中を迫った松五郎に初音が別れ話を持ち出したところ、松五郎が自害して果てた。

「初音にけちがつき始めたのは、あの根付職人の一件があってからだよ。職人が命を絶ったとき、初音はもう三十すぎの大年増だった。三十すぎでも初音は器量がよかったから、馴染みも二人か三人いて、旦那さんの受けがよくて、番頭新造にもならずに部屋持のままだった。職人も職人だよ。花魁の馴染みで満足してりゃあいいものを、欠け落ちゃら心中やらをちらつかせて、別れ話をきり出された挙句、あてつけがましく喉を引っ掻いて見せるなんて、面倒臭いじゃないの。あれは初音が気の毒だったね。けど、あのあと、初音は薄情だの性質が悪いだの、男狂いだのといろいろ言われてさ。馴染みにも全部愛想をつかされて、あっという間に部屋持じゃなくなった」

初音が東河岸の羅生門河岸の局見世に移ったのは三十八、九のもう四十に近い歳だった、と遣手に教えられた。

「今はたぶん、民右衛門さんとこの稲荷長屋で、遣手に雇われていると思うよ。何年か前に伏見町の新道で初音を見かけてね。お久しぶりって声をかけて、今はどちらにって聞いたら、東河岸の民右衛門さんとこの見世で女郎衆の面倒を見てるって言ってた。ずい分老けて、女がはっとするぐらいいい女だったのが、見る影もなかった。女郎の行末なんて、歳をとったら底なし沼に落ちていくだけだから。二十七、八で身請けされる運のいい女郎はほんのひとにぎりだし、年季が明けても、炊事も洗濯も家事仕事はろくにできない女郎が、世間並みの男の女房になるのもむずかしいし。遣手に雇われただけでも幸運だけど、女郎にちょっと甘いところを見せると縮尻って、それもお払箱にされちまう。大抵は西河岸か羅生門河岸の局女郎になって、それからもっと老いぼれ朽ち果てて、みんないなくなっちまうのさ。いやだね……」

遣手は島田に挿した笄で、ぞんざいに頭をかいた。

午前のこの刻限、稲荷長屋の路地に素見(ひやかし)の客の姿すらなく、むろん、婀娜な三味線の音もない。南風が乾いた砂塵を巻いて、局見世の戸をがたがたと鳴らしながら、路地を吹きすぎていく。

白髪交じりの髪をつぶし島田に結ったおは津は、小柄な痩せ形で、化粧っ気のない顔色は、化粧焼けの所為(せい)か浅黒く、眉間や口端に不機嫌そうな皺(しわ)をいく筋も寄せていた。

一見して六十すぎの、疲れ果てた老女に見えた。

市兵衛と矢藤太を、立つと頭が屋根裏にあたる三畳敷きに導き、外の明るみが破れ障子を透かしてぼうっと射す、格子の小窓のわきへ「どうぞ」と、坐るように骨と皮ばかりのしわくちゃな手を差した。

おは津は市兵衛と矢藤太に対座すると、萎(しな)びた瞼を見開き、かすかな好奇とわずかな悲しみの交じった眼差しを寄こした。

破れ障子の穴から風が吹きこみ、障子紙をぶるぶると震わせていた。

階下にいたこれもだいぶ年配の局女郎が、赤い長襦袢の裾を引き摺(ひず)り、茶碗を乗せた朱塗りの小盆を持って、屋根裏部屋の段梯子を懈怠(けだる)そうに上ってきた。

市兵衛と矢藤太の膝の前に湯気がゆれる碗をおき、「ごゆっくり」と言った。

「こんな風だから、戸は閉じておき。砂埃(すなぼこり)で布団がざらざらになっちまうよ」

おは津が長襦袢の局女郎に指図した。

局女郎は、へえ、とうな垂れ、段梯子をそろそろと下りて行き、すぐに入口の板戸を閉じる音が聞こえた。

「碗は綺麗に洗ってます。熱いうちにどうぞ」

おは津は茶を勧め、小窓の明かりのほうへ顔を向けた。

額から鼻筋の下の唇と顎までのおは津の横顔に、まだ娘だったころの、女のあっしがはっとするぐらい本途にいい女と、遣手が言った面影がわずかに残っている気が、市兵衛にはした。

市兵衛と矢藤太は、熱い茶を一服した。乾いた南風の中を歩いてきて、口の中がからからだった。

黄ばんで所どころ空いた穴がささくれだった畳に碗をおくと、おは津は二人へ横顔を見せたまま、萎びた瞼を風に吹かれて震える障子紙のように瞬(しばた)かせ、物憂げに訊ねた。

「摂津屋の里右衛門さんは、お変わりありやせんか」

「去年の冬、大病を患われました」

市兵衛が言うと、おは津の瞼の震えが止まり、

「そうでしたか」

と、低い声をこぼした。

「この正月から、根岸の摂津屋さんの寮で病後の養生をなさっておられます。こちらの吉原と根岸は、ほんの目と鼻の間です。おは津さん、里右衛門さんの見舞いに行かれてはいかがですか」

それは矢藤太が言った。

「冗談は、やめてくださいよ。こんな局見世のうす汚い遣手婆（ばばあ）が見舞いになんか行ったら、里九さんは吃驚（びっくり）仰天なさって、治りかけた病気の養生どころじゃなくなるじゃありやせんか」

おは津はうすく墨を刷いた眉をひそめて矢藤太へ向き、苦笑いを浮かべた。

「里右衛門さんは、三十四年前、おは津さんがげんや店の笹やを出て、里右衛門さんの前から姿を消したわけを知りたがっておられます。長い年月がすぎても、なぜなんだろうと、疑念をずっと心の中に仕舞っておられたのです」

市兵衛が言った。

おは津はまた小窓の明かりへ顔を向け、萎びた瞼を震わせた。

「三十四年も前のことなんか、よく覚えちゃいやせん。あのころのあっしは、そんじょうそこらの十八の馬鹿な娘でした。深くも考えず、もういいよって、何もかもおっ放り出した。それだけです。わけなんて、どうでもいいじゃありやせんか。どうせ、みんないつかは消えちまうんだし」

「どうでもいいと思うのも勝手、人それぞれです。しかし、里右衛門さんは、どうでもいいとは思っておられません。みんないつか消えてしまう前に、ご自分の心に始末をつけることを思いたたれたのです。去年の大病がきっかけでした。行方知れずになったおは津さんを捜し出し、わけを訊ねるようにと、里右衛門さんの依頼をわれらは請けました。それからもうひとつ。これをおは津さんにわたすようにとも……」

市兵衛は背に負ってきた荷の小行李から、袱紗の包みをとり出し、おは津の膝の前においた。おは津は袱紗の包みを見おろした。

「な、なんだい、これ」

不審を露わにしたおは津の眼差しが、市兵衛と矢藤太の間をゆれた。市兵衛が袱紗を開いた。二十五両の包みが四つあった。

「百両あります。里右衛門さんのお気持ちです。世話になったと。おは津さん、どうぞおとりください」

おは津は、萎びた瞼をしきりに瞬かせた。干からびて骨と皮ばかりのしわくちゃな手を出しかねて、膝の上で震えていた。

「さあ、おは津さん……」

市兵衛が促した。

矢藤太も、うむ、とおは津を見つめて頷いた。

途端、おは津は四つの包みへ喰らいつくように手を出し、両掌で鷲づかみにして抱えこんだ。そして、市兵衛と矢藤太に背中を向け、決して放すまいとするかのように身体を丸めた。

やがて、丸めた背中がわずかにゆれ出し、くつくつ、とおは津のくぐもった笑い声が漏れてきた。

「おは津さん、わけを聞かせてもらえやせんか。仰る通り、どうせいつかはみんな消えちまうんですけどね。里右衛門さんは、ずっと仕舞ってきた心残りに、仕舞いをつけたいだけなんですよ。そのお金もそうです。里右衛門さんはそうしなきゃあ、気が済まないんです。里右衛門さんに、何か仰りたいことはありやせんか。あっしらがお伝えいたしやす」

くつくつとゆれるおは津の背中に、矢藤太が言いかけた。

すると、蹲(うずくま)っていたおは津は、白髪交じりのつぶし島田をわずかに持ちあげ、三畳敷きの片隅を凝っと見つめた。そして、苦渋の声を絞り出した。

「里九さんは、ちっとも変っていない。若いときからこういう人だった。こんな子供みたいな真似して、婆を泣かせるなんて、なんて人なの。嗚呼、里九さん、里九さん……」

おは津は笑っていたのではなく、くつくつと、泣いていたのだった。

市兵衛と矢藤太は、顔を見合わせた。

「あっしはね、大川端の深川元町の、掏摸(すり)の子だったんです。おっ母さんは、あっしがまだ物心もついてないころ、あっしとお父(と)っつあんを残して男を作って消えちまい、掏摸のお父っつあんに、毎日引っ叩(ぱた)かれて仕こまれて育ったんです。掏摸の娘は掏摸になるしか、ないじゃありやせんか」

涙を絞りつつ、おは津は話し始めた。

羅生門河岸に吹きつける突風が、粗末な普請(ふしん)の稲荷長屋の梁(はり)を軋(きし)ませ、畳が浮きあがるようにゆれた。

「あれは十七歳の春でやした。深川の門前仲町で、仕立てのいい着物を着て、しゆっと背の高い男前の若旦那の懐を狙ったんです。茶屋の若い男や芸者衆にとり巻かれ、ちやほやされて天狗になってる若旦那をね。こんなのちょろいもんさと、馬場通りの雑沓にまぎれて、若旦那にすとんとぶつかり、にっこりとごめえんって行きかけたら、懐から抜きとった唐桟の財布を持ったあっしの手首を、若旦那の大きな手がつかみやした。あっしの顔をにやにやと見おろして、これはおまえの財布か、それともわたしの財布か、とわざとらしく言うんですよ。あっしは、知らねえよ、放しやがれって、打ったり蹴ったりしたんですけど、若旦那はにやにやしたまま、あっしの手を放さなかった。すぐに若旦那のとり巻きやら通りがかりが掏摸だ掏摸だと騒ぎたて、あっしは男衆に両腕をねじあげられて、仲町の自身番にしょっ引かれやした。自身番の町役人さんらに怒鳴られ、名前は、歳は、住まいはって問いつめられ、あっしは怖くて何もかも白状して泣いて震えてました。小娘だが町奉行所に知らせるしかないと、町役人さんらが相談してたとき、さっきの若旦那が自身番にきやしてね。町役人さんらに唐桟の財布を差し出し、わたしの勘違いでした、この財布はこの娘のものでした、この娘は掏摸ではありません、どうか許してやってくださいって言ったんです。とり巻きらが呆れて、若旦那、おやめなさいよとか、性質の悪い掏摸に同情することはありませんよとめたんですが、若旦那は、いいから、さあみな、ぱっとやろうよ、ぱっと、ただし、今夜のわたしは無一文だからお代はみなに任せたよって、とり巻きも自身番の町役人さんらも笑わせやした。あっしは町役人さんに、若旦那の温情だ、今夜のところは大目に見てやるが、二度とやるんじゃないぞと叱られ、しかも、持ってけって唐桟の財布までわたされて帰されやした」

「なるほど。おは津さんが元は掏摸だと、里右衛門さんから聞いていやしたが、馴れ初めはそういう経緯だったんですね」

矢藤太が言うと、おは津はこくりと首をふった。

「その翌々日でやした。新和泉町の増吉と名乗った判人が元町の店を訪ねてきやして、お父っつあんに、あっしを置屋の抱えにしてはどうか、女郎になるわけじゃない、お座敷の芸で身をたてるんだ、おは津の器量なら金になる、おれが間に入るぜと、それとなく娘の掏摸稼業の足を洗わせる話を持ちかけたんです。たぶんお父っつあんは、あっしが抱えになる身代金に目が眩んだんだと思いやす。あっしはその日のうちに、小さな柳行李の荷物をひとつ担いで、増吉に、新和泉町のげんや店の笹やに連れて行かれやした。そしたら、笹やにはご主人の巳与次さんと女将さんのお志賀さんのほかに、商人みたいに拵えた前夜の男前の若旦那がいたんですよ。あっしを見て、きたかって言ったんで、こっちは呆れて、開いた口がふさがりやせんでした」

「ほう。やるね」

矢藤太がまた、感心して言った。

「しかも若旦那が、いいか、おまえは今日から笹やの抱えになって、ご主人の巳代治さんと女将さんのお志賀さんの言うことをよく聞き、芸の稽古に励み、いずれは酒席のお座敷に出る芸者になるんだ。芸の稽古は厳しいが、一人前の芸者になれば、自分で稼ぎ、自分で身をたて、自分で生きていくことができる。そのほうが、掏摸の技を仕こまれるよりずっといい。わかったなと、先夜はにやにやした若旦那が、きりっとした綺麗な目で見つめて言うんです。あっしは事情が呑みこめないまま、ただ若旦那と目と目を合わせて頷くばかりでやした。若旦那がご主人と女将さんに、じゃあ頼んだよと言って、ご主人がお任せくだせえ、里九さんのお眼鏡（めがね）にかなったんですから、この子はきっといい芸者になりやすぜと答えたのを、今でも覚えておりやす。里九さんが、霊岸島町で下り酒問屋の大店を営む摂津屋の若旦那で、名前は里右衛門、深川の仲町や門前町界隈の茶屋町では、好き者の里九と呼ばれているのを知ったのは、あのときでやした」

「おは津さんは、十八歳の秋の中ごろ、里右衛門さんに何も言わず、笹やから姿を消したのですね。里右衛門さんは、周りがなんと言おうと、おは津さんを女房にすると決めておられました。なぜ、笹やから姿を消したのですか」

市兵衛が訊ねた。

六

おは津は、十七の春から十八の秋までおよそ一年半、笹やの抱えだった。

器量よしというだけではなく、おは津は手先が器用で勘もよく、三味線に唄と踊りの稽古でもめきめきと腕をあげ、笹やの抱えになったその年の冬、十七歳の遅蒔(おそま)きながら、お座敷を務め始めた。

すると、あの芸者はいいと客の評判をとってすぐに指名がつき、素人が一端(いっぱし)の芸者気どりだよと陰口を叩かれながらも、おは津は玉代を稼ぎ始めた。

芳町の見番で、おは津が板頭(いたがしら)をとり始めたのは、霊岸島町で大店を構える下り酒問屋の摂津屋の里右衛門が、おは津の馴染みになってからだった。

里右衛門は、それまでは深川の門前仲町や門前町によく出かけ、いずれ大店の摂津屋を継ぐ若旦那でありながら、界隈の芸者衆や茶屋の男衆らの間では、好き者の里九で通っていた。

その里九が、おは津がお座敷を務めるようになると、深川の仲町や門前町から芝居町や芳町に河岸を変えて、里九の綽名（あだな）は界隈にたちまち広まった。

寛政の厳しい御取締があって、芝居町も芳町も寂れていたころだった。

年が明け、たちまち一年がすぎた寛政四年の春の中ごろには、十八歳の芸者おは津に里九のお座敷が三日にあげずかかって、里九さんはおは津のただの馴染みじゃなく、おは津を女房にする気らしいよ、おは津はもう里九さんの女房気どりだ、などと芸者衆の間にはずい分な嫌みも聞こえた。

おは津は、笹やのご主人夫婦が子供のころに養子にして育てあげた芸者ではなく、色町ではもういい歳の十七歳の素人同然の芸者だった。

そんな芸者が急に売れ始め、況（いわん）や里九の馴染みになると、どこの馬の骨かも知れないぽっと出の素人芸者がいい気になって、とやっかみもあって、おは津の素性を怪しみ余計な詮索をした。

おは津の前は掏摸らしい、という噂が流れ始めたのもそのころだった。

前は掏摸の、所詮は素人芸者のおは津が、お上のお役人さまも一目おく大店の若旦那の女房に納まるなんて、どだい無理な話さ。

ちょいと器量がいいのを鼻にかけて、上辺は殊勝ぶって見せて里九さんを誑かしたけど、今に本性を現して摂津屋を食い物にする気だよ、とそんなひそひそ話もささやかれた。

それから半年がすぎた寛政四年の秋の中ごろ、おは津が笹やからも、芝居町や芳町界隈からも忽然と姿を消したのだった。

すると、やっぱりね、無理だったのよ、素人芸者がいくら上辺をとりつくろって殊勝ぶっても、無頼な性根がばれちまって、里九さんに愛想をつかされたのに違いないよ、と芸者衆の間で言い囃された。

茶屋町の事情に明るい通は、おは津は元々芸者稼業に向いていなかった、芸者稼業が性に合わず、我慢の糸が切れたのだと、まことしやかに言った。

ただ、笹やの主人の巳代治と女房のお志賀は、おは津にどういう事情があって姿を消したのか、一切口を噤んでいた。また里九も、おは津がいなくなってからは、芝居町や芳町界隈にはぷっつりと姿を見せなくなった。

おは津の突然の失踪は、界隈の茶屋町でちょっと騒ぎになった。

だが、騒ぎはすぐに収まった。

おは津の噂は、誰もしなくなった。

それは、芸者おは津が新和泉町げんや店の置屋の笹やを出て、芝居町や芳町界隈からも忽然と姿を消したその前夜だった。

夜ふけ、お座敷の務めを終え笹やに戻ると、主人の巳代治と女将のお志賀が、二人そろっておは津の戻りを待っていた。

「おは津、ちょいと話があるから、着替えはあとにして内証にきておくれ」

女将のお志賀が寄付きに出てきて、格子戸をくぐり三和土に草履を鳴らしたおは津に声をかけた。

「あ、はい。じゃ、このまま……」

おは津は沓脱に草履をそろえ、寄付きに上がった。

芸者は二人ひと組でお座敷を務め、芸者の廻し方の軽子が、吉原なら茶屋の若い者がやる箱男役、送迎、客との対応、見番への連絡、芸者衆の着物の世話まで引き受けている。

おは津は、相方の芸者と軽子の女が二階へ上って行くのと分かれ、お志賀について、寄付きと狭い廊下を隔てた内証に顔を出した。

納戸の前に長火鉢があって、主人の巳代治が長火鉢について煙管を吹かしていた。お志賀が、そこへ、と長火鉢の前へ手を差し、巳代治の傍らに坐った。おは津は、長火鉢を挟んで巳代治に向き合って端座し、

「旦那さん、ただ今戻りやした」

と、膝に手をそろえて辞儀をした。

「お疲れだね。茶を飲むかい」

長火鉢の五徳に鉄瓶がかけてあり、注ぎ口にうすい湯気がゆれていた。

「いえ……」

おは津は言って、納戸の上に祀った神棚をぼんやり眺めた。そして、内証の格子の小窓ごしに聞こえる路地の虫の声に耳を澄ませ、心地よい懈怠さに浸った。

「里九さんは、ご機嫌だったかい」

「はい。今夜のお座敷は、問屋仲間の若旦那さんたちとご一緒でした。寄合があって、そのあと親しい若旦那さんたちを誘ってこられたんです。とてもご機嫌で」

「そうかい。よく続くね。ありがたいことだよ」

お志賀が鉄瓶の湯を急須に酌んで、うすい湯気の上る茶を二つの湯呑に淹れる

と、巳代治の分を長火鉢の縁におき、おは津の膝の前にも、

「まあ、一服おし」

と懈怠そうに言っておいた。

「ところでおは津、これからのことなんだがな」

巳代治は吸殻を火鉢に落とし、煙管を節くれだった指先で弄んだ。

「気の毒だが、おめえをこれ以上うちで抱えておくわけにはいかねえんだ」

おは津の息が止まり、声が出なかった。

お志賀が横目でおは津を一瞥（いちべつ）したが、おは津はさりげない素振りを装い、虫の声に耳を傾けた。

「元々、おめえを笹やの抱えにしたのは、里九さんに頼まれたからだ。里九さんに頼まれなきゃあ、悪い手癖を仕こまれたおめえを抱えにすることはなかった。そりゃあそうじゃねえか。抱えの芸者が万が一、お座敷で客の懐の物に手をかけたりしたら、笹やはただじゃあ済まねえ。お上のお叱りを受け、評判も落とすことになり兼ねねえ。だが、里九さんに万が一のときは全部自分が始末をつけると頼まれ、内心は物好きなと思いつつ、そこまで言うならと引き受けたのさ。そしたら、おめえは元掏摸だけあって、案外に手先が器用で勘もよく、めきめきと芸

の腕をあげ、器量だって悪くねえし、去年の冬の初めて務めた座敷で客の評判は上々だった。それから指名がすぐに次々と入って、こいつは里九さんの頼みを聞いてよかったじゃねえかと、女房ともそんな話になった。けどな、まったく不安がなかったわけでもねえ。長年置屋稼業を営んできたが、この稼業はいいこと尽くめってえのは却って心配なもんなんだ」

巳代治は煙管に刻みをつめ、また一服した。お志賀は巳代治の隣で、おは津から目をそらしている。

「この春ごろから里九さんのお座敷がおめえに三日にあげずかかって、里九さんはおは津の馴染みになっただけじゃねえ、おは津を女房にする気だとか、おは津も里九さんの女房気どりだとか、周りがなんとなく騒ぎ出して、あっしも女房も、これは拙(まず)いことにならなきゃいいがなと心配だったのさ。おは津、悪くとっちゃあいけねえぜ。里九さんとは、いつごろから情を交わす仲になっているんだ」

おは津は凝っとうな垂れ、黙っていた。

「里九さんはおめえを女房にすると、本途に言ったのかい」

巳代治は焦(じ)れて言った。

しばしの沈黙のあと、おは津は小さく頷いた。

するとお志賀が冷やかに言った。

「おは津、おまえが玉代を稼いでくれるのに、なんでそれが心配なのか、わかるかい。おまえが里九さんの女房になるって噂がたって、もしかしたらおまえもそのつもりになっているかもしれないけれど、冗談じゃないよ。そんな噂は、当てにならないお呪いと同じなんだ。里九さんはおまえを女房にすると言ったかもしれない。けどね、それを真に受けちゃあいけないよ。里九さんはああいう人だから、それが本心だったとしても、周りが、世間がそれを許さないんだよ。いいかい。おまえは素性の知れない掏摸の娘が、里九さんの気まぐれのお陰で、茶屋町のお客相手の芸者になった。ただそれだけなんだ。里九さんは、代々続く老舗の摂津屋の跡とりの若旦那。いずれは、お上のお歴々でさえ一目おく大店摂津屋を継いで、大勢の使用人を率いて行かなきゃならない人なんだよ。摂津屋のご主人になるだけじゃなくて、下り酒十組問屋仲間の行事役に就いてもっと大勢の商人や業者やそこで働く手代やらその一家の人らの上に立つ大商人になる器と、みんなが認めている人なんだよ。おは津、そこのところをようく考えてご覧。そんな里九さんの女房に、おまえが似合うと思うかい？　おまえが摂津屋の女将さんに、なれると思うかい？　摂津屋の使用人らは元掏摸のおまえを見て、女将さんと呼ぶと思うかい？」

「おは津。じつは昨日、摂津屋の筆頭番頭という人が手土産を提げて訪ねて見えてな。おめえがどういう芸者か、どういう素性か、どういう育ちか、父親は掏摸だという噂があるらしいが、どういう性根の人間か、いろいろ訊かれたんだ。どうやら、里九さんのご両親の今の摂津屋のご主人夫婦が、里九さん、つまり倅の里右衛門さんが笹やのおは津という芸者を女房にする気でいるが、本気なのか、本気ならばどんな女なのかと、ひどく心配なさっているそうだ。確かに、無理もねえと思ったから、おめえを抱えにした経緯とこの一年半の事情を全部話した。その上で、摂津屋さんにはこれ以上ご心配をおかけすることはございやせんと申し上げた。番頭さんはあっしらによろしくお頼みいたします、と頭を下げて戻って行った。繰りかえすが、どういうことかわかるな。気の毒だが、おめえとは今夜限りだ」

巳代治が言った。

お志賀がおは津を凝っと見つめていた。

おは津にはわかっていた。

無理だと、そういうことなのだと、内心ではずっと前からわかっていた。夢心地に浸って、わからないふりをしていただけだ。おは津は言葉が見つからなかった。ただ、里九を思うと胸がきりきりと痛んだ。

ああ里九さん……

と、おは津は胸の中で繰りかえし呼んだ。

おは津はその夜が明けぬうちに、ひとり摂津屋を出た。

「世の中、そうしたものかも知れやせん」

百両を抱えこみ蹲ったおは津は、三畳敷きの片隅を凝っと見つめたまま、自分に言い聞かせるように呟いた。

「お父っつあんが、浅草の橋場(はしば)町に越していたのを知っておりやしたから、お父っつあんの店に転がりこんで、また掏摸稼業に戻りやした。三月ほどがたって、お父っつあんと仲間の何人かがどじを踏んでお縄になり、あっしは運良く逃げられやしたが、もう掏摸をやめて、岡場所へ行くしかねえかと思いやした。赤城明神の水茶屋に身を売ったのは、あそこなら知った顔に会うことはないと、思ったからでございやす」

赤城明神参道の水茶屋の茶汲女になってから、警動の御取締で吉原へ引ったてられ、吉原の遊女となり、そして今はこうなったこれまでを、おは津はぽつりぽつりと語って聞かせた。

そして、最後にこうつけ足した。

「里九さんに、お伝え願えやす。女掏摸のおは津はこうなりやした。けれど、何もかも自業自得でございやす。今さら悔いたりなんぞしておりやせん。短い間でしたが、里九さんとのことは、あっしの宝物でございやす。あれは、十七、八の馬鹿な娘が見た夢でございやす。里九さんの懐からいただいた唐桟の財布は、今も大事に仕舞っておりやす。そのように……」

「承知しました。必ずお伝えします」

市兵衛は言った。

破れ障子の障子紙が、吹きつける風にぶるぶると震えていた。稲荷長屋の路地か、路地の外の羅生門河岸かで、ばた、と板戸の倒れる音が聞こえた。

風のうなる中で犬が吠え出し、おは津の咽び泣く声が交じった。

七

　そのころ、聖天横町狸長屋の弁次郎は、南風に砂塵を巻く本郷通りの追分を、中山道の主駅板橋宿のほうへとり、吹きつける風を避けるように巣鴨町下組の稲荷横町へ曲がった。

　紺縞の尻端折りに黒股引と黒足袋、藁草履を突っかけた細身の小腰をかがめ、がに股をひょいひょいと運び、巣鴨町下組の細道をいくつか抜けた。

　それから、往来をひとつ横ぎって、小石川五軒町の路地へ入った。

「ああ、やっと着いた。まったく浅草から遠すぎるぜ。しかもこの風だしよ」

　弁次郎は生白い顔にどろんとゆるめた目を痒そうに擦りつつ、路地のどぶ板を鳴らして、二階長屋の路地奥から二軒目の表戸まできた。

　ぶんぶんと吹き抜ける風の所為か、路地にも人影はなかった。

　弁次郎は引違いの腰高障子を、太短い指で軽く叩いた。

「親方。弁次郎です。親方、開けやすぜ」

　ごとっ、と腰高障子を引きかけたところ、軒庇の上から声がかかった。

「弁次郎か」

弁次郎は軒庇の下から出て、軒庇の屋根の物干場を目を細めて見あげ、

「親方、無沙汰をしておりやした。これ、売物でやすが」

と、腰に挟んできた手土産の藁草履を、物干場の手摺に寄りかかった親方へかざして見せた。

「気を遣わせたな。まあ入りな」

親方は笑って、物干場から引っこんだ。

着物の埃を払って店に入ると、紺地に松葉小紋の綿入を着流した親方が、寄付きの押し入れに拵えた板階段をとんとんと踏んで下りてきた。

階段下は襖を閉ててあり、重ねた寝具を隠している。

「上がれ」

と、親方は弁次郎へ流し目を送り、腰付障子で間仕切した茶の間へ行った。

「お邪魔しやす」

弁次郎は寄付きから、箱火鉢に炭火が熾って生暖かな茶の間に入った。

茶の間の納戸の上に神棚を祀ってある。障子戸の奥に台所の板間と勝手の土間があり、土間の勝手口から裏の細道へ出られた。

「どうした。なんかあったかい」

親方は箱火鉢にかけた鉄瓶の白湯を急須に注ぎ、弁次郎に茶を淹れた。

「呑みな」

弁次郎がそろえた膝の前に湯気の上る茶碗をおいた。

「畏れ入りやす。ま、まずはこれを……」

弁次郎は手土産の藁草履を、箱火鉢のわきへすべらせた。

「遠慮なく。履物はいくらあっても役にたつ。ありがてえ」

親方は、日焼けして顎骨が張り目鼻だちの大きな相貌にまた笑みを浮かべ、藁草履を手にとった。

「浅草から巣鴨まで、風に吹かれっぱなしで、参りやした」

「それで、浅草から巣鴨くんだりまで、この風の中を訪ねてきたんだ。なんぞ、むずかしい用がありそうだな」

「気になることが、ひとつありやした。放っといてかまわねえんでしょうが、お知らせだけはしといたほうがいいんじゃねえかなと。それともうひとつ、もしかしたら親方の仕事になる話かも知れねえんですがね」

「そうかい。聞かせてくれ」

路地に風が、ぶうん、とうなり、表戸の腰高障子をがたがたと震わせた。

「半月ばかし前の夕方でやす。北町の渋井鬼三次と言うしかめっ面の町方が、狸長屋の店に現れやしてね。あっしは仕事に行くのが面倒で寝てたところを、訊きてえことがあると無理矢理起こされ、同じ三宅島にいた親方のことをいろいろと訊かれやした。あっしと親方が五年ほど同じ三宅島にいたんだから、流人同士、おいとかおめえとか、呼び合う仲間になってもおかしくねえ、山之宿の剛三郎さんに、親方の名を出せばしょば割をしてもらえると言われたんだろうとか、お上の御用で親方を捜してる、親方の身寄りとか、馴染みとか、居どころを知らねえかとか、かかり合いのありそうなことをでやす」

「そうかい。で、どう答えた」

「遠島を解かれて、郷里へ戻ったんじゃありやせんかと言いやすとね。親方は、生まれも育ちも江戸の山崎町で、鳥や獣の物真似を聞かせて銭を乞う辻芸人の父親に芸を仕こまれ、親方も鳥や獣の物真似が巧い。だから、戻る場所は江戸しかねえと……」

「その町方は、渋井鬼三次ってえのかい」

「北町の定廻り(じょう)で、腕利きらしいですぜ。綽名が鬼しぶと、剛三郎さんから聞きやした」

「鬼しぶ？」

「渋井の不景気面が現れると闇の鬼も渋面になるから、鬼しぶだそうです。盛り場の旦那方が言い出したのが広まったらしいですぜ」

「闇の鬼もしぶ面になるか」

親方は呟き、去年の冬の夜ふけ、山崎町二丁目の北側の沼の泥中に身を沈め、枯れ葦の間から、沼の土手を右往左往する御用提灯を凝っとにらんでいたときのことを思い出した。

町奉行所の捕り方に山崎町の店へ踏みこまれ、危ないところだった。町内の泥沼に身を沈めて、捕り方から逃れた。沼のどろどろの泥濘が、親方の体温を守ってくれた。あのとき、沼の周辺を右往左往する御用提灯の中に、鬼しぶもいやがったのか、と思った。

「親方の消息をちょいとでも聞きつけたら、知らせてくれとしつこいんで、考えときやすと言って追いかえしやした。すぐに知らせようと思いやしたが、万一、岡っ引が見張っていやがったらまずいんで、今日まで用心しやした」

「鬼しぶはそれでいい。仕事になるかも知れねえ話のほうを、聞かせてくれ」

「へい。ですがこいつはまだ確かな話じゃありやせんぜ」

「わかってるさ。かまわねえよ」

「あっしの知り合いに、冴えねえお店者がおりやす。ただ、お店者はお店の主人と親戚筋だもんで、主人にはあと継ぎがいねえこともあって、十六歳のとき、跡継ぎとして養子に迎えられやした。それから早や二十年がたって、お店者は番頭に就いておりやす。けど、この春三十六歳の今もまだお店は継いでおりやせん。で、お店者はこのごろ、自分は二十年前、お店の跡継ぎということで養子に迎えられたが、主人は自分を正しく評価していねえっていうか、気に入らねえ。自分を跡継ぎからはずそうとしていると、思い悩んでいるそうなんで」

「それはおめえが奉公していた、下り酒問屋の摂津屋の話か」

「わかりやすか」

「摂津屋の主人は、里右衛門だな」

「深川の仲町界隈や芝居町や芳町界隈の茶屋町では、好き者の里九と綽名で呼ばれて粋人気どりのふざけた野郎だそうです。お店者は筆頭番頭の亀松でやす」

「続けろ」

「亀松が言うには、里右衛門は去年の暮れに大病をして、今は根岸の摂津屋の寮で病後の療養をしているそうでやす。見舞いに寮を訪ねた帰り、吉原の土手を通りかかった折りにあっしが見つけて、声をかけやした。初めは島帰りのあっしに用心しておりやしたが、よっぽど悩んでいるらしく、あっしがお店の事情を多少知ってることもあってか、お父っさんが、とぼそぼそと愚痴話をこぼし始めやしてね。そのときは愚痴話で終ったんでやす。ところが先日、亀松がまた土手の掛小屋へあっしに会いにきやして、そのときは吉原の伏見町の茶屋に誘われ、一杯やりながらまた愚痴話を始めましてね。ただ、ほろ酔いになったころ、亀松がぽろりっと言ったんですよ。お父っさんが今度の病であっさり逝ってくれりゃあ、お父っさんも楽になるし、自分の胸の痞えもおりるんだがって、しみじみとね。あっしはちょっと吃驚しやした」

「おめえ、物真似の柳五郎のことを、何かほのめかしたのかい」

柳五郎が眉をひそめた。

「滅相もありやせん。これっぽっちも話しちゃあおりやせん。亀松はつい思い余って、口がすべっただけだと思いやす。で、あっしが、誰か相談に乗ってくれそうな人はいねえんですかいと話を向けやすと、いるわけないよ、そんなこと、とそのときはそれだけだったんですがね」

弁次郎は、身体を柳五郎へ傾け、わざとらしく小声になった。

「親方、もしもですよ。もしも亀松が次にまたあっしに会いにきて、お父っさんが逝ってくれりゃあと言い出したら、相談に乗れる人を捜してるならと、話をそっちへ向けても、かまいやせんか」

「まずはおめえが亀松の話をじっくり聞いて、その話次第で相談に乗るか乗らねえかだ。素人が危ねえ話に首を突っこんでくるときは、てめえの都合のいいことしか考えが及ばねえから、よっぽど気をつけなきゃあならねえ。下手をしたら、こっちが足元を掬(すく)われることになるぜ」

弁次郎は、ううむ、とうなって考えこんだ。

柳五郎は莨盆(たばこ)の長羅宇(ながらう)の煙管をとり、刻みをつめて箱火鉢の火をつけた。ひと息喫って白い煙を吐き出すと、

「だが、大店摂津屋の主人と跡とりのごたごたの始末なら、動く金は間違えなくこれまでとはひと桁違ってくるだろう。それだけじゃねえ。話の持っていきようによっちゃあ、もしかしてこいつは打ち出の小槌(こづち)になるかもしれねえな」

と、煙の上る空(くう)へ眼窩(がんか)に光る目を泳がせた。

小石川五軒町の路地を吹きすぎる疾風が、店の柱と梁を激しく軋らせた。

第四章　うしろ髪

一

　それから数日がたった二月初めのその日、北町奉行所定廻りの渋井鬼三次、御用聞の助弥、助弥の下っ引の蓮蔵は、仁王門前の忍川に架かる三橋を、黒門側から下谷広小路へ渡った。

　様々な店が軒をつらね、夥しい人々が行き交う広小路の雑沓を抜け、上野元黒門町の会席料理屋や即席料理屋、膳生蕎麦処、京菓子所、などが並ぶ通りをすぎ、下谷御数寄屋町の通りへ差しかかった。

「旦那、次の角に番屋がありやす。《桜井》はそこを南へ曲がって半町（約五四・五メートル）先の路地へ入ったところでやす。お左久を番屋に呼びやすか」

御用聞の助弥が言った。

「番屋に呼んだほうがいいだろう。変わったやり方をして目だちたくねえ。助弥と蓮蔵が桜井へ行ってお左久を呼び出してくれ」

「へい、承知しやした……」

助弥と蓮蔵が番屋の角を南へ曲がって行くと、渋井は黒羽織を羽織った尖った怒り肩をほぐすようにくねらせ、うす日の射す春の空を見あげた。

下谷御数寄屋町は、池之端仲町の南隣の町家である。

下谷御数寄屋町と隣の湯島天神下同朋町の町芸者は、下谷広小路界隈や池之端仲町の料理茶屋や料亭、酒亭などのお座敷に出て客をもてなす数寄屋芸者と呼ばれていた。

下谷御数寄屋町の芸者屋桜井が抱える芸者お左久は、下谷山崎町で生まれ育ち、十三の歳に桜井抱えの子供になった。

三味線に唄と踊りの稽古を積んで、お座敷にあがったのは十六歳だった。

もう二十七、八の年増で、すでに桜井を年明けになって自分稼ぎながら、未だ桜井の抱えを続けていた。

そのお左久が、同じ山崎町生まれの辻芸人物真似の柳五郎と懇ろだったと、蓮蔵が聞きつけてきた。

二人が生まれ育った下谷山崎町の裏店は近所にあって、柳五郎と三つ年下のお左久はどうやら幼馴染みらしく、柳五郎は三宅島遠島になる前から芸者お左久と懇ろになり、一年半前、遠島が解かれて江戸に戻ったのちも二人の仲は続いていると、そんな噂が山崎町の辻芸人らの間に流れていた。

「そうかい。なら、噂の真偽を確かめてみなきゃあな」

渋井は助弥と蓮蔵を従え、その日、山崎町の訊きこみをしたのち、山下から下谷広小路に出て、御数寄屋町へ向かっていた。

御数寄屋町と池之端仲町の境を半町ばかりとった御数寄屋町側の角に、御数寄屋町一丁目二丁目、自身番、と腰付障子に並記した番屋があった。

間口九尺奥行三間の店の前に玉砂利を敷き、片側に捕物の三道具が並んで、火消用の纏に鳶口、竜吐水、梯子、玄蕃桶を据え、屋根の上には半鐘を吊るした高さ二間の物見の梯子が、空へ延びていた。

玉砂利を踏む足音を聞きつけ障子戸を透かした店番が、町方の渋井を見つけて、おっ、と意外そうな声をもらした。店番は引違いの障子戸を引き開け、

「お役人さま、お見廻りご苦労さまでございます」

と、居住まいを正し渋井に辞儀をした。

「普段の見廻りじゃねえ。とり調べてえ事がある。場所を借りるぜ」

「さようで。どうぞ、お上がりくださいませ」

渋井は、番屋の上がり框から店へ入った。

番屋は、六畳と障子戸で間仕切した三畳の板間があって、板間の端には鉄環の《ほた》がとりつけてある。町内に縄付きが出たとき、縄尻を括りつけて拘束する金具である。

火鉢に鉄瓶がかかり、当番の家主ひとり、地借表店の店番ひとり、書役と定番を兼ねた雇人が、町内提灯をかけた壁際の文机についていた。

店番が渋井に茶を出し、茶を一服した渋井に当番の家主が話しかけた。

「町内の誰のお調べでございますか」

「芸者屋桜井の芸者お左久に、訊くことがあってな」

「ああ、桜井のお左久でございますか。お左久は、確か父親が山崎町の浄瑠璃語りの百太夫でございますね」

「ほう。浄瑠璃語りの百太夫が父親かい。当番さん、お左久がどんな女か、知ってるのかい」

「知ってるというほどではございませんが、桜井のお左久は年増ながら、お座敷では座持ちがいいと、広小路や仲町の料理屋などでは評判がいいと聞いております。芸人の父親の性根を、受け継いだのでございましょうかね。芸者稼業に向いているのかも知れません。ほかにも……」

当番の家主としばらくお左久の話になったところに、助弥と蓮蔵が、お左久と桜井の主人の又十郎を伴い、番屋へ現れた。

お左久は呼出しを受けて急いで支度をしたらしく、黒髪を鼈甲の笄で束ね髪にし、眉は刷いておらず、薄く塗った白粉に青白い地肌がくすんで見えた。ただ、くっきりと注した紅が厚めの唇に不気味に艶めいて、うすい眉をひそめ眉間にしわを刻んだ相貌が、相当不機嫌そうに見えた。

女にしては大柄へ、変わり縞の半纏を羽織って下は地味な鶯茶を着け、渋井の前に出て手をつき、

「お役目ご苦労さまでございやす。桜井抱えの左久と申しやす。ご贔屓のお客さまにお声をかけていただき、お座敷務めを生業にいたしておりやす」

と、少し枯れた声で言った。

「桜井の又十郎でございやす。抱えのお左久に御用とうかがいやした。何とぞ、

お手柔らかにお願えいたしやす」

苔色の羽織を着けた小柄な又十郎は、お左久の後ろに畏まり白髪頭を傾けた。

「お左久、寒けりゃあ火鉢のほうに寄ってくれ」

渋井はお左久を、火鉢のほうへ手招いた。

「寒くはございやせん。どうぞ、御用の向きをお聞かせ願いやす」

お左久は一間（約一・八メートル）ほどをおき、渋井と向き合っていた。

渋井の左後ろに助弥と蓮蔵、右後ろは当番と店番、そして定番が畏まった。

「おめえに、確かめなきゃあならねえ噂を聞いた。差紙で奉行所に呼び出すほどの噂じゃねえが、放っておくわけにもいかねえ。そのためにご足労願ったのさ。おめえの生まれは、下谷の山崎町だな」

「へえ。もう両親ともにおりやせんが、浄土宗の長光寺さまの裏手の裏店住まいでやした。お父っつあんは、浄瑠璃語りの百太夫でございやす。お父っつあんもおっ母さんも若いころ江戸に出てきて、そのまま江戸に居ついただけの、根っからの江戸者じゃありやせんので、町内に親類縁者はおりやせん。あっしは桜井へ身売りする十三歳まで、ずっと山崎町で暮らしておりやした」

「十年の年季奉公でございやす。ですが、お左久はもう年明けの自分稼ぎでございやす」

　又十郎が殊勝に言い添えた。

「おめえが山崎町に住んでたころ、近所に柳五郎と言う三つ年上の男子がいたのを覚えているかい」

「覚えておりやす」

　お左久は、あっさり答えた。

「山崎町に住んでたころは、柳五郎とどういう間柄だった」

「どういう間柄たって、年端のいかない子供同士でやす。向こうはあっしを左久と呼んで、あっしは柳ちゃんでございやした。近所の沼で町内の子供らが、泥鰌捕りをしやした。泥鰌は泥鰌鍋や蒲焼にして食わせる店に売れやしてね。あっしも柳ちゃんも、その中におりやした。柳ちゃんは泥鰌捕りが上手で、町内の子供らの親分みたいな感じでやした。ですから、柳ちゃんとあっしは、親分と子分みたいな間柄でやすかね」

「柳五郎は物真似の辻芸人の倅で、柳五郎本人も、物真似の柳五郎とある筋では知られている辻芸人になった。おめえも知ってるな」

「物真似の柳五郎と呼ばれているのを、聞いたことはございやす」

「桜井抱えの芸者になってから、柳五郎の座敷がかかったことはあるのかい」

「そりゃありやすよ。あのお座敷はいやだってわがまま言ってたら、芸者はやってけませんから」

「柳五郎のお座敷が初めてかかったときは、どうだった」

「どうもこうも、お客さんと芸者以外に何がありやすか。ただ、子供のころ以来でやしたから、お久しぶりとか、元気だったかいとか、そんなことを言い合いましたかね。それだけです」

「それから、客と芸者じゃなく、柳五郎とわりない仲になったんだな」

お左久は、眉をひそめた不機嫌顔を渋井へ向けた。だがすぐにそむけ、不機嫌顔を冷笑に変えた。番屋が寂(しん)として、通りを流す七色唐辛子売りの売り声が聞こえてきた。

助弥が咳(せき)払いを、ひとつした。

「芸者が幼馴染みを好いて、わりない仲になったとしたら、それがなんだと仰(おっしゃ)るんでやすか」

「済まねえ。悪くとらねえでくれ。人のいやなことを詮索するのも町方の御用でね。おめえと柳五郎が懇ろになったあと、柳五郎は千住掃部宿(せんじゅかもんしゅく)の貸元重蔵(じゅうぞう)を斬った罪でお縄になり、三宅島に遠島になった。仮令、相手が博奕打ちの貸元だとしても、人ひとりを斬り殺したお裁きが三宅島遠島ってえのは馬鹿に軽い。その事情が、元々性根が短気であらくれの重蔵が、物真似の柳五郎に掃部宿の人通りでてめえの声色を滑稽に真似され、辻芸人ごときが笑い者にしやがってと腹をたてて小塚っ原の野で襲いかかった。ところが、逆に柳五郎に斬り殺されちまった。辻芸人がやくざ相手に馬鹿に腕がたつのも、あとで考えりゃあ妙だと思わねえでもねえが、そのときのお裁きは過失ゆえの殺しと見なされ、柳五郎は三宅島遠島と相なった。お左久、その事情は知ってたかい」

「知っておりやした。永代橋の袂で沖の流人船に運ばれていく柳五郎を、見送りやしたんで」

「ほう。永代橋まで見送ったかい。柳五郎を余ほど好いていたんだな。夫婦になるつもりだったのかい」

「あのころはまだ若くて、目先のことしか考えられやせんでした。幼馴染みが遠島になるのが可哀想でならなかったんです。それだけですよ」

「本途にそれだけかい。柳五郎は一年半前、七年半の遠島を解かれて三宅島から江戸に舞い戻ってきている。お左久を訪ねて、桜井にこなかったかい」

「確かに、一度、柳五郎のお座敷が一年かそこら前にかかりやした。けど、もう七年以上がたってお互い若くはないし、心も身体も七年前と同じなわけにはいきやせんよ。若いころの一途な思いはとっくに冷めちまって、島暮らしはどうだったのとかなんとか、そんな話をしやしたが、なんだか気まずい思いをしてお座敷を務め、それきりになりやした。柳五郎もつまんなかったんでしょうね。あれからはお座敷はかかりやせん」

「そうなのかい。一年半前、柳五郎の遠島が解かれて江戸に戻ったのち、お左久との仲は続いていると、そんな噂が流れているんだがな」

「どうでもいいけど、いい加減な話はやめてくださいよ。嘘だと思うなら、山崎町の裏店へ行って本人に訊けばいいじゃありやせんか」

「山崎町の店には、柳五郎はもういねえんだ。去年、山崎町の店から姿をくらまし、行方がぷっつりと途絶えた。お左久との仲が続いていると噂が聞けたんできたんだがな。当てが外れたぜ」

渋井は口をへの字に結んで、今朝、廻り髪結が髭を当たってつるりとした顎をなでながら言った。すると、桜井の又十郎が口を挟んだ。

「お役人さま、数寄屋芸者は町芸者でございやす。床芸者ではございやせん。床芸者がお上に許されておりやすのは、仲町だけでございやす」

「ああ、そうだな」

「でございやすので、桜井抱えの芸者衆も芸者として大事なお座敷務めや、日々の芸の稽古をおろそかにしていなけりゃあ、好いた相方とかかり合いを持つか持たぬかを決めるのは、当人次第でございやす。あっしらがとやかく詮索することはございやせん。物真似の柳五郎さんは、七年半の遠島のお務めを済まして江戸に戻ってこられやした。そうしやすと、何年も離ればなれになっていた柳五郎さんとお左久が、縒りを戻すも戻さぬも当人らの勝手でございやす。それをお役人さまがお気にかけられるというのは、柳五郎さんに何かあったからでございやせんか。それがわかれば、お左久もそう言えばあの折とか、と何か気づくことがあるかも知れやせん。柳五郎さんに何があったんでございやすか」

　ふむ、と渋井は頷いた。

「じつはな、柳五郎の稼業は物真似の辻芸人じゃねえんだ。表向きは物真似の柳五郎と呼ばれちゃあいるが、それは上辺で、柳五郎の渡世は始末屋だ。どういう始末屋かってえと、表沙汰にできねえ少々厄介なもめ事やごたごたの相談事を金で請け、表沙汰にしねえように相談事の始末をつけるのさ。例えば、誰それにこっそり恨みを晴らしてえとか、仕事の邪魔になるやつにいつの間にか消えてほしいとか、他人に知られちゃならねえそういう相談事をさ」

「ええっ？　柳五郎さん、いや柳五郎はそんな物騒な始末屋だったんで」

又十郎は訝しげに言い、お左久はしかめた眉間の皺をいっそう深くした。

「柳五郎の正体が知れたのは、去年の冬だ。その三月ほど前の夏の終りに、芝神明門前町の甲之助と言う店頭が、てめえの店の土蔵で首を吊ってるのが見つかった。首吊りが見つかったときは、甲之助がてめえの首を括ったとしか思われず、店頭の役目は表沙汰にできねえもめ事がいろいろあるから、人知れず悩みを抱えていたんだろうと、誰も怪しまなかった。すると三月がたった冬、北御番所に甲之助に使われていた使用人の差口があった。三月前の甲之助の首吊りは見せかけで、茶屋町の女郎衆の仲介料のうち店頭の甲之助に口銭と称して長年、馬鹿にならねえ上前を撥ねられていた判人が恨みを抱き、始末屋に頼んで甲之助を始末させたと、判人の使用人から偶然聞いたとだ。すぐに判人をしょっ引いて厳しく問い質したところ、物真似の柳五郎に甲之助の始末を頼んだと、判人がとうとう白状したのさ」

「なら、柳五郎はお縄になったんじゃあございやせんか」

「それがどうも、町方が山崎町の柳五郎の店に踏みこんだが、すんでにとり逃がしちまった。まったく不甲斐（ふがい）ねえ。で、こうやって柳五郎の足どりを追い、遠島が解かれて江戸に戻ったのちもお左久との仲が続いていると、山崎町の辻芸人らの噂を聞きつけて訊きこみにきたってわけだ」

　渋井はお左久に向いた。

「お左久。柳五郎の正体が知れてから、柳五郎のことを色々調べた。調べの全部は話せねえが、三宅島の遠島になる前、つまり、幼馴染みのおめえと柳五郎が客と芸者で会い、互いに魅かれてわりない仲になったころ、どうやら柳五郎はもう辻芸人を隠れ蓑（みの）にして、始末屋稼業を始めていたらしいのさ。七年、いや八年前のそのころを思い出して、思い当たる節はねえかい。例えばな、柳五郎が千住掃部宿の貸元重蔵を斬った罪でお縄になり、三宅島に遠島になった柳五郎を、おめえが永代橋で見送った一件も、重蔵が小塚っ原の野で柳五郎を襲って逆に斬られたんじゃねえ、あれは柳五郎が重蔵を小塚っ原で騙（だま）し討ちにした、あれは重蔵の子分の代貸が、千住掃部宿の縄張りを奪うため、重蔵の始末を柳五郎に頼んだ疑いが浮上してるのさ。柳五郎が重蔵殺しの廉（かど）でお縄になる見こみ違いの事が起こって、お裁きの場で柳五郎を庇（かば）ったのは、妙なことに重蔵一家の子分らだったと言うじゃねえか。ただし、重蔵一家はもうばらばらになっちまって、真相は不明だがな。お左久、そこら辺の事情を、そう言えばあのときこんなことを柳五郎が言ってたとか、思い出すことはねえかい」

「だからもう言いやした。柳五郎のお座敷が一年かそこら前にかかりやしたが、柳五郎に会ったのはそれきりで、あれからは音沙汰なしですって」

お左久は不機嫌を隠さず、言い捨てた。

「そうか、わかった。いいだろう。今日のところはこれまでだ。又十郎さん、お左久、またわからねえことがあったら訊きにくるから、そのときは頼むぜ」

へへい、と又十郎は頭を垂れたが、お左久はそっぽを向いた。

番屋を出た渋井と助弥、蓮蔵の三人は、御数寄屋町と池之端仲町の境の賑やかな通りを、下谷広小路のほうへ戻った。黒羽織のいかり肩をほぐすようにゆすりながら行く渋井の背中へ、助弥が言った。

「旦那、お左久は妙に刺々しい物言いをする女でやすね。客商売の芸者があんなにつんけんして、愛想がねえったらありゃしねえ」

渋井は鼻で笑い、

「こっちは客じゃねえからな」

と、気にするふうもなかった。しかし、それからぼそっとつけ足した。

「助弥、これから千住へ行くぜ。千住の掃部宿で、八年前の重蔵を知ってる人物を捜し出して、重蔵が斬られた事情を、もう一遍調べなおしてみよう。柳五郎にかかり合いのある手がかりが、案外に見つかるかも知れねえ」

「へい。千住宿へ、承知しやした」

「蓮蔵。おめえはこなくていい」

「ええ、な、なんで……」

「おめえはこれから、お左久を見張れ。お左久を誰が訪ねてくるか、お左久が誰に会いに行くか、客も客でねえ人物も、全部だ。お左久に気づかれずに見張るんだぜ。人手はいくら使ってもいい。やり方はおめえに任せる。いいな」

「合点、承知しやした」

蓮蔵が勇んで言った。

二

そのころ、市兵衛と矢藤太は、碓氷峠を越え、沓掛の次の追分から中山道と分かれ、北国脇街道の上田を目指した。

二月上旬、南の彼方に望む八嶽に雪はまだ残っていても、北国脇街道にも春の気配が確実に色づき始めていた。

小諸、田中、海野をへて、その翌日の午後七ツ（四時頃）前、上田城下東方の信濃国分寺をすぎ、杉並木と踏入村の家並から足軽町へいたる東方江戸口に差しかかった。

上田城下は東山道、中山道、北国脇街道、甲州街道にも通じる要衝である。松平五万三千石の上田城が、江戸口の西方の空にそびえ、江戸口南方の段丘下には、千曲川の深い蘆原と雄大な本流が横たわっていた。

踏入村に続く足軽町、鍋釜鋳物町の常田町をへて、寺町の横町の通りを西へ曲がり、商家が往来の両側につらなる海野町から、上田城追手口の半町手前で北の原町へ折れた。

海野町と原町は城下の市場町で、海野町には本陣もある。

「市兵衛さん、この宿でいいんじゃないかい」

「よかろう。ここにしよう」

市兵衛と矢藤太は、原町の《菱屋》という旅籠にその日の宿を決めた。

「ようこそおいでなさいまし」
と、年配の宿の主人が市兵衛と矢藤太を店の間の上がり端に出迎え、濯ぎを使い、湯帷子と半纏の乱れ箱を抱えた中働きの女の案内で、二階の八畳間に通された。

市兵衛が西向きの出格子窓を開けると、夕方のまだ青い空にそびえるお城の本丸の瓦屋根を、いく羽もの鳥影がかすめて行く景色が眺められた。

そのお城よりずっとはるか南方の地平には、うす墨色にくすんだ筑摩の山並がつらなっている。

夕方の寒気が音もなくおりてくる気配が、市兵衛の胸に沁みた。

「市兵衛さん、言い眺めだね。とうとう信濃まできたよ。《近江屋》の季枝さまの中立で請けた仕事だけど、まさか、こうなるとは思いもしなかったぜ」

矢藤太が出格子窓の市兵衛に並びかけ、夕方の空を見あげて言った。

「矢藤太、《摂津屋》の里右衛門さんの半生を辿るような仕事だったな」

「確かに、おれもそんな気がする。三十年分の、いや、四十年分の半生を辿るようなさ。なんか不思議な仕事だね」

矢藤太が珍しく、物思わしげな様子だった。

まだ暗くはなかったが、中働きの女が行灯に明かりを灯した。それから、二人に湯殿や厠の案内をし、

「ただ今ご主人が宿帳を持ってきますだで、少々おまちくだせえ」

と言って退って行った。

荷を解いているところへ、宿帳を手にした宿の主人が、

「お邪魔いたします。宿帳にご記入を願います」

と現れた。矢藤太が先に宿帳に、神田三河町三丁目……と記し、市兵衛が続いて、二人は道中手形を差し出した。

「ほう、江戸の神田でございますか。お見受けして、そうではないかなと、思っておりました。江戸のお客さまは同じ旅をなさっていても、どこか様子が違います。で、旅はどちらまででございますか」

道中手形を検めた主人は、宿帳を閉じ筆を仕舞いながら、二本差しの侍と道中差の町民の二人連れが少々訝しそうに訊ねた。

「あっしとこちらのお侍さんは、仕事仲間でしてね。仕事と言っても、商いではございません。じつは、こちらの上田城下にお住まいのさる方にお会いする用がございまして、先月晦日に江戸を発って、ようやく今日着いたってわけです」

　矢藤太が宰領屋の主人らしく、世慣れた笑みを見せた。

「それはそれは、まことにお疲れさまでございました。仕事が上手くいくとよろしゅうございますね。それでは、お泊りは今日ひと晩だけではございませんので」

「相手次第なんで、今はまだはっきりしませんが、今晩と明日もう一日、こちらの宿をお願いいして、そのあとは、わかり次第お知らせいたします」

「承知いたしました。今晩と明日の晩もお泊りいただき、それから先は改めてお知らせいただくということで、結構でございます。この時季、旅のお客さまはまだ少のうございますので、どのようにでもお申しつけくださいませ。それから、わたしども菱屋は、代々この原町で旅籠を営んでおりますので、城下の事情にはそれなりに通じております。何かご不明な点がございましたら、いつでもお訊ねくださいませ。少しはお仕事のお役に、たてるかもしれませんので。では、ひと風呂浴びて旅の垢を落とされ、さっぱりなさったころ合いに、夕餉の膳をお運びいたします」

　と、立ちかけた主人に市兵衛が言った。

「ご主人、早速ですが、手紙を届けていただきたいのです。お願いできますか」

「手紙のお届けでございますか。ご城下なら大丈夫でございますよ。すぐに手前どもの者に行かせます。ご城下のどちらへ？」

「上田城下の鎌原に、《佐々木》というお店があると、聞いております。その鎌原の佐々木へお願いしたいのです」

「鎌原の佐々木でございますか。はいはい、鎌原の佐々木は、城下では知らぬ者のないお店でございます。ただ、鎌原は紺屋町の西隣にございまして、城下の町分は紺屋町までにて、鎌原から西方の町並は町分に並んでおりますが、鎌原、西脇、新町と町並村が続いております。村とは申しましても、佐々木は蚕種の製造と販売を営んでおります蚕種商人の、ご城下ではもっとも盛んなお店でございます。わたしどもの原町と隣の海野町のような古い市場町の商家ではないというだけで、鎌原にお店を構え、蚕種を商っておられるのは、市場町の商家と同じでございます。承知いたしました。早速、うちの者を行かせます。佐々木のどなたに、どのようなお手紙をお届けいたすのでございますか」

市兵衛は旅の荷を解き、一通の折り封をとり出した。折封の表には、《謹》とだけ記してある。

「届けていただきたい方は、佐々木のお内儀のお米さんです。江戸からきた者にて、委細は手紙に認めてあるゆえと伝え、できれば、すぐに読んでいただき、お米さんの返事をもらってほしいのです」

「なるほ、すぐに読んでいただいて、お米さんのご返事をですね。そのように、使いの者に伝えます。すぐにご返事をもらえなかったとしても、お客さまがご返事をお待ちですと、念を入れて伝えるようにと申しておきます。それから、ささいなことではございますが、佐々木のお米さんは、ただ今はお内儀ではございません。一昨年、先代の弥三郎さんがお亡くなりになって、ただ今は倅の太一さんが佐々木を継がれ、お内儀はお芙恵さんでございます。まだ二十歳をすぎたばかりの、お綺麗なお内儀ですよ」

「さようでしたか。では、お米さんは今はどのように」

「先代がご存命だったころと変わらず、太一さんの後見役のお立場で、佐々木の商いに携わっておられるようでございますね。お米さんは先代の商いを、ずっと手伝ってこられましたので。先代はお亡くなりになる前、一年近く寝こまれ、お米さんは先代の介抱の傍ら、佐々木の商いを仕きってこられたのです」

「ほう、そうなんで」

矢藤太が感心したように言い、主人は「はい」と頷いた。

「では早速、お手紙をうちの者に届けさせます。江戸とは違い、狭い城下でございます。長くはかかりません。と申しましても、風呂に入るぐらいのときはございます。どうぞ湯につかって、しばしお待ち願います」

主人は折封を預かり、階下へ退った。

「倅の後見役か。思っていたお米さんとは、なんだか様子が違うね」

「どうやらお米さんはこの上田で、里右衛門さんが言った門前仲町の子供屋《岩本》の米助とは、違う生き方をしてきたようだな」

市兵衛は出格子窓に向いて、夕空の下の上田城を眺めた。

「よし、市兵衛さん。風呂に入ってさっぱりして、返事がくるのを待とうぜ」

矢藤太が言った。

入船町の男芸者駒太郎が言っていた、仙台堀正覚寺橋の万年町二丁目の久蔵爺さんは、年が明けても「くたばって」はいなかった。

市兵衛と矢藤太が万年町二丁目の久蔵を訪ねると、久蔵は五十代と思われる娘のような女房の世話を受けていたが、よたよたしながらも物覚えはしっかりしており、門前仲町の子供屋岩本の米助を覚えていた。

深川界隈の岡場所に身売りする女子供の判人、すなわち女衒だった久蔵は、仲町の子供屋岩本にも、五十年以上前から子供の世話をしてきた。

「米助は、中山道は望月村の水呑百姓の娘だ。あっしは三十すぎの働き盛りの判人で、身売りする子供は見慣れていたから、見る目は確かなつもりだった。米助は十三歳のまだ何も知らねえ小娘だったが、そんなあっしがはっとするぐれえのおぼこ娘だった。離れずについてくるんだぞと言うと、ぱっちりと見開いた澄んだ目であっしを見あげ、もうてめえの定めを悟っているみてえに、しっかりと頷いたんだ。そのときの潤んだ目が、明け方の明るみをきらきらと撥ねかえしてな。あっしも胸にぐっとつかえて米助を見ていられず、背を向けた。そしたら、街道の東の彼方に浅間山が見えた。こんなに老いぼれた今でも、あの朝の浅間山の景色は覚えているぜ」

久蔵ははるかに遠い昔を、よたよたとたぐりよせつつ、懐かしそうに語った。

「そのときはまだ米助じゃあなくて、お米だった。あっしはお米を、仲町の岩本へ真っ先に連れて行くことに決めていたんだ。子供屋の岩本なら、仲町の中では物の判った亭主と女房だから、ただ抱えの子供が稼ぎさえすりゃあそれでいいとは考えねえ。岩本の夫婦なら、所詮は床芸者でも、せめていさみの辰巳芸者らしく、お米をちゃんと育てるだろうと思ったからさ。お米はそれぐらいの値打ちのある玉だと確信していたし、実際、あっしの目に狂いはなかった」

お米は米助と男名前に変えて、子供屋岩本抱えの小童になった。

子供屋の雑用をこなしながら、姉さん芸者について三味線に唄と踊りの稽古に明け暮れ、一年がった十四の歳から、豆芸者としてお座敷に出始めた。

そして、子供放れした十七の歳、線香一本金一分の線香五本ほどの値で転ぶ床芸者になった。

色と呼ばれる客が増えて、米助はすぐに仲町の見番の板頭に板札をかける、評判の辰巳芸者になった。

米助は、仲町界隈でも芳町や芝居町界隈でも好き者の里九と呼ばれている、摂津屋の里右衛門の評判を聞いてはいた。

摂津屋は霊岸島町に下り酒問屋の大店を構え、里九はいずれ、摂津屋を継ぐ若旦那で、若々しい痩身は上背があって、きりりとした目鼻だちながら、どこか寂しさの影がある風貌を、同じ茶屋の別のお座敷がかかった折りに見かけ、あの人が里九さんね、と思ったぐらいだったらしい。

寛政七年（一七九五）の初夏、米助に里九のお座敷が初めてかかった、と久蔵は言った。

そのときは、里九の若い商人仲間やとり巻きの男衆らもいて、賑やかな酒宴のお座敷だった。米助が酒宴の座敷にあがると、これが今辰巳でもっとも人気の米助かと、男衆らは騒いだ。

里九の初めてのお座敷は、それだけだった。だが、別々の川が同じ海に流れるように、里九と米助はいずれはひとつになる定めだった。

「里九が米助の色になったと噂が流れたのは、三月がたった秋に、里九の二度目のお座敷がかかったあとだ。里九と米助の仲は、それからほどなく、仲町界隈では評判になった。あの二人なら似合いだと、里九は米助を落籍せて摂津屋の女房に据える決心を固めていると、そんな噂までささやかれてな。その噂を聞いたとき、あっしは、そうか、望月村の水呑百姓の、あの十三歳だったまだ何も知らねえおぼこ娘が、江戸の大店摂津屋の女房になるかい、大したもんじゃねえかと、自慢に思ったぐれえだったのにな」

と、老いを囲う久蔵は物憂げに言った。

「米助が辰巳からいなくなった事情を、あっしは岩本の亭主に、ずっとあとになって聞いたんだ。あれは寛政九年の春だった。米助は里九じゃなく、商いの旅で江戸にきていた他国の商人に落籍され、その商人とともに旅だって行っちまったんだ。米助が何を思って、一体何があって、そうしたのか、なぜそれを望んだのか、米助は岩本の亭主にも女房にもわけを話さなかったんだ。ただ、岩本の亭主が、里九さんとは終ったのかい、里九さんは知ってるのかいと質したら、このことは里九さんにも、ほかの誰にも言わねえでくだせえ、米助はただ辰巳から、江戸から姿を消した、そのようにと、さめざめと涙を流しながら頼んだそうだ。岩本の亭主も女房も、何かわけありなんだろうと、米助を不憫(ふびん)に思い、頼みを聞いて里九にも誰にも話さなかった。だから、米助が辰巳からも江戸からも姿を消したわけは誰も知らず、そのうちに米助のことはみんな忘れちまった。忘れなかったのは、あっしらみてえなひとにぎりの物好きと、里九だけだったようだ」

それからしばし、久蔵は考える間をおいた。そして、

「あれから三十年がたった。岩本の亭主も女房も、とっくにいなくなっちまったし、岩本は子供屋を廃業して、あのころを知る者も殆(ほとん)どいねえ。寂しいねえ」

と、なおも続けた。

「岩本の亭主が、あっしに米助が姿を消したわけを話したのは、てめえだけの胸に仕舞っとくのが、たぶん後ろめたかったんだ。一体誰に後ろめてえのか、里九

にか、いや世間にか、そいつはわからねえ。けど、きっとそうに違いねえ。米助を落籍せたのは、信州上田の商人だ。信州上田城下の鎌原に、佐々木弥三郎と言う蚕種商人がいた。寛政九年の春、米助は二十四歳だったはずだ。佐々木弥三郎は米助より十ほど年上だが、女房を亡くしたか別れたかで独り身だった。その弥三郎が米助を落籍せて信濃へ連れて行ったんだ。あっしは知らなかったが、蚕種によって絹糸の艶が違うの、丈夫で長持ちだのといろいろあって、絹糸を生む蚕を商う蚕種商人の中でも、信濃の商人がもっとも多く関東八州に出向いて、商いはすこぶる盛んなんだそうだ。むろん、天下の江戸の呉服問屋にも蚕種にかかり合いのある商いでやってくる。蚕種商人に景気が悪かった例はねえらしい。昼間は商い、夜は茶屋町に繰り出し、芸者をあげて賑やかに酒盛りだ。米助は里九の女房になると言われていたのに、なんで信濃の田舎商人の弥三郎に落籍されたのかね。そのわけは、岩本の亭主も知らなかった。あんたらが里九に頼まれてそのわけを探りにきたんだから、里九も知らねえってことだな。米助はそのわけを誰にも話さず江戸から消えた。なら、あんたらが信州上田の米助を訪ねて、そのわけを訊いてこなきゃあな」

久蔵はそう言って、満面に皺を刻んで笑った。

三

夕暮れ前のまだ明るみが残っていたころ、菱屋の使いが戻ってきた。使いによると、佐々木のお米は手紙をすぐに開き、読み終えてから使いに、江戸から見えたお客さまにこうお伝えくださいと言った。

ただ今佐々木の主人は商用があって松本に出かけており、明日か遅くとも明後日には戻って参ります。主人が戻って参り次第この手紙の趣旨を伝え、主人の許しを得ねばなりません。一両日中にはご返事いたしますので、何とぞ、今しばらくお待ちいただきますように……

というものであった。

「今の佐々木のご主人は、お米さんの倅だろう。母親が倅の許しを得なければならないのかい。倅が許してくれなかったら、市兵衛さん、どうする」

「ご主人の太一さんは、お米さんが江戸の門前仲町の芸者だったことを、知らないのかもな。待つしかないが、太一さんが許さなかったら、そのときは、許しがなくとも出向くしかないだろう」

「よしきた。それでいこう」

市兵衛と矢藤太は、翌々日まで待った。

翌々日の夕刻、佐々木の使いの者が菱屋に現れ、市兵衛と矢藤太に、明日朝巳の刻（午前九時〜一一時）、お越しをお待ち申しております、とお米の伝言が届けられた。

上田は雨が少なく、天気のよい日が多い乾燥した土地柄である。

そういう土地柄が、水田耕作より養蚕業に適していた。

翌日、市兵衛と矢藤太は旅装束に調え、原町の菱屋を出た。

綺麗に晴れた春の空に、上田城の本丸の甍が映えていた。

二人は原町の往来を北へとり、蛭沢川に架かる職人町の下田町の土橋を渡って、木町、柳町、上紺屋町と角を曲がり、鎌原の町並みに沿って、商家というより、豪農の住居を思わせる正木の垣根に囲まれた屋敷の木戸門の前に出た。

菱屋の主人に、垣根の先に大きな木戸門が開かれておりますので、すぐにわかります、と教えられていた。

「佐々木は養蚕業者がお客さまですので、小売りのお客さま相手の商家の賑わいはなく、一見商家らしく見えませんが、商いは堅実と聞こえております。矢出澤の橋を渡った西の出口の生塚村にも佐々木の別店があって、そこでは蚕種の製造を行っております。元々、先代の弥三郎さんは生塚村の農民で、農業の傍ら蚕種製造を始め、それが上手くいって今の佐々木の身代を築かれました」

とも菱屋の主人は言った。

市兵衛と矢藤太は、両開きに開かれた木戸門から、一角に大きな納屋のある広い前庭の踏石をとり、入母屋の縁庇の下に閉てた腰高障子を引いた。

うす暗い戸内に広い内庭があって、店中が寂としていた。

声をかけると、内庭の突き当りの格子戸ごしに人の気配がし、すぐにするすると格子戸が引かれ、お仕着せの若い男が内庭に現れた。

市兵衛と矢藤太が名乗り、若い男は膝に手をあて辞儀を寄こした。

「唐木市兵衛さま、宰領屋矢藤太さま、おいでなさいませ。江戸よりわざわざのお越し、お疲れさまでございました。お米さまがお待ちでございます。お米さまの住まいは離れでございますので、ご案内いたします」

と、若い男は先に立って一度前庭に出て、そこから屋敷内の木々の間を主屋の裏手へ廻って行き、そこも正木の垣根を廻らした寄棟造りの茅葺屋根の離れに、市兵衛と矢藤太を導いた。

正木の垣根が囲う離れの片開きの木戸のところに、梅の木が赤い花を咲かせていて、地味な桑染に白い竜胆文らしき裾模様をあしらった小袖に、群青色の無地の丸帯がさりげない装いの、ふくよかに肥えた年配の婦人が、梅の木の下で市兵衛と矢藤太を出迎えていた。

市兵衛は、つぶし島田にひと挿しした黒の笄が、婦人ののどかな相貌に辰巳芸者のいさみを添え、ゆったりとした佇まいには、男芸者の駒太郎から聞き、判人の久蔵から聞いた、辰巳芸者米助の面影が確かにあると、米助を前に見知っていたような気がした。

米助が軒端の梅の木に手を差しのべ、梅の蕾を摘んで口に嚙み、梅の香を口に移した仕種が、市兵衛の目に浮かんでいたのだった。

矢藤太が市兵衛にささやいた。

「市兵衛さん、あのご婦人がそうじゃないかい」

「間違いない、矢藤太。見覚えがある」

矢藤太は、え？　と訊きかえしたが、市兵衛はお米から目を離さなかった。

「お米さま、唐木市兵衛さまと宰領屋矢藤太さまを、ご案内いたしました」

若い男が三間ほどのところまできて、お米に言った。

お米は若い男に首肯（しゅこう）し、市兵衛と矢藤太に丁寧な辞儀を寄こした。

「唐木市兵衛さま、宰領屋矢藤太さま、佐々木の米でございます。ようこそお出でくださいました。一昨年、主人の弥三郎が亡くなったあと、この離れを新しく普請いたし、主屋の住まいは主人の太一夫婦に譲って、今はこちらをわが住処（すみか）といたしております。狭いところではございますが、まずは旅の荷を解かれ、お寛（くつろ）ぎくださいませ。茶を進ぜます」

それからお米は、若い男に言った。

「ご苦労さまでした。太一が生塚村から戻ってきましたら、離れにくるように伝えておくれ」

承知いたしました、と若い男は主屋へ戻って行った。

離れは鎌原の町並の北東側を流れる矢出澤沿いにあって、市兵衛と矢藤太は、垣根ごしに、矢出澤対岸の桑畑や田野、散在する集落の彼方に烏帽子（えぼし）岳の山影が眺められる、眺めのいい八畳間に通された。

二人が居並んだ正面に違い棚が設けてあり、違い棚の花活（い）けにも赤い梅の枝が活けてあった。

お米はその違い棚を背にして、二人と対座した。

　お米の器量に、目鼻だちが整いすぎて少し冷やかにすら見え、桜色のしっとりした肌理(きめ)の細かさのそこはかとない色香が、その冷やかさを溶かしてしまう、と駒太郎の言った三十年前のあのしなやかさは失われていた。

　けれどお米は、三十年の秋(とき)をへて失われたしなやかさを、歳を積み重ねてふくよかに肥えて丸みをおびた身体つきや、のどかな頬笑(ほほえ)みを絶やさない優しさによって、充分におぎなっていた。

　よい歳をとったのだなと、市兵衛はお米と向き合い、それがわかった。

　紺絣(こんがすり)を裾短(すそみじか)に着けた十二、三歳と思われる小女が、茶碗(ちゃわん)と蒸菓子を運んできた。

「どうぞ、一服して菓子をお召しあがりください」

　お米が勧め、市兵衛と矢藤太は蒸菓子を頬張り、茶を飲んだ。

「一昨年、弥三郎が他界し、その一年ほど前から寝こんでおりましたので、太一が佐々木を継いで、もう三年近くになっております。まだまだ未熟者ですが、今は太一が佐々木の主人ですから、仮令(たとえ)、太一が生まれる前の母親の事情であっても、主人の太一の許しを得たうえで、お二方にお会いすべきであろうと思い、今日までお待たせいたしました。申しわけございませんでした」

「いえ。見ず知らずのわれらがいきなりお訪ねし、このように会っていただけただけでも、ありがたく思っております」

　市兵衛は言った。

「太一は昨夜、松本のお取引先の用が終って帰って参りました。唐木さまと宰領屋さまが江戸から見られた事情を伝え、いただいた手紙を見せますと、おっ母さんの思うようにしたらいいと、自分も唐木さまと宰領屋さまにご挨拶をすると、申してくれました。今日は朝から生塚村の別店に行っており、間もなく帰って参ります。帰って参りましたら、こちらにくると思います」

「お忙しいさ中に、申しわけございません」

「いいえ。この時節は春蚕にはまだ間がございまして、今日は佐々木の休日でございます。これが春蚕とか夏蚕、秋蚕の時季が近づきますと、ずい分慌ただしくなりましてね。鎌原のこちらの店は蚕種の販売のみでございまして、業者の方々が連日お出入りなさいますし、また佐々木の手代らも、関東や奥州、また上方のお取引先へ行商の旅に出かけますので、大層な賑わいなのでございます」

「ああ、それで。商いをなさっているにしては、ずい分静かなんで、意外に思っておりました」

それは矢藤太が言った。

「生塚村の別店では、お蚕の交配と育成を行っており、お蚕は休日がございませんので、あちらの店にはお休みはございません。太一も朝から、お蚕の様子を見に行っております。と申しましても、原町や海野町のような市場町の賑わいではございませんが」

お米は市兵衛と矢藤太に見せていた笑みを真顔に変え、庭を囲う垣根ごしの矢出澤のほうへ向けた。川向こうの春の午前の田野に、鳥影が舞っていた。

「お米さま、まずはこれをお受けとりください」

市兵衛は旅の荷より袱紗(ふくさ)のひと包みをとり出し、お米の膝の前に進めた。

お米は意外そうに包みを見つめ、しばらく動かなかった。

「摂津屋の里右衛門さん、すなわち、好き者の里九さんより、おわたしするようにとお預かりいたしました。どうぞ」

お米の白い指先が、袱紗を開いた。二十五両の四包みが並んでいた。お米は白い手を桑染に竜胆文の膝へ戻し、

「これを？」

と、不思議そうに市兵衛に問いかけ、矢藤太へ向いた。

「里右衛門さんのお気持ちです。およそ三十年前の寛政九年の春でした。辰巳芸者の米助は、その一年半前より馴染みだった里九には一切わけを語らず、忽然と辰巳からも江戸からも姿を消しました。あの春、里九は三十歳、米助は六つ下の二十四歳。里九は米助を子供屋の《岩本》から落籍せ、霊岸島町の下り酒問屋の大店摂津屋里右衛門の女房に据えるつもりでした。才気あふれた商人摂津屋里右衛門が米助を女房にと決めたら、両親が芸者を女房にはと異を唱えたとしても、決めたとおりにできたはずでした。辰巳の茶屋町界隈では、里九さんと米助さんは夫婦になるよと、噂が広まっておりました。なのに、そうはならなかった。江戸からぷっつりと姿を消した米助がどこへ消えたのか、知っていたのは子供屋岩本のご亭主と女房、岩本のご亭主が亡くなる前、ご亭主から聞いた判人の久蔵さんだけでした。なんということか、米助がどこへ消えたのか、お喋り雀の多い辰巳ですら知る者が殆どいなかったのは、稀有なことでした。わたしと矢藤太は、七十代の半ばをすぎて今もご健在の久蔵さんに、米助が信州上田の蚕種商人佐々木屋の弥三郎さんに落籍され、信州へ発ったと聞いたのです」

市兵衛はお米が話し始めるのを待った。

だが、沈黙のときが流れた。

「ですが……」

と、市兵衛はまた続けた。

「米助が里九に落籍されるのではなく、江戸に商いの用できていた信州の弥三郎さんに落籍され、馴染みの里九との縁を一切断って信州へ旅だったわけは、岩本のご夫婦も久蔵さんもご存じではありませんでした。知っているのは米助ただひとりなのです。里右衛門さんは、あのとき米助に何があったのか、三十年がたった今もご存じではありません。里右衛門さんが米助を捜してくれと、わたしと矢藤太に頼まれたとき、心残りに始末をつけたいと言われました。お届けした手紙にも書きましたが、里右衛門さんは去年の冬、大病の床につかれ、病が癒えたのちも、根岸の寮で養生をなさっておられます。間違いなく、生死の境を彷徨(さまよ)われたそのことが、なぜ何が米助にあって、という疑念を生きている間に解かねばと思われたきっかけになったのです」

そのときお米は、市兵衛に穏やかな眼差(まなざ)しを向けて訊いた。

「なんのためでしょうか。遠い昔に終ったことなのに……」

「米助に世話になった、米助とすごした日々がいいときだった、と里右衛門さんはその思いを、およそ三十年の間ずっと胸の底に仕舞ってこられ、忘れたのでも捨てたのでもなく、終ってもいないからではありませんか。それがこの百両をお米さまに受けとっていただく、里右衛門さんの意味だからではありませんか」

　隣の矢藤太が、しんみりとした様子で、こくこくと頷いた。

　お米の笑みを浮かべた穏やかな眼差しが、少し赤く潤んだ。

　鋤（すき）と竹籠（かご）をかついだ夫婦者らしきお百姓風体が、矢出澤対岸の堤道を、東のほうへ通って行った。

　お米は矢出澤対岸の田園風景へ目をやり、話し始めた。

「判人の久蔵さんに連れられ、郷里の望月を出て中山道を旅し、江戸を初めて見たのは、十三歳の春でございました。仲町の岩本に身売りになって、二十四歳の春、弥三郎に落籍され江戸を出ましたから、丸々十一年、辰巳の仲町で暮らしました。九歳離れた弥三郎に落籍され江戸を発ったときは、囲い者の下女奉公の暮らしをするのだろうと、覚悟しておりました。でも、弥三郎はその折りはまだ生塚村の店が一軒だけだった佐々木屋の使用人らに、わたしを女房の米だと引き合わせたのでございます。驚いて、言葉がございませんでした。その日からわたしは、上田城下はずれの蚕種商人佐々木屋弥三郎の女房に、納まったのでございます。倅の太一が生まれ、弥三郎は心から喜んでくれました。その三年ののち、鎌原にこの店を開き、蚕種の製造は生塚村、販売は鎌原の店と分け、わたしたち一家は鎌原に住まいを移して使用人を増やし、蚕種製造販売のみならず、養蚕裁桑の技術指導にも手を広げ、佐々木屋は上田藩屈指の蚕種商人のお店になりましてね。十年前、弥三郎は生まれて初めて登城し、お殿さまより直々に名字帯刀を許され、佐々木屋の弥三郎は、佐々木弥三郎になったのでございます」

　お米はふっくらとした身体を上下させて、昂ぶりを押さえるように呼吸を繰りかえした。

「わたしを判人の久蔵さんに売った親を、恨んだことはございません。貧しい水呑百姓で、まだ下に幼い弟や妹がおりましたから、仕方なかったのでございます。郷里の望月に親はもうおりません。でも、弟は弥三郎に元手の支援を受け、親の代に失った農地をとり戻し、妹も嫁いで、みなつつがない暮らしを送っており、ありがたいことと思っております」

「では、もう里九さんとのことは、遠い昔の、お米さまが若かったころの思い出話にすぎないんでございますか」

　矢藤太が少し意外そうに言った。

「いいえ。そうではありません。決して……」

お米は言いかけながら、言葉を切り、凝っと考えた。

市兵衛はまた言った。

「芸者米助と里右衛門さんが馴染みになって、仲町では二人が夫婦者になる噂が流れていたころ、里右衛門さんにはご両親が乗り気の縁談が進んでおりました。三十歳になって身を固めない倅をご両親が心配しているのは、里右衛門さんにもわかっており、あの春、里右衛門さんはご両親に米助を会わせ、夫婦になる許しを得るおつもりでした。里右衛門さんは夫婦になる意向を米助に伝え、二人で両親のもとにと思っておられたのです。一方、ご両親は縁談に乗り気を見せない里右衛門さんには縁談の見合いを伏せ、お相手の方と偶然会ったように仕組まれたのです。里右衛門さんはそれに気づいていながら、米助にはあとで事情を話せばよいと思われ、お相手の方と春の花見のひとときをすごされました」

お米は市兵衛の言葉に、ゆっくりとひとつ頷いて見せた。

「それから三日ほど、お得意先と問屋仲間の寄合が続き、里右衛門さんがようやく辰巳へ足を向けたところ、米助はすでに他人に落籍され、辰巳から、そして江戸からも姿を消していたのです。米助が消えたのち、里右衛門さんは二度、所帯を持たれました。最初のお内儀との間に生まれた二人の子は、不運が重なって亡くされ、二度の所帯を持ったお内儀とは二度とも反りが合わず、離縁となりました。以来、里右衛門さんはずっと独り身を通してこられたのです。女房を持ち子を育て、とそういう人並みな暮らしに向いていない性分ゆえと、ご自分で申しておられました。ですから、里右衛門さんにはお内儀も子もおりません。三十九歳のときに縁者の倅を養子に迎え、摂津屋はいずれその養子が里右衛門さんの跡を継ぐことが決まっておりますが」

「お可哀想に……」

お米は、ぽつりと呟いた。そうして、その話を始めた。

「今思い出しても、辰巳で暮らした十一年は、とても長い、本途に長い、けれども果敢ない年月でした。里九さんに恋をしました。恋をしたと気づいたのは、二十二歳の秋でした。それからは、里九さんを思うと苦しいくらいに胸が躍りました。一年がまたたく間にすぎてまた秋が巡り、夢を見ているような季が流れていきました。でもそれと同時にわたしは、とてもつらく悲しい不安に苛まれておりました。わたしのような所詮は辰巳の芸者が、摂津屋の若旦那の里九さんとこのまま、胸躍る夢の季が続くはずはない。仮令、互いにどんなに慕い合っていたとしても、もしかしてこれはわたくしの勝手な思い違いにすぎず、今に何か恐しく忌まわしいことが起こりはしないかと、里九さんと逢瀬を重ねるごとに、そう思えて慄いていたのでございます」

お米は束の間ためらいを見せ、さらに続けた。

「あれは、冬がすぎた次の年の春のことでございます。深川元町のあるお店に、岩本のご亭主の使いで小童を連れて出かけ、使いの用を済ませた戻り、小名木川の高橋まできたときのことでございました。小童と川沿いの掛茶屋に入り、葭簀の陰になった縁台に腰かけ、春の小名木川ののどかな景色を眺めながら、お煎茶と甘い団子をいただいたのでした。静かな土手通りに人影は見えず、ただ鳥影が明るい昼の日中を舞い、とき折り、荷船の櫓が川面にうっとりするような音を刻みつつ、通りすぎていくばかりでございました。わたしはこれもお食べと団子の皿を小童に進め、心地のよい春のひとときを味わっていたのでございます。でもそれは、何げない偶然のひとつにすぎず、小童がそれに気づいて、あっと声を出しても、わたしはさりげない様子をくずさなかったのでございます。目の前の小名木川をさかのぼる屋根船に、里九さんと本途に可愛らしくお美しいお嬢さまがお二人で乗っておられ、楽しそうにお話を交し、お二人とも花のような笑顔を見せておられました。お二人のご様子は、溜息が出るほどとてもお似合いで、わたしはただゆっくりとお茶を飲み、通りすぎていく屋根船を茫然と見送ったのでございます。小童はわたしに気兼ねしてか、何も申しませんでした。屋根船が見えなくなり、わたしはほっとついた吐息とともに、われにかえったのでございます。そしてそのとき、わたしでは無理なのだと気づいたのでございます。大店の商人の里九さん、いえ、里右衛門さんには里右衛門さんの分があり、辰巳の芸者には芸者の分があって、その法を越えてはならないのだと、里右衛門さんとお別れするときがきたのだと……」

「た、たったそれだけで？」

矢藤太が言った。

「はい。それだけでございます。でも、それもこれもみな前の世の約束事に違いなく、里九さんとお別れするときがきたのだと諦めたとき、何か恐しく忌まわしいことが起こりそうに思えた慄きが、すっと消えたのでございます」

お米は、しずかな吐息を継いだ。

「そして、それがどなたの采配かは存じませんが、その夜、弥三郎のお座敷がかかったのでございます。次の日、弥三郎はわたしを落籍せたいと岩本のご亭主に申し入れ、わたしはそれを承知いたしました。その日のうちに、慌ただしく何もかもが決まって、翌々日のまだ暗い朝、弥三郎と信濃へと旅だったのでございます。里九さんにひと言も告げなかったのは、未練を一切断ち切らなければと思ったからでございます」

と、そこへ人がきたざわつきが、離れの表戸のほうでした。小女が寄付きに出て人を迎え、「旦那さま、いらっしゃいませ」と言うのが聞こえた。

「お客さまが、お見えだそうだね」

「あ、はい。お米さまとお部屋で……」

「そうか。では、ご挨拶をしよう」

若々しい男の声がかえされた。

「倅の太一が戻って参りました」

お米は間仕切のほうへ顔を向けていた。すっすっ、と畳を踏むすみやかな足音が近づいたのが間仕切ごしにわかった。

「おっ母さん、太一です。よろしいですか」

「お入りなさい」

間仕切の襖が静かに引かれ、紺青の着流しを黒の角帯で隙なく締め、佐々木の印半纏を着けた太一が端座していた。

「失礼いたします」

と部屋に入り、お米と並んで着座した。痩身で背が高く、細面の凜々しい顔だちが若い商人らしく、はつらつとしていた。

「唐木市兵衛さまと、宰領屋矢藤太さまです」

お米が言い、太一は畳に指の長い手をつき、市兵衛と矢藤太へ辞儀をした。

「佐々木太一でございます。ようこそ、おいでなされました」

市兵衛と矢藤太も手をついて、あらためて名乗った。

そうして手をあげたが、市兵衛も矢藤太も茫然として、すぐには次の言葉が出なかった。

「おっ母さん、それは」

太一がお米の膝の前の、二十五両の包み四つを手で差して訊ねた。

「摂津屋の里右衛門さまのお志です。唐木さまと宰領屋さまが、わざわざ届けてくださいました。ありがたく頂戴いたします」

「摂津屋の里右衛門さまが。そうなのですか。ありがとうございます」

太一が言った。

「唐木さま、宰領屋さま、太一はこの春、三十歳でございます。里右衛門さんの面影は、ございますか」

お米は明るく穏やかに頬笑んでいた。

「はい、はい。面影がございますとも。ひと目お見受けして、わわ、わかりました。ねえ、市兵衛さん」

矢藤太が慌てて言い、市兵衛も頷いた。

「里九さんの子がお腹にいると気づいたのは、上田への旅の途中でございました。申しわけないけれど、この子は産めないと思っておりました。お腹の子とともに、一緒に死のうかとも迷いました。そうしますと、弥三郎がわたしの身体に気づいて、ありがたいじゃないか、子が授かった、男子なら佐々木屋の跡継ぎだと、言ってくれたのです。太一が十六歳で佐々木屋の手代見習を始めた折り、太一に父親のことを話したのは弥三郎です。おまえには二人の父親がいる。血を分けた父親と育てた父親だ。どちらも本当の父親だと。太一の下に弟と妹がおります。弟はまだ手代ですが、いずれ太一と二人で佐々木を営んでいくことになります。妹は秋和村(あきわむら)の村役人さんの農家に、嫁ぐことが決まっております。先ほど、唐木さまと宰領屋さまをこの離れに案内した者が、弟の慶次(けいじ)でございます。兄と弟、妹とも仲が良く……」

と、明るく穏やかに頰笑みながら、お米のふっくらと肥えた頰にひと筋の涙が伝った。太一は、里右衛門譲りのきれ長な綺麗な二重の目を畳へ落とし、お米の言葉に凝っと聞き入っていた。

四

巣鴨町下組の往来から小石川五軒町の、町木戸のある小路へ曲がって四半町ほど行った二階長屋の路地の入口角に、泥鰌(どじよう)を食わせる小店があった。

そこの亭主と蓮蔵は、偶然、古い顔馴染みだった。

蓮蔵はその亭主に頼んで、店の背戸口の隙間から、路地奥の二階長屋の一軒を見張っていた。むろん亭主は、蓮蔵が町方の御用聞の下っ引を務めていることを知っている。

その日の昼下がり、池之端仲町の掛茶屋で御数寄屋町の芸者屋《桜井》の芸者お左久を見張っていた蓮蔵と蓮蔵の弟分の八吉(やきち)は、お左久が、お座敷にあがる艶(あで)やかな装いではなく、目だたない黄枯茶に黒紺の半幅帯を締め、小さな風呂敷包をさりげなく抱え、まるで中働きの女が主人の使いに出かけるかのような素振りで、いそいそと出かけるあとをこっそりと追った。

お左久は、湯島の切通町から切通の急な坂を本郷へ上り、本郷通りの追分を板橋宿のほうへとって、巣鴨町下組の町家を抜け、小石川五軒町の二階長屋の一軒に消えたのだった。

「あの店の住人は誰だい」

と、蓮蔵は泥鰌屋の亭主に訊ねた。

「ああ、あれは薬売りの行商の増右衛門だ。家主の話じゃあ、去年の冬、越中から越してきて江戸で薬屋を開くつもりらしい。年は確か三十四、五だ。今はまだ仮人別だが、往来切手も持っているんで、別に怪しい男じゃねえぜ」

「増右衛門はいるのかい」

「朝、行商に出かけて、まだ戻ってねえ」

亭主は言った。

歳は三十四、五？　物真似の柳五郎は三十一だ。けど、それぐらいの年の差は、大した違いじゃねえ。去年の冬に越してきたなら、下谷山崎町の捕物のあったころだ。こいつは絶対怪しいぜ。

蓮蔵の勘が働いた。

「八吉、渋井の旦那と助弥親分にこの場所を知らせるんだ。お左久が入ったあの店が怪しい。まるでてめえの住まいみてえに入りやがった。お左久はあの店の女房気どりじゃねえか。行商の増右衛門が物真似の柳五郎に違いねえとな。おれはここで、増右衛門が戻ってくるのを見張ってる」

「合点だ」

八吉が走って行きかけるのを、

「走るんじゃねえ」

と、蓮蔵は止めた。

八吉が知らせに行って、二刻（約四時間）近くがたった夕方の七ツ半（午後五時頃）、まだ青い薄暮の東の空に、透きとおったような白い満月が、巣鴨町下組の町家の屋根よりも高くかかったのだった。

渋井と助弥が、知らせに行った八吉とともに泥鰌屋に着いたのは、それからほどなくだった。

「旦那、親分、お待ちしておりやした」

蓮蔵が、背戸口の隙間から首をひねって言った。

「おう、蓮蔵。ご苦労だった。とうとう見つけたな。お手柄だぜ」

渋井は蓮蔵の後ろに立ち、路地奥の二階長屋を見遣った。

「路地の左手の、奥から二軒目の二階家です。さっき行灯に火が入って、障子戸に明かりが射しやした」

「ああ、あの店か。こんなところにひそんでいやがったか」

「蓮蔵、おれにも見せろ」

助弥が蓮蔵の肩に覆いかぶさり、隙間をのぞきこんだ。

「重いよ、親分。それに汗をかいてべとべとしてますぜ」

「そうかい。蓮蔵をひとりにしといちゃならねえと、旦那と急いできたんでな」

「柳五郎は、まだ戻っちゃいねえんだな」

渋井が長屋を見ながら訊いた。

「へい。お左久は店にひとりでやす。柳五郎はまだ戻っちゃおりやせん。けど旦那、薬屋の増右衛門が物真似の柳五郎かどうか、まだ確かじゃあありやせんぜ。第一あっしは、柳五郎の面を知りやせんし」

「わかってる。おれも助弥も、柳五郎の面を知らねえのは同じだ。だが、お左久と柳五郎はまだ続いてる。先だっての訊きこみで、間違いねえと確信できた。お左久は桜井の抱えだが、自分稼ぎの芸者だ。好きにお座敷を休んで、柳五郎とここで会っていやがったんだ。それも今夜までだ。物真似の柳五郎の面を、じっくり拝ませてもらうぜ」

「去年の山崎町の失態を、ここでとりかえしやしょう」

助弥が意気ごむと、蓮蔵が不安そうに言った。

「あの旦那、この人数で大丈夫でやすか。物真似の柳五郎は、始末人を請ける凄腕ですぜ。やつが長どすをふり廻して暴れたら、ちょっと厄介じゃあ。それに手下がいたら、逆にこっちに怪我人が出るんじゃありやせんか」

「わかってるよ。踏みこむのは、奉行所の捕り方が着くのを待ってからだ。けどな、捕り方が到着する前にやつが動き出したら、この人数でやるしかねえんだ。腹を据えてろ」

へい、と蓮蔵とまだ若く痩せっぽちの八吉が武者震いをした。

渋井は、こちらも怯えを隠さない年配の泥鰌屋の亭主に向いた。

「あんたがここの亭主だな」

「七助でございます」

「そうかい。七助さん、御用の事情はわかってるな。済まねえが、しばらくここを借りるぜ。今に捕物が始まるのは間違いねえ。いいかい。落ち着いて、あわてず騒がず普段のまま自身番へ行って、当番にここへくるように伝えてくれ。町内を騒がすことになりそうなんで、事情を説明する。町奉行所へ知らせ、捕り方の出役の要請を店番に頼みてえことと、自身番からも人手を借りてえと、騒がないようにそっと伝えるんだ。それとな、得物の六尺棒を四、五本借りてきてくれ。うちの若いのが素手じゃあ、捕物にならねえ」

「あの、町内の夜廻りの鉄杖か。役にたちそうだ。そいつも借りるぜ。捕物が始まったら、あんたが使うんだ」

ええ、と七助は驚いた。

満月が東の空にだいぶ高くなった刻限、根岸の下り酒問屋摂津屋の寮に、市兵衛と矢藤太はいた。

十畳の座敷は縁側の明障子が引き開けられ、広い庭の一角に繁る真竹の藪、ひばやたぶや杉の常磐木、また別の一角を占める、もう若葉が芽吹いているかしわやもみじの樹林が、紺青の夜空にかかった真っ白な満月の下で、墨色の影に隈どられているばかりだった。

市兵衛と矢藤太が初めて寮を訪ねた折り、通りの先から目印にした、赤芽もちの生垣の側の、こぶしの木の白い花はすでに散っていた。

市兵衛と矢藤太は、その日の八ツ半（午後三時頃）ごろに、という里右衛門の意向に沿い、この根岸の寮を訪ね、明障子を開け放った縁側ごしに、手入れのいき届いた庭を眺める十畳の座敷で、里右衛門と向き合ったのだった。

そして、先月末に江戸を発ち、つい一昨日信州上田より戻った旅の首尾を、里右衛門に語って聞かせた。

その日の里右衛門は、まだ昼間のわずかに赤みがかった光に溶け合うような琥珀（こはく）の無地を着流し、鳶色の小倉帯をゆったりと締めていた。

市兵衛が旅の首尾を語る間、里右衛門はひと言も口を挟まなかった。

膝に手をそろえて、凝っと聞き入っていた。

とき折り、傍らの莨盆（たばこ）の銀煙管（ギセル）を手にし、莨をひと息か二息吹かすだけで、物憂げに莨盆へ戻した。

わずかひと月ほどだが、先月、初めてこの寮を訪ねたときより、里右衛門の髷（まげ）に増えた白髪や、長身ゆえのほっそりとした身体つきが目だった。

夕方になって、庭の木々を飛び交う小鳥の声が騒がしくなったころ、寮の留守番に住みこみで雇われている年配の夫婦者の男が、縁側に現れ声をかけた。

「旦那さま、明かりをお持ちしました」

「うむ。頼むよ」

上田の話に聞き入っていた里右衛門は、ふっと顔を庭へやった。

細縞の長着を着流した年配の男が二灯の行灯を運び入れ、座敷が急に明るく感じられた。

「少し冷えて参りましたが、障子戸はこのままでよろしゅうございますか」

男が訊ねた。

「わたしはとても気持ちがよいので、これでかまわないが、唐木さん、宰領屋さんはいかがでございますか」

里右衛門が、やわらかな頬笑みを市兵衛と矢藤太に戻した。

「お気遣いありがとうございます。あたしもこのままで、結構でございます。市兵衛さんはどうだい」

「夕方の空に満月が上り、いい眺めです。障子戸は閉(た)てずにおきましょう」

市兵衛は頬笑みを里右衛門にかえした。

「作次郎(さくじろう)、そろそろ膳の支度を頼む。大体の話は済んだから、これからはお客さまと月を愛でながら、酒と料理を楽しむことにする」

　里右衛門が作次郎に指示し、

「はい。料理はもう届いておりますので、ただ今お運びいたします」

と、作次郎は退って行った。

　それから三人は、庭の木々より高く、まだ昼の名残りを留めた青い夕方の空にかかった、透きとおったように淡く白い満月をうっとりと眺めた。

　ほどなく、作次郎と女房の二人が膳とそれぞれの提子と杯を運んできた。

　膳は一の膳と二の膳があって、一の膳は、あさりと千葉の汁、あかがいに鮒の焼頭のおろし、わさび、九年母の鱠、こうなごと鮪の刺身、雁を叩いて丸め、革茸とくわいの麩を甘煮にした煮物。二の膳は、雁と芹を油で煎った熬物、はたしろ、ふきのとうの吸物、鱈の焼肴に味噌の漬物であった。

「先日、三ノ輪に案外に美味い物がいただける料理屋をみつけましてね。今宵はこれにいたしました。さあ、唐木さん、宰領屋さん、杯をとってください。ささやかな宴を始めましょう」

　里右衛門は提子の燗酒を杯に注ぎ、ゆっくりだがひと息に乾した。そうして、庭の木々から次第に離れていく月を黙然と眺め、二度、三度と杯を重ねた。

市兵衛と矢藤太も、続いて杯をあげた。

木々の間の小鳥の騒ぎが、いつの間にか消え、月見の庭は寂（しん）としている。

三度杯を重ねてから、里右衛門は言った。

「そうでしたか。米助は倅を生みましたか。めでたい。まことにめでたい。米助が上田城下の佐々木のお内儀になり、倅を産み、倅は父親亡きあとの佐々木を継ぎ、お店を継いだ倅を見守る母親の米助の、ふっくらと肥えた幸せそうな姿が思い浮かんで、わたしも幸せな気分になります。唐木さんと宰領屋さんにお頼みしてよかった。礼を申します」

市兵衛と矢藤太も、神妙に頭を垂れた。

「前にも申しました。わたしには妻にしようと決めた女が三人おりました。十七歳のときのお高、二十五歳のときのおは津、そして三十歳のときの米助です。ですが三人とも、わけを告げずわたしの前から姿を消したとき、なぜだと、苦しみました。わたしは何を間違えたのだと。そののち、二人の妻を迎えました。申しわけないが、二人の妻を愛おしいと思ったことはありません。二人の妻と離縁したのちは、二度と妻を迎える気にはならなかった。わたしには摂津屋を継ぐ倅はおりません。ですが、養子が継げば摂津屋は残る。それでいいのです」

里右衛門は料理にほんの少し箸をつけ、さらに杯をあげた。

「お高もおは津も、そして米助も、糾(あざな)える縄のごとくに生きていたのですね。人はみなそうなのだと、つくづく思います。唐木さまと矢藤太さまに、わが胸中の開かずの間を開いていただいて、ここの閊(つか)えがやっと消えました」

と、里右衛門はうすくなった胸に手をあてた。

「もうあの三人の女を、胸苦しさとともに思い出すことはありません。むしろこれからは、若き日の切ない歓びとともに、しみじみと懐かしむことができます。自分があとどれほど生きられるかわかりません。ですが今少し、前を向いて生きていけそうな、勇気が湧いてきました」

里右衛門は、いつしか漆黒(しっこく)に塗り籠(こ)められた夜空に耀(かがや)く、孤独で寂しげな白く美しい月を見あげて杯を乾した。

五

同じ日の夕刻、千手街道小塚原町の一膳飯屋の片隅で、物真似の柳五郎と手下の軍次(ぐんじ)、素浪人の笠木平馬(かさぎへいま)の三人が、煮物と田楽、雁にくわいや松茸(まつたけ)三つ葉の鍋を肴に、どんぶり飯をがつがつと頬張り、口一杯の食物を銚釐(ちろり)の燗酒で肚(はら)へ流しこんでいた。

店頭の街道はまだ明るく、一膳飯屋に客は混んでいなかった。

年配の亭主が竈(かまど)にかけた大鍋の蓋(ふた)をとって、湯気にくるまれて煮物の具合を確かめ、女房らしき年配の女が調理場で大根を刻んでいる。

柳五郎ら三人は何も言葉を交わさず、丼や小鉢、碗(わん)や皿に箸を動かし、黙々と酒をあおり続けていた。

飯屋の縁台に腰かけた三人の傍らには、それぞれ、縞や紺の半合羽(がっぱ)に菅笠(すげがさ)をおき、笠木平馬は黒鞘(くろざや)の大刀、柳五郎と軍次は、茣蓙(ござ)でくるんだ長脇差らしき得物をその上に寝かせていた。

三人の様子は、長旅の末に千住宿に着いてようやく空腹を満たしているようにも、長旅の荷物が見えないので、これからどこか、そう遠くではない場所へ出かける途中の腹ごしらえのようにも見えた。

ほどなく、水玉の手拭で頬かむりをし、紺木綿を尻端折り(しりはしょり)に黒股引(ももひき)の弁次郎が、一膳飯屋の縄暖簾(なわのれん)を払って店に入ってきた。

「おいでなさい」

竈の前の亭主が声をかけ、女房が調理場から顔を出した。

「おう、酒を頼む。それと煮物だ。連れだ」

と、弁次郎は縁台の三人を差して女房に言い、小腰をかがめてひょいひょいと三人の側へ行った。

弁次郎は三人へにやにやと愛想笑いを見せ、軍次の隣の縁台の端に、腰をちょこんと引っかけるように乗せた。

柳五郎は弁次郎へひとつ頷き、すぐに飯の続きに戻った。

軍次と笠木平馬は弁次郎に見向きもしなかった。

飯屋の女房が、銚釐の酒と煮物の角盆を運んできた。

「喉が渇きやしたんで、まずは一杯、いただきやす」

銚釐をとろうとすると、笠木平馬が先に黒い大きな手で銚釐の柄をつかみ、ほれ、との太い声で弁次郎に差した。

「あ、畏れ入りやす」

弁次郎は慌てて杯をあげ、平馬の酌を受けた。勢いよく杯をあおると、柳五郎が酒で食物を流しこみ、ひと息ついた。

「どうだった」

「生憎（あいにく）今日は、昼間っから客が二人おりやす。夕方になって、仕出屋の料理が届いて、酒宴を始めやした。しばらく引きあげそうにはありやせん」

柳五郎は黙って考えた。軍次と平馬も飯を食い終り、酒を始めていた。

「どうしやすか」

弁次郎が言った。

「酒宴のあとは寝つきが早い。客が引きあげたころを見計らって、さっさと片づける。今夜やるぜ。弁次郎、あの辺に不動尊があったな」

「ありやす。あの辺では御行（おぎょう）の松の枝ぶりが評判の不動尊でやす」

「御堂の中には入れるかい」

「そりゃあもう。お参りは勝手でやすから」

「よかろう。おれたちは御堂にもぐりこみ、ころ合いまでひと眠りして待つ。おめえは寮を見張って、客が帰るのを確かめてから、知らせにくるんだ。里右衛門と寮番の夫婦はおれたちが始末する。おめえは寮の周りを見張って、もしも人がきたら、教えた通りに犬の遠吠（とおぼ）えを真似て知らせろ。いいな」

「しょ、承知しやした」

「弁次郎。見張りは肝心だぜ。抜かるなよ」

軍次がむっつりとした声で言った。弁次郎は煮物の鉢にかぶりつきながら、

「ま、任せてくだせえ」

と、頬かむりの下から目を剝いた。

新しい客が入ってきたのを潮に、四人は一膳飯屋を出た。

四人は牛頭天王社の社前をすぎ、下谷通新町の往来を横切って、人目につかぬよう、屋代村の百姓地の田のくろ道をとった。

道案内で先を行く弁次郎より半町ほど遅れてやってくる、菅笠に半合羽をまとった三体の人影の、その東方の暮れなずむ宵の空に、透き通った白い満月がはや高々と上っていた。

その月明かりに青く照らされた三体の人影は、冥土から遣わされた死神の使いに見えた。

弁次郎は背筋を冷たい風に撫でられ、武者震いをした。

夜の五ツ（午後八時頃）すぎ、満月は天高く上って、そろそろ引きあげる刻限だった。

「馳走に相なり、よい刻限になりました。われらはこれにてお暇いたします」

「今宵はありがとうございました」

市兵衛と矢藤太は言った。

「いえ。わたしこそ、楽しいひとときをすごさせていただきました。唐木さんと宰領屋さんのお陰で、わが胸の鬱屈が解け、まことにのびやかな気持ちです。この様子ですと、昔の活力をとり戻せそうな気がします。こちらにはまだ少しおりますので、次は仕事を離れ、お二人でぜひ遊びにきてください。そうだ。近々、宗秀先生に往診をお願いいたしますので、その折り、お二方にもきていただいて、今度は四人で宴の膳を囲みましょう。そうそう、宴には三ノ輪の芸者を呼びましょう。場末の町芸者ですが、お百姓衆のおかみさんたちが百姓仕事の合間にお座敷に出ており、おかみさんたちがみな案外に芸達者で楽しいと聞いております。次はそのような趣向で」

「三ノ輪のお百姓衆のおかみさんたちの町芸者ですか。そいつは愉快だ。やりましょうやりましょう。ねえ市兵衛さん」

「楽しそうですね」

三人は次の宴の話で、またひとしきり盛りあがった。

手土産に下谷広小路の京菓子の、五色おこしの木箱が用意されていた。

寮の木戸門まで見送りに出た作次郎と女房の二人が、市兵衛と矢藤太を見送りつつも、月明かりの降るおぼろな通りの前後をなんとはなしに気にかけた。

「どうかしたのですか」

市兵衛が作次郎に訊ねると、

「夕方ごろから、この通りをうろついている者がおります。気にかけるほどのことではございませんが、さっきも通りがかったのを見かけました。ご近所の方ではございませんし、近在のお百姓衆にも見えませんので、誰だろうと思っただけでございます。なあ」

作次郎が言って、ええ、と女房が相槌を打った。

「たぶん、物乞いだろうと思うのですが。どうぞ、お気をつけて」

市兵衛と矢藤太は、西蔵院の土塀に沿って下谷御箪笥町、下谷坂本町をへて山下の往来をとった。

青白い月明かりが、上野山内の寺院の屋根屋根や鬱蒼とした樹林を、昼間の荘厳さとは異なる謎めいた神秘の景色に照らし出していた。

下谷を抜け、仁王門前の忍川に架かる三橋を渡って、すでに賑わいの消えた下谷広小路まできたときだった。

「矢藤太、気になる。済まないが、ここで別れよう。先に帰ってくれ。明日、《宰領屋》に顔を出す」

不意に市兵衛が歩みを止めて言った。

矢藤太が戸惑い、市兵衛を見かえった。

「な、なんだい、いきなり。この夜ふけにどこへ行くんだい」

「さっきの作次郎さんの話が、気になるのだ。戻って寮の様子を見に行く。外から見て何事もないとわかれば、声をかけずに引きかえす。念のため確かめに行くだけだ。済まない。明日また」

袖をひるがえし戻りかけた市兵衛に、矢藤太がすぐに肩を並べた。

「ひとりで帰るのはご免だ。おれも行くぜ、市兵衛さん。作次郎さんの話は、おれも気になってたんだ。市兵衛さんもおれも気になった。こういうときは、無駄でも見に行かなきゃあ、家に帰っても眠れねえよ」

「そうか。なら行こう」

と、二人は三橋を足早に渡った。

そうして、きた道を戻った。

西蔵院と根岸の家並を隔てる通りに、月明かりが青白く射していた。

市兵衛と矢藤太の影が、通りにくっきりと落ちていた。

摂津屋の寮まで、二十数間ほどのところにきたときだった。西蔵院の土塀の影に蹲（うずくま）っている黒い塊が見えた。

「市兵衛さん、あれを……」

矢藤太がささやき、市兵衛は頷いた。

むろん、さっきはそんな塊はなかった。

塊は凝っと動かず、摂津屋の寮のほうをうかがっているかに思われた。

自ずから歩みを忍ばせ、塊に近づいた。

やがて、黒い塊のように蹲っている人影と見分けられた。

頬かむりの手拭が、ぼんやりと白く見えた。

人影は、すぐ後ろに市兵衛が近づいても気づかなかった。

「おぬし」

市兵衛がそっと声をかけた。

人影はひいっと呼気を発し跳ね上がって、ふりかえった。

「あっ、野郎」

と、いきなり懐（ふところ）の匕首（あいくち）を引き抜いた途端、市兵衛は男の匕首をかざした手首をむずとつかみ、土塀側にひねった。

「痛てて」

男は足搔（あが）いた。

だが、すぐに何かに気づいたかのように、手首をひねられた恰好（かっこう）のまま、犬の遠吠えを始めた。

うおおお……

と、矢藤太の見舞った拳が頰かむりの手拭を跳ね飛ばし、男は仰（あお）のけに背中を土塀へぶつけ、土塀に凭（もた）れたままずるずるとすべり落ちていった。

「仲間に知らせるつもりだな。そうはいかねえぜ」

気を失いぐったりと坐（すわ）りこんだ弁次郎を見おろし、矢藤太が言った。

弁次郎がほんの一瞬、犬の遠吠えを満月に向かって真似たが、物真似の柳五郎と手下の軍次、浪人の笠木平馬は、それを弁次郎の合図とは気づかなかった。

柳五郎ら三人は、寮の東向きの庭側から侵入し、里右衛門の寝間に忍びこんで、里右衛門が目覚めぬ間に寝首を搔く肚だった。

　もしも里右衛門や寮番の夫婦が目を覚まして声をあげたら、三人の始末を一気に強行し、周辺の住人が声や物音を聞きつけ騒ぎ出す前に速やかに逃走を図る、という段どりをたてていた。

　寮の部屋の配置、里右衛門の居室を兼ねた寝間、寮番夫婦の部屋は、弁次郎が亀松に確かめ、充分にわかっていた。

　満月の月明かりと石燈籠の小さな灯が、庭に忍びこんだ三人の足下(あしもと)をくっきりと照らし出していた。柳五郎が軍次郎に頷きかけ、軍次郎は縁側の雨戸の一枚を小さく震わせてから、そっと外した。

　月明かりが縁側と明障子に射した。

　寝静まった屋内は物音ひとつしなかった。

　月の光が射した明障子の部屋は、夜の五ツすぎまで里右衛門が客と酒宴の膳を囲んでいた客座敷である。縁側奥の客座敷と間仕切した隣の部屋が、里右衛門の居室を兼ねた寝間で、寝間の明障子も閉ててある。

　縁側のさらに奥は厠(かわや)へと通じている。

　平馬と軍次は、縁側から奥へ進んで寝間の明障子を引き開け進入し、柳五郎は客座敷の間仕切側から押し入る、と手順を決めていた。

一瞬、弁次郎の犬の遠吠えが聞こえたのは、縁側に上がったときだった。

柳五郎は訝ったものの、違うな、と思い直した。

平馬と軍次に行けと顎をしゃくって見せ、二人は縁側に忍び足を進めた。

柳五郎は客座敷に入り、間仕切の襖をそっと二、三寸引いた。

月明かりに慣れた目に寝間は暗く、何も見えなかった。

さらに間仕切を引き開け、聞き耳をたてて里右衛門の寝息を確かめた。

しかし、それも定かではなかった。

敷き延べた布団だけが、ただぼうっと見えた。

すると、寝間の縁側に閉てた明障子が静かに引かれ、平馬と軍次の影が縁側の暗がりに浮かんだ。

柳五郎は、ここまできたら終ったも同然だと思った。

寝間に忍び入りながら、長脇差を抜いた。

平馬と軍次の影も里右衛門の布団を囲むように入ってくる。

布団にくるまった里右衛門の影が見え、寝息がようやく聞こえた。

お気楽に眠っていやがる、このまま逝かせてやるぜ、と思った。

と、ふとなぜか柳五郎は、里右衛門に間違いないか、念のために確かめる気になった。

ここまでくれば、それぐらいは須臾の間にすぎなかった。

「おい、起きろ。里右衛門……」

柳五郎は里右衛門の影に顔を近づけ、低く言った。

里右衛門の寝息が止み目を見開いたのが、暗がりの中にほんのかすかに撥ねかえした眼差しの光でわかった。

眼差しの中の光が、柳五郎を見あげた。

「間違いねえな。命を貰うぜ」

柳五郎は里右衛門の口を塞ぎ、長脇差をかざした。

一陣の冷たい風が客座敷のほうから柳五郎の首筋に、ひゅん、と吹きつけたのはそのときだった。

うん？　と柳五郎は思わず見かえった。

その一瞬の間が遅れ、柳五郎は客座敷より踏みこんだ市兵衛の一撃に菅笠を割られ、こめかみと頰へ浴びた一閃を防げなかった。

咄嗟に柳五郎は仰け反って寝間の一角へ転がり、追い打ちを逃れた。

「里右衛門さん、逃げろ」

市兵衛が叫んだ。

里右衛門が布団を跳ね上げ転がり逃げた。

軍次と平馬は、その一瞬の事態に意表を突かれた。

すかさず、市兵衛は軍次の影へ一刀を突き入れた。

軍次は得物を落とし、あっぷ、あっぷ、と喘いだ。

「おのれが」

怒声を放ち、市兵衛に打ちかかる平馬に、市兵衛は軍次を貫いたまま平馬との間に軍次の身体を入れるように廻りこんだ。

そのため、平馬の一撃が鈍った一瞬、軍次の肚から刀を引き抜き様、かえす刀で平馬の左肩を打った。

骨がくだけ、肉が引き裂かれた。

平馬の絶叫と血飛沫の吹く音が、寝間の暗がりを震わせた。

首筋に打ちこんだまま撫で斬りにすると、平馬は刀をがらりと落とし、首筋を押さえて両膝から崩れ落ち苦悶した。

一方の軍次は腹を抱えて縁側へ後退り、雨戸にぶつかり雨戸ごと庭へ転落して行った。

青白い月明かりが、暗い寝間に身悶(みもだ)えする平馬に射した。

だがそのとき、柳五郎の姿は寝間から消えていた。

寮番夫婦の喚声と悲鳴が台所のほうから聞こえ、勝手口から飛び出していく足音が続いた。

「市兵衛さん」

庭へ駆けこんできた矢藤太が叫んだ。

「矢藤太、里右衛門さんを頼む。賊がひとり逃げた。賊を追う」

「承知だ」

市兵衛は茫然として坐りこんだ里右衛門に、

「のちほど」

と言い残し、台所のほうへ走った。

寮番の夫婦が開いたままの勝手口を指差し、勝手口を飛び出すと、寮の垣根の裏木戸から走り出て行く柳五郎の後ろ姿を一瞬認めた。

柳五郎の後ろ姿は、垣根や板塀に囲われた家々が並ぶ根岸の往来をひとつ二つと曲がり、石神井川に架かる橋が見える通りに出た。

石神井川の対岸は百姓町の茅葺屋根がつらなり、その先に金杉村新田の田地が月光の下に広がっていた。

けれども、柳五郎は足を痛めたらしく、全力では走れなかった。

見る見る市兵衛は柳五郎の背後に迫って行った。

柳五郎が手摺のない板橋に差しかかったところで、市兵衛が追いついた。

「逃がさん。名乗れ」

市兵衛が上段にとって言った。

「てめえ、死にてえか」

柳五郎は背後に迫った市兵衛へ、ふり向き様の一撃をぶうんと放った。

市兵衛はそれを撥ね上げ、即座に袈裟懸(けさがけ)を浴びせかえした。

柳五郎は市兵衛の袈裟懸を防ぎ、斬りかえした。

市兵衛は斬りかえしを躱(かわ)して空を打たせ、間断なく斬り上げ斬り下ろした。

柳五郎は市兵衛の鋭い刃(やいば)を打ち払い打ちかえしつつも、市兵衛の激しい攻勢に一歩一歩と後退を余儀なくされた。

痛めた足が、柳五郎の反撃を鈍らせた。

橋上で三合四合五合と斬り結ぶ市兵衛と柳五郎に、月光が降りそそいだ。

だが、六合目が火花を散らしたその刹那(せつな)、市兵衛の切先が柳五郎の左腕を血飛沫とともに撥ね、苦渋の絶叫を甲走らせた柳五郎は身をよじり片膝をついた。

「これまでだ」

市兵衛が肉薄した。

「こきゃあがれ」

柳五郎はひと声投げるや否(いな)や、夜空へ飛び立つ鳥のように半合羽を羽ばたかせて、月明かりを反射して銀色に輝く石神井川へ身を躍らせたのだった。

六

柳五郎は痛めた足を引き摺りつつ、感応寺(かんのうじ)わきの芋坂(いもざか)を懸命に上った。着衣も縞の半合羽も濡(ぬ)れ鼠(ねずみ)で、夜道に雫(しずく)を垂らしていたが、夜陰にまぎれたこの刻限、傍(はた)からそれはわからない。

満月は夜空にだいぶ高く上って、皓々(こうこう)と照らす月明かりが邪魔だった。

それでも夜道に人通りは途絶えていたし、家並の軒下や塀や樹木の陰に身を物乞いのようにひそめながら行けば、仮令(たとえ)、人と出会ったとしても、向こうのほうがうす気味悪がって、柳五郎を避けた。

こめかみと頰の疵（きず）は浅手だった。

だが、左腕の傷は血が止まらず、濡れ鼠の着衣と半合羽の裾から滴（したた）る雫に血が混じった。

菅笠は石神井川に飛びこんだときに失（な）くした。

濡れた手拭を頰かむりにし、顔を隠した。

長脇差は半合羽の下に隠し、腕にくるんで抱えていた。

柳五郎の気配に目を覚ました道端の店の犬が吠え、だいぶ離れても吠え続けていた。

「馬鹿犬が」

柳五郎は毒づいた。

芋坂から感応寺門前をすぎ、長い三崎（さんさき）坂を下った。

藍染（あいぞめ）川の板橋を渡って千駄木（せんだぎ）町の団子（だんご）坂を上り、四軒寺（しけんでら）町をすぎ、白山前（はくさんまえ）町と駒込片（こまごめかた）町の辻を巣鴨のほうへ折れた。

辻番や自身番の番人に見咎（みとが）められないよう、なるべく遠廻りをした。

一度、酒井家の下屋敷の辻番に見咎められたが、足を殊更に引き摺って見せ、物乞いの真似をすると、しっしっと追い払われた。

巣鴨町下組の稲荷横町へ折れたのは、四ツ半（午後一一時頃）をすぎたころだった。

ここまでくれば、と柳五郎は思った。

寝静まった町内の路地から路地へと行くのに、月明かりだけで充分だった。

やがて、柳五郎は小石川五軒町の町木戸の木戸番小屋がある通りへ入った。

町木戸はあっても、ひと晩中、閉じられることはない。

四半町ほど通りを行き、泥鰌屋の角を二階長屋がつらなる路地に折れた。

長屋の奥から二軒目の、板戸を半分閉じ、腰高障子に明かりが射している戸を引き開けた。

寄付き奥の茶の間で、お左久が行灯の明かりを頼りに繕い物をしていた。

「戻ったぜ、お左久」

柳五郎は倒れそうになるのを堪（こら）え、寄付きの上がり端にどんと腰かけた。

「あ、あんたっ」

お左久が茶の間から寄付きに走り寄り、柳五郎の肩に手を添えると、半合羽がじっとりと湿っているのに驚いた。

「どうしたの。濡れてるじゃないの」

「くそ、縮尻(しくじ)った。脱がしてくれ」

柳五郎が頰かむりの手拭をとり、ざんばら髪の下のこめかみと頰に赤い疵が走った顔を歪めた。

「大変。疵が……」

お左久は狼狽(うろた)えながらも、半合羽を脱がせ、それから跣(はだし)で土間に降り、柳五郎の草鞋(わらじ)の紐(ひも)を解いてやった。

柳五郎のだらりと垂らした左手に血が伝っているのを見つけ、慄(おのの)いた。

「あれえ、どうしよう」

「大したことはねえ。まずは着替えてえ。ずっと濡れ鼠だったんだ。傷の手当も頼むぜ」

柳五郎は頰かむりの手拭で左腕の疵を蔽(おお)い、足を引き摺り茶の間へ行きながら濡れた着衣も腹巻も下帯もとって全裸になった。

茶の間の行灯の側に胡坐(あぐら)をかき、安堵(あんど)の吐息をついた。

箱火鉢の炭火が、冷えた身体を暖めた。

お左久は表戸の板戸を閉て、柳五郎が脱ぎ捨てた血だらけの衣類を拾い、勝手の隅に丸めた。

それから、疵の手当の晒と着替え用の着物や下帯を用意した。

四半刻後、左腕の疵を晒でぐるぐる巻にした柳五郎は、下帯も腹巻も新しく替え、紺木綿を尻端折りにして角帯で締め、手甲脚絆に黒足袋をつけた旅装束に変えていた。

そうして、お左久が拵えたにぎり飯に喰らいついていた。

お左久は狼狽を隠さなかった。

それでも薬売りの行商の旅支度を手伝った。

長脇差は筵にくるみ、背に担ぐ荷物の柳行李にくくりつけた。

「心配すんな。おれはこいつを食ったらすぐにここを出る。役人がきたら、おめえは御数寄屋町の桜井の芸者で、何も知らず、薬売りの行商の増右衛門と馴染みになって、昼間からこの店を訪ねてきて増右衛門の帰りを待っているだけだと、別に約束してたわけじゃねえし、帰ってこなけりゃあ明日朝帰るしかありませんよと、わざとらしく困ったふりをして言い通せばいいんだ。役人はおめえには手を出せねえから、大丈夫だ。いいな」

お左久は、不安そうに眉をひそめて頷いた。

「でだ。おれはこれから岩淵へ廻って、岩淵から川口宿へ渡る。川口宿に矢太助と言う宿場女郎衆の防ぎ役の世話になる。おめえは桜井に戻り、普段通りすごして四、五日たったら、旅支度はせず、ちょいと近所へ使いに行くみてえにそこへこい。往来切手はなんとでもなるし、矢太助の店で旅支度はできる。そっからおれとおめえは、新しい名前の芸人夫婦で旅に出るんだ」

「え、旅芸人になるのかい」

「そうだ。おれは物真似、おめえは三味線だ。おれとおめえなら、間違えなく稼げるぜ」

「ずっとかい」

「ずっとじゃねえ。だが三年は、諸国を廻るつもりだ。おれはな、一度、蝦夷(えぞ)の松前(まつまえ)へ行ってみてえと思っていたのさ。松前へ行って、それから北前船で大坂まで船旅をして、大坂で三年がたつのを待つってのはどうだい。面白そうだろう」

「三年たったら、江戸へ帰ってくるのかい」

お左久が浮かぬ顔で言ったとき、店の板戸を叩く音がした。

二人は目を見開き、音のするほうへ向いた。

「ちきしょう。もうきやがったか」

「どうすんの」

お左久はうろたえた。

途端、柳五郎は新しい手拭を頰かむりに、痛みを堪えながら柳行李を背に担いで素早く草鞋をつけた。

「わかったな。役人に訊かれたら今言ったように答えて、ときを稼げ。川口宿の矢太助だぜ。忘れんな。行け」

お左久が寄付きに行き、表の板戸を叩く相手へおずおずと質した。

「は、はい。どなた」

「番屋の者です。こちらの増右衛門さんに町方のお呼び出しです。増右衛門さんはおりますか」

「増右衛門さんは、まだ戻っていません。あ、あたしは増右衛門さんの知り合いで、増右衛門さんを待っていただけなんですけど」

するると、板戸を叩く音が急に強くなった。

「どなたか存じませんが、ちょいと開けていただけませんか。ご近所迷惑なんで乱暴なことはしたくないんですよ。町方のお呼び出しなんです」

お左久は震えあがって、慌てて板戸を開けた。

すると、数灯の自身番の提灯が煌々(こうこう)とお左久を照らし、捕物道具を携えた黒い人影が何人も路地を塞いでいた。

その二階長屋は、表戸とは反対側に狭いが勝手の土間があって、勝手口から長屋の裏手に出て、町木戸のある通りとは反対側に入り組んだ裏店の路地へ、野良猫ぐらいしか通らない店と店の隙間を二つ曲がって出ることができた。

柳五郎は、身体を斜にして隙間を抜けながら思った。

いくらなんでも町方のくるのが早すぎるぜ。

もしかして、お左久を町方が見張っていやがったのか。

そうならこいつは拙いことになった。

お左久は捨てるしかねえか、と気を廻した。

柳五郎は隙間を抜けてその路地へ出るとき、首を出して路地に人影がないことを確かめた。

路地の裏店は寝静まり、青白い月明かりだけがどぶ板に射していた。

路地を抜ければ、野道を隔てた向こうに巣鴨村の畑地が続いている。

畑地に出てしまえば、追手がきても逃げるのはむずかしくない。

ただ、摂津屋の寮でいきなり現れた滅法腕のたつ侍にこめかみを裂かれ、転倒した際に挫いた足の痛みがひどくなっているのが、柳五郎は気がかりだった。

足を痛めてなけりゃあ後れをとることはなかった、と悔しがった。

柳五郎は路地に出て、月明かりにおのれの影を路地に落とし、とん、ずる、とん、ずる、と痛む足をどぶ板に引き摺った。そのとき、

「物真似の柳五郎、渋てえな」

と、背後から声がかかった。

即座に見かえると、月明かりに映える黒羽織と白々とした白衣の渋井鬼三次が、八文字眉の下の左右ちぐはぐなきれ長な目を、凝っと柳五郎へ注いでいた。

渋井は雪駄をどぶ板にゆるく擦りつつ、左手を腰の二刀にかけ、右手の朱房の十手を軽く下げて、柳五郎に近づいて行った。

渋井は、鼻筋の下のぷっくりとした赤い唇を不敵に歪めている。

「だが、渋てえのもここまでだ。とうとう追いつめたぜ」

柳五郎へ歩みながら言った。

それに合わせ、柳五郎の前方にも、助弥と蓮蔵、八吉の三人が、ばらばらと路地陰から走り出てきた。

ひょろりと背の高い助弥が十手をかざし、その左右背後に、小太りの蓮蔵と痩

せっぽちの八吉が、八吉は刺股、蓮蔵は六尺棒を手にして身構えた。

そこに、二階長屋の店のほうで吹き鳴らされる呼子の音が聞こえてきた。

呼子に目を覚ました町内の犬が、急に吠え始めた。

「やれやれ、物真似の柳五郎にまた逃げられたと、捕り方が焦ってるぜ。だが、まだ逃がしちゃあいねえ。物真似の柳五郎はここにいる。こっから先には行かせねえ。御用だ。観念しな」

渋井は歩みを止めて十手を突きつけ、

「助弥、こっちも呼子を鳴らして、柳五郎はここだと教えてやれ」

と命じた。

合点、と助弥は呼子を咥え、満月に向かって高らかに吹き鳴らした。

ぴぃぃ、ぴぃぃ……

「ちきしょう。いい加減てめえらにはうんざりだ。よかろう。相手になってやるぜ。かかってきやがれ」

柳五郎は、背中の荷にくくりつけた筵のくるみから長脇差を抜きとりながら荷を捨て、柄を両手ににぎりしめて長脇差を腰に溜めた。

そうして、渋井へ注意を払いつつ、足の痛みを忘れたかのように、助弥ら三人のほうへじりじりとした歩みを運んだ。

助弥が呼子を鳴らし続け、六尺棒の蓮蔵と刺股の八吉が、「御用だ」「御用だ」と口々に叫んだ。

その機に合わせ、渋井は一転、見る見る柳五郎へ迫り、十手を浴びせかけた。

たちどころに、かちいん、と柳五郎は十手を払って、かえす刀で渋井へ袈裟懸を放った。

渋井はそれを十手でぎりぎりに受け留め、手元の鉤（かぎ）に刀身を絡めとった。

柳五郎が十手の鉤に絡んだ刀身を、鋼と鋼を擦り合わせて引き抜いた。

その隙に、助弥が柳五郎のこめかみへ十手を見舞ったが、十手は柳五郎のかしげた頭すれすれをかすめて、頰かむりの手拭を打ち飛ばしただけだった。

頰かむりを飛ばされ、ざんばら髪がばらりと肩にかかる。

かまわず柳五郎は助弥へひゅうんと斬りかえし、助弥はその鋭いかえしを素早く路地へ転がって逃れた。

蓮蔵がそこへ六尺棒で打ちかかり、八吉の突きこんだ刺股が、六尺棒を払った柳五郎の腕の自由を奪った。

だが、柳五郎は八吉の刺股の柄をつかんで右や左へと荒々しくふり廻し、刺股をつかんだ痩せっぽちの八吉を、右や左へとよろけさせ、しかも、蓮蔵のかえす六尺棒を真っ二つに切り割った。

「ひえっ」

蓮蔵は太短い首を思わずすくめた。途端、

「終りだ」

と、渋井は柳五郎の長脇差をかざす手首へ十手を叩きつけた。

「くああ……」

柳五郎は苦悶の声を甲走らせた。

どぶ板に落とした長脇差ががらがらと音をたてた。

「今だ。助弥、縄をかけろ」

「合点」

助弥が十手を咥え、手首を庇って苦痛にうめく柳五郎に組みつくと、蓮蔵と八吉も柳五郎の足や腕にどどっと喰らいついた。

三人は柳五郎を強引に組み伏せ、助弥が早縄をたちまちかけて行った。

そのとき、店の住人らが恐る恐る路地に現れ、自身番の提灯や御用提灯をかざした捕り方が、ようやく路地に駆けつけた。

終章　彼岸すぎ

彼岸もすぎた晴れた昼下がり、市兵衛と矢藤太は新両替町二丁目の両替商《近江屋》の広い客座敷に通され、刀自の季枝と相対していた。

東側と南側の明障子が開かれた縁側先の、砂礫を敷いた枯山水の庭には、頰白が心地よさそうに囀り、飛び交っていた。

「そういうわけでございまして、昼前に霊岸島町の《摂津屋》さんから戻って参り、これまでのところの事情を唐木さまと宰領屋さまにも、なるべく早くお知らせいたしたほうがよいと思いましたので、おいでいただいた次第です。お忙しいところをわざわざのおこし、ありがとうございます」

「いえいえ、とんでもございません。忙しいところどころか、市兵衛さんもあたしも、暇で暇で、昼寝以外はすることがなくて、困っております」

矢藤太が言った。

市兵衛は軽く笑って受け流し、季枝はくすくす笑いを寄こした。

「それでは今は、里右衛門さんは霊岸島町のお店で、ご養生をなさっておられるんでございますね」

矢藤太が改まって聞いた。

「さようです。根岸の寮は今は閉じており、近々、建て替えが始まるそうでございます。寮番のご夫婦は、この機会にしばらく無沙汰をしていた縁者を訪ねるとかで、一昨日、府中へ発たれたようです。寮の建て替えができれば、ご夫婦でまた寮番を続けられます。それから……」

早や七日前になる満月の夜の一件では、物真似の柳五郎こと山崎町二丁目の辻芸人柳五郎、柳五郎の女房の芸者左久、てき屋の弁次郎、そして下り酒問屋摂津屋主人里右衛門の養子で、摂津屋の筆頭番頭を務める亀松が、小伝馬町の牢屋敷に入牢となった。

四人は町奉行所の裁きを待つ身である。

辻芸人の仮面をかぶり、仮面の下では闇の始末人を請負い、《物真似の柳五郎》の異名で知られた柳五郎の打首獄門は免れ難かった。

下谷御数寄屋町の芸者左久は、亭主柳五郎の闇稼業を知りつつ、亭主の闇稼業を支えていたふる舞いは亭主と同罪と見做された。ただ、惚れた男の言うままになっていただけで亭主と同罪とまではいかぬのでは、とも言われている。

元摂津屋の手代で、今はてき屋稼業の弁次郎は、物真似の柳五郎と一味の根岸の摂津屋の寮襲撃を手引きした罪により、これも打首の裁断がくだされてもいたし方なかった。

「ですが、亀松さんについては、里右衛門さんは情状酌量のお裁きがくだされますよう、様々に働きかけておられます」

季枝は少しの間、考え事をしたあとに続けた。

「亀松さんは養子とは言え、里右衛門さんとは父親と倅です。その父親を亡き者にするたくらみは五逆の大罪に違いございません。ではあっても、いっときの錯乱迷妄にて、目が覚めればおのれの罪の重大さに驚き慄き、今、亀松さんは深く悔いておられます。里右衛門さんは、これまで実直に尽くし働いてきた亀松さんを、そのような大罪をたくらむほどに追いつめた落ち度が自分にもあると、お考えでしてね。幸い自分は無事なのだから、なんとしても、少しでも亀松さんの罪が軽くなるよう奔走しておられます」

「ほう、ご自分が亀松さんを追いつめたのでございますか。お命を狙われても、そういうもんでございますかね。市兵衛さんはどう思う」

矢藤太が市兵衛に言った。

「あの夜のあのときは、夢中だったし、激しい怒りに駆られた。しかし、今は自分のふる舞いが落ち着いて思い出せるし、あのときの怒りはない。犯した罪は軽くならなくとも、人は人を許すことができる。里右衛門さんは、そういうお気持ちなのだと思う」

市兵衛が言うと、季枝が市兵衛に頬笑みかけた。

「唐木さまの仰る通りかもしれません。昨日、里右衛門さんは北御番所の目安方のどなたかの伝で、牢屋敷の亀松さんに会うことができたそうです。少しでもお裁きが軽くなるように様々な手を打っていることと、仮令こうなっても、ご自分にはほかに倅はいないのだから、亀松さんが跡継ぎの倅であることは変わりはしない。倅の亀松さんが継げなければ、亀松さんの倅、すなわち里右衛門さんの孫が摂津屋を継ぐことになるので、そう思っているように伝えたと、お聞きしました。亀松さんはずい分泣かれたとも……」

「里右衛門さんには、実の倅が信州の上田にいらっしゃることがわかりました。まさか、先夜の一件が、そのことと何かかかり合いがあったなんてことは、ございませんでしょうね」

　矢藤太が聞いた。

「実の倅のことも、里右衛門さんからうかがいました。唐木さまと宰領屋さまのお働きのお陰ですと、里右衛門さんは仰っておられましたよ。それがわかっただけでもとても嬉しく、まだ生きていく希(のぞ)みを感じると。唐木さま、宰領屋さま、お手柄でございましたね。里右衛門さんにあなた方をお引き合わせした甲斐(かい)がございました。けれど、里右衛門さんに実の倅がいたことは、このたびの一件にはなんの意趣も働いてはおりません。里右衛門さんご自身が、唐木さまと宰領屋さまから聞くまで、ご存じではなかったのですから」

「そりゃあそうでございますよね。里右衛門さんさえご存じないのに、亀松さんがそれを知っていたなんてことはあり得ませんし、仮令、実の倅が信州上田にいたとしても、摂津屋の跡継ぎに何も変わりはしませんし。亀松さんは一体何の意趣があって、里右衛門さんを亡き者になんて、考えたんでございますかね。やっぱり、錯乱迷妄ですかね」

「お裁きの場で、それはきっと明らかになります。それで、唐木さまと宰領屋さまにおこしいただいたわけが、もうひとつございます」

と、季枝は笑みを絶やさず言った。

「このたびの一件で、里右衛門さんは、唐木さまと宰領屋さまは命の恩人でございますので、どのような恩がえしができるのかわからないくらいですと申されましてね。金銭で恩がえしというのは当然としても、それでは足りませんので、そのほかに唐木さまと宰領屋さまのお希みに、里右衛門さんが何かお手伝いできることがあって、どんなお希みでも話していただければ、摂津屋里右衛門にできる限りのお手伝いをさせていただきますとも、申しておられました。例えば、宰領屋さまが新たに別店を構え仕事を広げたいとか、あるいは、請人宿の宰領屋さまとはまったく別の新たな商いに挑んでみたいとかのお希みであっても、元手のみならず、そのほか仲間や町役人さんとの交渉事など、必要な様々な手助けができるのではないかとのことです」

それから季枝は、市兵衛にも言った。

「唐木さまはお生まれが、代々御公儀御目付役を継がれている名門のお家柄とうかがっておりますゆえ、商人ごときが申しますのは口幅ったいのですが、例えばどこかのご家中にご仕官をお希みなら、里右衛門さんがあらゆる伝を頼ってお希みのお手伝いをさせていただきますと、そのように申しておられました。このたびの一件が一段落し、亀松のお裁きに方がついたのち、お孫さんを摂津屋の跡継ぎとする披露の祝宴を開かれます。その祝宴にお二人をお招きいたし、その折りにお希みをお聞かせいただければと、伝言を託されたのでございます」

　すると矢藤太が言った。

「へえ。そうなんでございますか。なんだか、わくわくするようなお申し入れでございますね。いえね。わたしは前々から、うちの近所かどっかの新道の、三味線の音と新内（しんない）の流しが聞こえてきそうなちょいと粋な町家で、小料理屋を開いてみたいもんだと、思ってはいるんです。繁華な通りじゃなくてもいいし、別に儲（もう）からなくてもいいんです。ただし、料理人はじつはわたしがやる小料理屋です。と申しますのは、がさつに見えても、わたしはこれで料理好きなんでございましてね。事情さえ許せば、今からでも一流の料理人の下で修業を積み、小料理屋の亭主になるのもいいなと、このごろふと思うことがあるんでございます」

「矢藤太、本気か。矢藤太とは長いつき合いだが、聞いたこともなかった。いつごろからそんなふうに思っていたのだ」

　と、市兵衛が聞きかえした。

「だからこのごろさ。けど、おれは料理人に向いているんじゃないかなと、ぼんやりとは感じていたと思う。京で市兵衛さんと知り合う前からさ。ただ、浮浪児も同然の育ちだったから、目の前の生きることに精一杯だった。まともな料理なんて、食ったこともなかった。だからたぶん、ずっと肚の底に仕舞っていたんだろうね。それがこのごろ、おれの頭をよぎるのさ。もしかしたら、こいつは歳の所為か。というわけでございまして、季枝さま。わたしの場合は、希みと申しましても、それぐらいのもんでございますので、摂津屋さんにお気遣いはいただくほどのことではございませんと、そのようにお伝え願います」

　季枝はおかしそうに頬笑んでいる。

「ところで、市兵衛さんどうなんだい。どんな希みがあるんだい。やっぱり、どっかのお武家に仕官することかい」

と、今度は矢藤太が聞きかえした。

「違う。わたしの希みは……」

市兵衛はにっこりと頬笑み、頬白の囀る彼岸すぎの庭へ目をやった。

「このまま宰領屋の矢藤太の斡旋で仕事を廻してもらい、その日その日の生きる糧が得られ、そうだな、せめてあと百年は生きて、この世がどんなふうになっていくのかを見ることだ」

ぷっ、と矢藤太が噴き出した。

「百年は生きてかい。馬鹿ばかしい。がきの希みじゃあるまいし」

市兵衛は矢藤太へ向き直り、大いに真剣な口ぶりで言った。

「矢藤太、希みを持つことが面白いのだ。がきでも、がきじゃなくてもな」

ふん、と矢藤太は鼻で笑って市兵衛を見かえしたが、途端、二人は何かに気づいたがきのように、そろって高笑いをあげた。

だが、笑いながらも、ふと、市兵衛の脳裡をその俤（おもかげ）がかすめ、その俤に誘われるかのように、市兵衛は明障子を開けた濡縁へ目を遣（や）った。

枯山水の庭に面した濡縁先にその俤は端座し、頬白の囀る昼下がりの景色をのどかに眺めているかのであった。

市兵衛は、艶のある豊かな髪が青朽葉の小袖の肩へかかり、後ろで束ねて背に流れ、横顔の淡い桜色の肌が匂いたつような艶めきを放ち、細く刷（は）いた眉の下の長いまつ毛がかすかに震えているその俤に魅かれ、思わず見惚（みと）れた。

やがて市兵衛は言った。

「早菜さま、そこで何をしておられるのですか」

市兵衛の声に誘われた俤が、庭へ向いたまま可笑（おか）しそうに頬笑んだ。そして、

「百年先の世を、見ております」

と言った。

「百年先の世を？　それはどんな世なのですか」

市兵衛はまた言った。

すると、俤もまた言った。

「唐木さまもここにきて、御覧なされませ」

「はい」

と市兵衛が答えたとき、矢藤太の高笑いが聞こえた。

季枝が少々困った様子で、やはり頬笑んでいた。

夜の帳が降りた彼岸すぎの星空が広がっていた。

市兵衛と矢藤太は、青物御納屋役所と多町一丁目の境の暗い青物新道に《さけめし》と《蛤屋》と読める看板行灯をたてた酒亭の、草色の半暖簾を分け両引きの格子木戸を引いた。

五ツ（午後八時頃）近いその刻限、客の姿はだいぶ少なくなっていた。

天井にかけた三灯の八間の下、店土間の南側に縦に二台、横向きに四台の花茣蓙を敷いた縁台と、北側の畳敷きの小上がりに衝立で分けた四つの座があって、蛤屋の店内は、縁台に二人連れと三人連れの二組、小上がりの座に三人連れのひと組だけだった。

「おいでなさい」

藍地に子持縞を着流した出戻りのお吉が、市兵衛と矢藤太へ愛想のよい声をかけたとき、小上がりの三人連れが気づいて、

「おう、市兵衛、矢藤太、こっちだ」

と、手をかざして呼んだのは渋井だった。

「市兵衛さん、矢藤太さん、お待ちしておりやした」

渋井の隣の助弥が小上がりから下り、六尺余あるひょろりとした痩軀の腰を折って、こっちこっちと手招きした。

渋井と向き合って膳を並べていたのは、柳町の蘭医宗秀だった。

宗秀は市兵衛と矢藤太へ見かえって、にこやかな笑みを頷かせた。

店土間奥の仕切り窓から、蛤屋の料理人で亭主の丹治が顔をのぞかせ、「いらっしゃい」と顔をほころばせ、仕きりの出入口の暖簾を払って、丹治の女房でお吉の母親の小太りのお浜が小刻みな足どりで出てきた。

「唐木さん、矢藤太さん、おいでなさい。この刻限に、どちらからのお戻り？」

「市兵衛さんと新両替町まで、ちょいと用があってさ。そっちで呼ばれたんだけど、蛤屋さんで呑みなおそうってことになってね。浅草海苔をさっと炙ったのと漬物で、熱燗を頼むよ」

矢藤太が言うと、

「はい。浅草海苔を炙って、漬物と熱燗で」

とお浜が繰りかえし、お吉が膳の支度にかかり、丹治は顔を引っこめた。

「ささ、市兵衛さん、矢藤太さん、旦那と宗秀先生の隣にどうぞ。あっしはこっちで。市兵衛さんも矢藤太さんもいらっしゃらないんで、旦那の文句をぶつぶつと聞かされて大変だったんですから。ねえ先生」

「ああ、わたしと助弥はずっと文句を聞かされてた」

宗秀が相槌を打った。

助弥は渋井の隣の膳を土間の縁台に運び、その縁台の隅に長い足を折ってちょこんと腰かけた。

「そりゃあどうもお疲れさまで。鬼しぶの旦那の文句はきついですからね」

矢藤太が宗秀の隣に坐り、市兵衛は渋井の隣についた。

するとと渋井が言った。

「馬鹿言え。あのな、おれは市兵衛と矢藤太に、北町の御奉行さまの、なんと直々のお言葉を伝えにきてやったんだぞ。なのに、市兵衛はいねえし、矢藤太もいねえじゃねえか。そこへひょっこりと、おらんだの先生が現れたもんだから、じゃあまあ、おめえらが帰ってくるまで一杯やるか、ということになったのさ」

「わたしも、たまたまこの近くまで往診にきたもんだから、市兵衛と矢藤太を誘いにきたら、鬼しぶの旦那につかまったのさ」

「何を言ってんだ。宗秀が寂しそうだったから、誘ってやったんじゃねえか」

「それで、北町の御奉行さまの直々のお言葉って、なんですか」

市兵衛が渋井に言った。

「それだよ。まあ呑め」

渋井は、お吉が市兵衛と矢藤太の膳を運んでくると、二人に勧めた。

「先だっての、満月の夜の一件だよ。下り酒問屋の大店摂津屋の根岸の寮で、摂津屋の主人里右衛門が、物真似の柳五郎とその筋では知られている凄腕の始末人一味に襲われたのさ。しかも、物真似の柳五郎に摂津屋里右衛門の始末を頼んだのが、なんと里右衛門の養子で摂津屋の跡継ぎと決まっている筆頭番頭の亀松だったという、おどろおどろしい事情が絡んでいたわけさ」

渋井は杯を舐めながら、話し始めた。

「その事情はおいといてだ。あの満月の夜、根岸の寮には里右衛門の客が二人いた。なんとその二人の客のひとりが、とてつもねえ腕利きの侍で、寮に押しこんだ柳五郎一味と刃を交わし、ばったばったと一味を打ち倒し、最後に残った物真似の柳五郎にも疵を負わせたものの、残念ながら柳五郎はとり逃がした。でだ、まさにその同じ日、小石川五軒町の柳五郎のねぐらを、長年、柳五郎を追っていた北町の町方がつかんで、柳五郎が戻ってくるのを見張っていた。疵を負った柳五郎が戻ってきたのは、満月が夜空高く上った真夜中だ。当然、町方の大捕物が始まって、物真似の柳五郎を町方は見事召し捕り、大手柄をたてたわけだが、何を隠そう、柳五郎を召し捕る大手柄をたてた町方が、つまりこのおれなのさ。と言っても、おれにしちゃあ中ぐらいの手柄なんだがな」

「へい、旦那にしちゃあ中ぐらいの手柄ですよね」

助弥が渋井に調子を合わせ、途端に五人はどっと笑ったので、二人連れと三人連れの客とお吉が見かえり、調理場の丹治とお浜も顔をのぞかせた。

「ところがだ、おれはその夜の摂津屋の寮の客が、市兵衛と矢藤太とは知らなかった。柳五郎を大番屋にしょっ引いて取り調べを始めたところ、柳五郎と一味が根岸の摂津屋里右衛門を襲った経緯と、二人の客が市兵衛と矢藤太と知って、そうだったのかい、こんな偶然もあるんだなと感心してた。そしたら、今日になって御奉行さまに呼ばれ、物真似の柳五郎が襲った摂津屋里右衛門を救った唐木市兵衛と宰領屋の矢藤太は、おぬしの知り合いらしいな、そんな知り合いがいたのかと褒められて、唐木市兵衛と宰領屋矢藤太に褒美を考えておくと伝えてやれ、と言われたのさ。御奉行の榊原主計頭さまは妙にけれんが見え見えで、おれはどうも苦手なんだが、今度だけは、案外いいやつじゃねえかと思ったぜ。つまりそれが御奉行さまの直々のお言葉だ。わかったかい」

「へえ、そうなんだ。市兵衛さん、なんだか似たような事が重なるね」

　矢藤太が言い、

「重なるな」

　と、市兵衛は頷いた。

「新両替町なら、近江屋さんからの戻りか」

　宗秀が矢藤太に言った。

「そうなんですよ。近江屋の刀自の季枝さまに、市兵衛さんと呼ばれましてね。

鬼しぶの旦那の今の話とちょいと重なるんですがね……」

と矢藤太が、今日の昼間、近江屋の季枝から聞いた、根岸の寮で起こった事件のあと始末や、摂津屋里右衛門の申し入れの話を、宗秀と渋井と助弥に語って聞かせた。

矢藤太の話は、蛤屋の看板の刻限まで続いた。

一〇〇字書評

母子草

切り取り線

購買動機（新聞、雑誌名を記入するか、あるいは○をつけてください）	
□（　　　　　　　　　　）の広告を見て	
□（　　　　　　　　　　）の書評を見て	
□ 知人のすすめで	□ タイトルに惹かれて
□ カバーが良かったから	□ 内容が面白そうだから
□ 好きな作家だから	□ 好きな分野の本だから

・最近、最も感銘を受けた作品名をお書き下さい

・あなたのお好きな作家名をお書き下さい

・その他、ご要望がありましたらお書き下さい

住所	〒				
氏名		職業		年齢	
Eメール	※携帯には配信できません	新刊情報等のメール配信を 希望する・しない			

この本の感想を、編集部までお寄せいただけたらありがたく存じます。今後の企画の参考にさせていただきます。Eメールでも結構です。

いただいた「一〇〇字書評」は、新聞・雑誌等に紹介させていただくことがあります。その場合はお礼として特製図書カードを差し上げます。

前ページの原稿用紙に書評をお書きの上、切り取り、左記までお送り下さい。宛先の住所は不要です。

なお、ご記入いただいたお名前、ご住所等は、書評紹介の事前了解、謝礼のお届けのためだけに利用し、そのほかの目的のために利用することはありません。

〒一〇一‐八七〇一
祥伝社文庫編集長　清水寿明
電話　〇三（三二六五）二〇八〇

祥伝社ホームページの「ブックレビュー」からも、書き込めます。
www.shodensha.co.jp/bookreview